우아한 새벽 ©예거 / 사슴 ⓟ예원북스

우아한 새벽 1

우아한 새벽 1

초판 1쇄 찍은 날 | 2018년 11월 1일
초판 1쇄 펴낸 날 | 2018년 11월 16일

지은이 | 예거
펴낸이 | 예경원

편집 | 박수희 · 주승아

펴낸곳 | 예원북스
등록번호 | 제396-2012-000132호
등록일자 | 2012. 7. 25
YRN | 제1-0237호

주소 | 경기도 고양시 일산동구 호수로 646-24 위너스 21-Ⅱ 206A호 (우) 10401
전화 | 031-819-9431 팩스 | 031-817-9432
http://cafe.naver.com/yewonromance
E-mail | yewonbooks@naver.com

ISBN 979-11-89564-20-9 04810
ISBN 979-11-89564-19-3 (세트)

※ 이 도서의 국립중앙도서관 출판시도서목록(CIP)은 서지정보유통지원시스템 홈페이지(http://seoji.nl.go.kr)와 국가자료공동목록시스템(http://www.nl.go.kr/kolisnet)에서 이용하실 수 있습니다.

Goldline
Romance
Story

우아한 새벽

예거 장편 소설

1

LINE

C • O • N • T • E • N • T • S

프롤로그

지지 않는
새벽

대한민국 건설업계에서 열 손가락 안에 꼽히는 건설회사, 〈우화 건설〉 우성태 회장의 유일무이한 딸, 새벽의 아침은 우아하게 진행된다. 동이 채 트기도 전에 침대에서 몸을 일으킨 그녀는 아직 푸르스름한 하늘 아래를 뚜벅뚜벅 걷는다.

매일 아침, 그녀가 살고 있는 오피스텔 맞은편의 수영장에서 첫 타임의 수영을 즐기고, 다른 이들보다 이른 하루를 시작하는 것이다. 간단한 수영을 끝낸 새벽은, 축축이 젖은 짧은 머리카락을 찰랑거리며 집으로 돌아와 등교할 준비를 한다.

"좋아. 오늘 하루도 열심히!"

매사에 긍정적이어야 한다는 가훈에 따라 거울을 뚫어져라 응시하며 씩 웃는 연습을 한다. 모든 준비를 마친 새벽은 아에이오우, 입을 열심히 움직인 뒤 어느새 태양이 슬그머니 고개를 든 하늘을 올려다보았다.

밤과 아침의 경계에 서 있는 어둑한 새벽과는 달리, 지금의 이 상쾌한 공기가 마음에 든다 생각하며 그녀는 빙긋 미소 지었다. 어쩐지 오늘은 즐거운 일이 일어날 것만 같다고, 새벽은 생각했다.

그래. 그랬다.

언제나 그랬듯 기상을 하고, 운동을 하고, 등교를 하여 수업을 듣고, 다시 하교를 하여 집으로 돌아오기 전, 누군가의 전화를 받기 전까지. 아니, 그 전화를 받고 나갔던 한 장소에서 '그 남자'를 만나기 전까지.

새벽의 기분은 더할 나위 없이 좋았다.

"저기……."

내가 잘못 들은 건가?

새벽은 귀를 의심했다.

아니야. 아무래도 잘못 들은 건 아닌 것 같은데.

한참이나 미간을 좁혀 봤지만, 변하는 건 없었다. 새벽은 곰곰이 '그'의 말을 되짚어 보다 스윽 고개를 들었다. 냉랭한 분위기를 풍기고 있는 한 남자가 고요히 커피를 마시며, 우아한 자태를 뽐내고 있었다.

어릴 적부터 아버지나 고모를 따라 이곳저곳 수많은 사교 파티를 다녔던 새벽이지만, 현재의 그처럼 기품 있는 남자는 본 적이 없었다. 그래서 긴장했던 건지도.

새벽은 하하, 어색하게 웃으며 칠흑같이 검은 눈을 지닌 남자를 향해 물을 수밖에 없었다.

"죄송하지만…… 방금, 뭐라고 하셨어요?"

웃음. 아무리 황당하고 어이가 없어도 언제나 웃음을 잃어선 안 된다. 새벽은 아버지와 고모에게 들었던 대로 미소를 거두지 않고 목소리를 흘렸다.

호로록, 고요하게 커피를 마시던 그림 같은 남자가 눈꺼풀을 들어 올렸다.

'어머.'

심장이 두근거린 것은, 순전히 남자와 허공에서 눈이 부딪쳤던 까닭이다. 물론 그 남자의 눈이 보석처럼 일렁이고 있다는 이유도 있었지만.

하지만, 그뿐. 새벽은 현재 만나는 사람이 있었다. 심연을 담은 그의 검은 눈동자에 살짝 놀라기는 했으나 어디까지나 '놀랐을' 뿐, 헛된 마음 따위는 품지 않았다. 새벽은 저를 뚫어져라 응시하고 있는 남자가 들고 있던 커피 잔을 고요히 내려놓는 것을 멍하니 지켜봤다.

남자는 붉은 입술을 천천히 움직였다.

"우새벽 씨와……."

확실히 그의 목소리는 듣기가 좋긴 하다. 처음 제게 '안녕하십니까.' 라고 말을 걸었을 때도 느꼈었다. 새벽은 이번에야말로 제대로 듣겠다고 마음먹으며 귀를 쫑긋거렸다. 검은 눈동자를 지닌 남자의 시선이 그녀를 향했다.

"결혼할 생각입니다."

그래, 그거!

눈앞의 남자가 말하고 있는 '우새벽' 은 자신이 아닌 것이 틀림없다. 새벽은 너무도 자연스럽게 저와 결혼을 하겠다고 하는 남자를 가만히 쳐다봤다.

'나…… 잘못 들은 거 아니지?'

끔뻑끔뻑.

눈꺼풀을 아래위로 감았다 뜨는 새벽의 움직임이 빨라졌다. 그녀는 호호, 낮게 웃으며 남자를 쳐다보다 결국 닫혀 있던 입술을 움직였다.

"제가 잘못 들은 게 아니네요."

"그렇습니까."

"네. 처음에는 잘못 들은 줄 알았는데 말이죠. 한 번도 아니고 두 번씩이나 잘못 말씀하실 리가 없죠. 다른 분도 아니고……."

대한민국 최고의 건설 그룹인 〈유단 건설〉의 차기 후계자가 될지도 모르는, 전략본부장님께서.

'허튼 소리를 두 번이나 할 리는 없지.'

새벽은 말끝을 흐리며 그를 흘긋거렸다. 그런 새벽의 눈길을 받고도 남자는 아무 말 없이 자신을 바라보고 있기만 했다.

"우새벽 씨."

새벽의 따가운 눈총을 느끼던 남자의 입이 열렸다. 새벽이 눈을 부릅뜨자 후우, 한숨을 내쉰 그가 말했다.

"당신과 나, 결혼하도록 하죠."

"이봐요!"

"그것이 최선입니다."

새벽은 헛웃음을 삼켰다.

이 미친 인간은 대체 뭐야?

스물일곱 평생 이런 황당한 말을 서슴없이 흘리는 남자는 만난 적이 없었다. 그것도 그럴 것이, 그와 그녀는 대면한 지 고작 10분도 안 되지 않았는가. 그런데 그런 여자에게 결혼을 주장하는 남자라니. 그것도, 임자가 있는 여자에게!

'안 되겠어.'

명백한 모욕이나 다름없다. 새벽은 더 이상 이 자리에 앉아 있을 이유를 느끼지 못했다. 고모님의 얼굴을 봐서라도 버텨 보려고 했지만, 한계가 찾아왔다.

그녀는 냉랭한 얼굴의 남자를 바라보더니 입을 열려 했다.

"우새벽 씨는 당신 남자 친구를 믿습니까?"

눈 한 번 깜빡이지 않던 상대가, 새벽의 움직임을 눈치채고는 툭 말을 던진 것은 그 시점이다. 새벽의 입이 벌어졌다.

지금 이 사람이 뭐라고 한 거야?

다른 이도 아닌, 그녀의 '남자 친구'를 언급한 남자를 빤히 바라봤다. 너무도 당당하게 묻는 말이 전혀 예상하지 못했던 말이었기 때문일까, 아니면 그 말을 뱉어 낸 사람이 조금 전까지만 하더라도 제게 '결혼'을 주장했던 사람이었기 때문일까.

번지르르하다 못해, 눈부신 그의 외모가 왠지 아깝다는 생각이 들 정도였다. 새벽은 얼굴을 구겼다.

"당신…… 제게 남자 친구가 있다는 걸 알고 있으면서, 그런 말을 한 건가요?"

"남자가 있든 없든, 연애와 결혼은 별개니까요."

어이가 없다는 듯 숨을 터뜨리는 새벽에게 그가 대꾸했다. 새벽은 결국 자리에서 일어났다.

"……."

그러고는 입을 닫고 있는 남자를 향해 냉랭한 눈을 빛내며 붉은 입술을 달싹였다.

"이 자리에 나온 제가 아무래도 단단히 미쳤던 게 분명하네요. 고모님 말씀이 있기는 했지만 이렇게 시간을 낭비하는 건, 그쪽이나 저에게 좋은 방향은 아닌 것 같습니다. 실례합니다만, 먼저 일어나겠습니다."

"우새벽 씨."

"참."

싸늘한 목소리로 제 말을 쏟아 낸 새벽은 여전히 무표정한 얼굴로, 저를 올려다보는 남자에게 빙긋 미소 지었다.

"행여나 저한테 전화하실 생각 따위는 하지 않으셨으면 좋겠습니다."

"……."

"전화가 와도 받지 않을 거니까. 그러니 연락 따윈 하지 마세요. 당신, 재수 없어."

"……."

"별 같잖은 인간이 다 있네."

쯧쯧.

상대의 귀에까지 들릴 만큼 커다란 소리로 혀를 찼다. 그런 싸늘한 반응에도 불구하고 남자는 반응 없이 앉아 있었다.

목석이 분명하네. 새벽은 표정 변화라고는 존재하지 않는 그의 굳은 얼굴을 흘긋거리며 주저 없이 등을 돌렸다.

'아까워.'

우새벽의 소중하고도 귀한 시간이, 저런 하찮은 인간을 상대하는 데 쓰이다니.

「중요한 분이야. 함부로 대해선 안 돼. 알았지?」

이 자리에 나오기 전, 그녀에게 단단히 주의를 주던 고모님의 말씀이 순간적으로 머리를 스쳤다. 새벽은 고개를 절레절레 저었다.

'하지만 고모님. 상대도 봐 가면서 예의를 차려야죠.'

그를 대함에 있어 부족함이 없어야 한다던 고모님의 주의가 있었던 것은 사실이다. 그러나 만나자마자 결혼을 하자고 말하는 걸로도 모자라,

그녀의 남자 친구에 대한 것까지 언급하는 상대에게 예의를 갖출 필요는 없었다.

새벽은 고운 얼굴을 일그러뜨리며 계산대로 향했다. 난데없이 결혼을 요구한 불쾌한 남자와의 만남은 10분도 되지 않아 끝이 났다. 그러나 그렇다고 새벽이 커피값을 내지 못할 이유는 없었다. 상대에 대한 배려라곤 눈곱만큼도 없는 사내였지만, 그래도 그는 새벽의 고모님이 만나길 원했던 사람이었으니까.

"벌써 가시는 겁니까?"

자연스럽게 계산대 앞에 선 새벽을 향해 레스토랑의 지배인이 어리둥절한 표정을 지었다. 평소 새벽이 자주 오던 호텔의 레스토랑이었던지라, 그녀에게 묻는 지배인은 새벽과 안면이 있었다. 친근한 지배인의 질문에 새벽은 빙긋 웃었다.

"네. 지배인님. 제가 앉아 있던 테이블, 계산해 주세요."

반짝거리는 블랙카드를 내미는 새벽의 행동을 보고, 테이블 앞에 여전히 앉아 있는 남자 쪽을 흘긋거리던 지배인은 얼른 그녀에게서 카드를 건네받았다. 그러고는 항상 그랬던 것처럼, 새벽의 카드를 긁기 위해 카드 리더기로 그것을 가져다 댔다.

[새벽아. 어디야?]

무언가 이상한 것이 있는지, 고개를 갸웃거리며 다시금 리더기로 카드를 긁어 대는 지배인을 흘긋거리던 새벽은 핸드폰 액정 위의 문자 내용을 확인했다. 문자를 확인하자마자 입꼬리가 올라가는 것을 보면, 확실히 이 남자가 좋기는 한가 보다.

새벽은 쿡쿡 웃으며 키패드를 두드렸다.

[나 지금 잠시 청담동.]

[뭐? 거긴 왜?]

답장이 빠르기도 하지.

[그냥. 잠시 볼일이 있어서.]

[아.]

[오빤 어딘데? 어딘지 얘기해 주면 내가 그리로 갈게. 혹시 사무실 앞이야? 근처니까 금방 거기 갈 수 있겠다!]

저를 보며 옅은 미소를 그릴 그의 얼굴이 떠오른다. 새벽은 왠지 모르게 두근두근 뛰는 마음을 안고선 상대의 답변을 기다렸다. 하지만 어찌 된 셈인지 10초, 30초, 1분을 기다려도 즉각적인 반응을 보냈던 상대에게선 대답이 없다.

'뭐야. 무슨 일이 있나.'

새벽은 의아한 표정을 지으며 한참 동안 핸드폰을 들여다보다 미간을 좁혔다.

'답답해.'

기다림은 참을 수 없다 여긴 새벽은 이를 살짝 악물다 핸드폰의 통화 버튼을 누르려 했다. 그리고 막 그녀가 핸드폰의 액정 위로 검지를 뻗으려 할 때였다.

"저, 저기……."

응?

새벽은 몹시 난처한 얼굴로 저와 카드를 번갈아 응시하고 있는 지배인을 발견할 수 있었다.

"왜 그러세요, 지배인님? 뭐 문제라도 있어요?"

"그게……."

"왜 그러시는데요? 카드 기계가 먹통이 되기라도 했어요?"

"아, 아가씨."

"네?"

눈을 동그랗게 뜨며 지배인의 말을 기다리자 흠흠, 헛기침을 흘리며 주변을 살피던 그가 겨우겨우 말을 흘렸다.

"호, 혹시 다른 카드는…… 없으십니까?"

새벽은 당혹에 가득 물든 그의 말에 풋 웃음을 터뜨렸다.

"지배인님. 지금 저한테 다른 카드가 없냐고 물어보신 거예요?"

"아, 아가씨."

"아니. 그렇잖아요. 그 카드, 제가 여태껏 계속 사용했던 카드예요. 한도 제한이라곤 없는."

지금 지배인의 손에서 파르르 떨리고 있는 카드로 말할 것 같으면, 새벽의 아버지인 우 회장이 그녀가 성인이 되자마자 건네준, 한도가 없는 블랙카드였다. 흔히들 돈 많은 집 자제들이 손에 들어오는 순간부터 정신없이 사용하곤 한다던, 바로 그것.

물론 새벽은 일부러 과시하고 싶지 않았기에 여태껏 그 카드의 사용을 자제해 왔으나, 오늘만큼은 특별히 '고모님'에게서 상대를 잘 대하라는 말을 들었다. 사사로운 일도 아니고, 공식 접대와도 같은 상황이었던지라 어쩔 수 없이 이 카드를 꺼냈던 건데.

'대체 뭐가 문젠데?'

새벽은 하하, 어색한 웃음을 흘리며 저와 블랙카드, 그리고 카드 리더기만을 번갈아 쳐다보는 지배인에게 인상을 썼다.

"그, 그게 말입니다, 아가씨. 아까부터 이게 어떻게 된 일인지 모르겠지만 계속 그 카드가 '정지된 카드'라고 뜨는 게 아닙니까."

"……예?"

새벽은 제 귀를 의심했다.

뭐라고? 정지된…… 카드?

당황하는 그녀를 발견한 지배인이 좌우로 손을 휘휘 저으며 외쳤다.

"흠흠. 무, 물론 아가씨를 의심하는 건 아닙니다. 아가씨가 어떤 분이신지는 제가 잘 알죠! 저희 레스토랑의 단골 중의 단골 아니십니까!"

"……."

"아, 하하. 이, 이거 아무래도 이 리더기에 문제가 있는 게 틀림없습니다."

"……."

"여, 여기 받으십시오!"

얼굴을 굳히며 서 있는 새벽에게 블랙카드를 내민 지배인은 말없는 그녀에게 계속해서 입술을 움직였다.

"오늘은 리더기 문제로 계산이 불가하니, 다음번에 오실 때 오늘 몫도 함께 계산해 주시면 되죠, 뭐!"

"……."

"아가씨?"

"아…… 네. 뭐……."

새벽은 좋은 방법을 생각했다는 듯, 제 손을 탁 치며 씩 웃는 지배인의 말에 겨우 정신을 차렸다. 그녀는 '괜찮은 생각이죠?' 하고 묻는 그를 따라 입꼬리를 올리려다, 제 어깨 뒤로 드리워진 검은 그림자에 놀라 흠칫거렸다.

"계산은 이걸로 하십시오."

그리고 그 검은 그림자는 눈을 크게 뜨고 있는 새벽은 아랑곳 않고, 제 손에 들린 카드를 내밀었다. 새벽의 고운 얼굴이, 휴지 조각처럼 일그러졌다.

❖

“잠깐만요.”

손을 뻗는 새벽의 외침에도 불구하고 그는 멈추지 않았다. 살짝 이를 악문 새벽은 다시 한 번 남자를 향해 외쳤다.

“거기 서요!”

저보다 몇 발자국은 앞서 걸어가는 사람에게 큰 소리를 흘렸다. 그녀의 말을 듣지 못한 것도 아닐 텐데, 상대는 도통 멈출 생각 따윈 하지 않는다. 덕분에 마음만 조급해졌다.

“거기 서라고요! 저기요! 이봐요! 이보세요!”

제길.

“장진건 씨!”

주차장을 향해 쉬지 않고 내려가던 상대가 뚝 멈춰 선 것은 그의 이름을 부른 순간이었다.

‘어?’

새벽은 제 입에서 낯선 이름이 버럭 흘러나오기가 무섭게, 걸음을 멈추는 남자의 커다란 등을 멀뚱히 바라봤다.

두근두근.

그에게 ‘빚’을 진 것이 있기에 괜히 귀가 화끈 달아올랐다. 입술을 잘근 깨물던 새벽은, 오늘 처음 본 남자임에도 불구하고 그가 이상할 정도로 낯이 익다고 생각했다.

‘괜한 생각이야.’

멍하니 그의 등을 쳐다보던 그녀는 이내 미간을 좁히며 그를 향해 쭉쭉 다리를 뻗었다. 또각또각 구두 소리를 흘리며 남자의 앞으로 간 뒤 우뚝 선 새벽은 고개를 들었다. 그래야지만 상대의 눈과 마주할 수 있었기 때문이다.

키도 엄청 크네.

앉아 있을 땐 몰랐는데, 이렇게 마주 보고 서니 더 그렇게 느껴진다. 저 역시 작은 키는 아니건만 목이 아파 오는 것을 느끼며 새벽은 말했다.

"겨우 멈추셨네요."

"……."

"몇 번이나 불렀는데, 제 말이 들리지 않던가요?"

"……."

"이봐요, 장진건 씨."

듣고 있는 거야?

새벽은 자신을 가만히 바라보기만 하는 검은 눈에 왠지 털이 쭈뼛거리는 것을 느꼈다. 기분이 이상해졌다. 칠흑 같은 눈동자에 비친 제 모습이 흔들리는 것 같아 얼굴을 구긴 그녀는 후우, 한숨을 내쉬며 물었다.

"얼마예요?"

새벽의 질문에 그의 미간이 꿈틀거렸다. 그녀는 핸드백 안에서 지갑을 찾으며 중얼거렸다.

"혹시 이것까지 조사하셨는지도 모르겠지만…… 저는 빚지는 걸 싫어합니다."

"……."

"그것도 앞으로 얽히기 싫은 사람에게는 더욱더요. 그러니, 장진건 씨한테 밥을 얻어먹는 것이 몹시 꺼려지네요."

쌀쌀맞은 새벽의 말에도 불구하고 그의 눈동자는 고요하기만 했다. 돌을 보고 말하고 있는 것 같아 인상을 쓰던 새벽은 겨우 손안에 들어온 지갑을 보고 빙긋 웃었다.

"얼마예요? 당신 몫까지, 제가 지금 당장 현금으로 드릴……."

자신만만하게 핸드백에서 장지갑을 꺼내어 안을 활짝 열어젖힌 새벽의 눈에, 텅 비어 있는 수납공간이 보인다.

빌어먹을!

하마터면 입 밖으로 욕설이 흘러나올 뻔했지만, 가까스로 참아 냈다.

「새벽 씨. 미안한데…… 혹시 급전 좀 지원해 줄 수 있어?」

그러고 보니, 이곳으로 오기 전 급한 사정을 토로한 동기에게 꽤 많은 양의 현금을 빌려주었던 것이 뒤늦게 떠올랐다.

'하는 수 없네.'

새벽은 한참 동안이나 비어 있는 지갑 속을 내려다보더니 말없이 남자를 향해 핸드폰을 내밀었다.

"뭡……니까?"

새벽을 무심하게 응시하던 그가, 메모 어플의 화면을 들이미는 새벽을 보고 물었다. 그녀는 흥, 콧방귀를 뀌더니 중얼거렸다.

"여기에 계좌 번호 찍으세요."

"……."

"지금 당장 현금이 없으니, 집에 가는 길에 계좌로 송금할게요. 뭐 해요? 안 찍고."

묵묵히 서 있기만 하는 그에게 새벽은 자신의 핸드폰을 아래위로 흔들며 닦달했다.

"우새벽 씨."

"내 말 안 들려요? 여기 계좌 번호 적어 달라고요."

"우새벽."

저보다 꽤 나이가 있다고 듣기는 했지만, 제게 까이기가 무섭게 이름을 함부로 부르는 태도라니. 예의라고는 눈을 씻고 찾아봐도 없는 남자다. 대한민국 최고 건설 그룹인 유단 건설의 전략본부장이라고는 하나, 이렇게 인정머리가 없기에 그 자리까지 오른 거겠지.

그래, 내 이름 우새벽이다.

새벽은 제 이름을 부르는 그를 똑바로 응시했다.

"왜요?"

하지만 저도 만만찮다. 저 역시 부족할 것이 없는 우화 건설가의 자제 아니었던가?

돌아가신 할아버지께서 일구어 놓으신 텃밭을 아버지께서 잘 가꾸셨고, 이젠 조금만 더 공부하여 본사에 입사를 하게 된다면 그녀도 그들의 업적에 누가 되지 않을 만큼 우화에 일조할 수가 있다.

그런 마인드로 새벽은 스물일곱, 지금까지 우화의 당당한 일원이 되기 위해 노력해 왔다. 본사 입성을 눈앞에 두고 있는 우새벽이, 고작 유단 건설의 전략본부장 앞에서 무너질 순 없지.

새벽이 두 눈을 똑바로 뜨고 자신을 응시하자 검게 눈을 일렁이던 남자는 후우 한숨을 쉬며 말했다. 그는 새벽을 내려다볼 때보다는 한결 누그러진 태도로 말했다.

"조금 전 먹었던 커피 정도는 제가 사겠습니다."

뭐?

"그러니 계산 따위는 신경을 안 써도 될 것 같군요. 거의 먹지도 않았으니…… 우새벽 씨가 계산할 필요도 없습니다."

하긴. 새벽은 그와 대면한 지 겨우 10분 만에 자리에서 일어났다. 원래

대로라면 커피를 마신 뒤, 그곳에서 식사까지 함께해야 했지만. 그의 말은 충분히 일리가 있었으나, 새벽은 무심한 남자를 올려다보며 빙그레 미소 지었다.

"어머. 그건 정말 뭘 모르시는 소리시네요."

새벽은 그 말을 끝낸 후 몸을 돌리려던 그를 향해 차갑게 대꾸했다.

"저는 당신의 커피 정도는 충분히 대접할 수 있답니다. 그런데 제가 왜 잘 모르는 당신에게 굳이 커피를 얻어 마시고, 빚을 져야 하죠?"

"……."

"아까도 말씀드렸다시피, 다시는 당신의 얼굴을 보고 싶지 않기 때문에 빚을 지기 싫은 겁니다. 그러니 계좌, 찍어요."

"……."

"뭐 해요?"

설마 말귀를 못 알아듣나?

새벽은 알아듣게 잘 설명을 해도 뻣뻣한 태도를 유지하고 있는 눈앞의 남자, 장진건을 올려다보며 얼굴을 찌푸렸다. 정말이지 답답한 남자가 아닐 수 없다. 이 남자와의 만남을 서둘러 끝낸 후, 좋아하는 남자 친구의 얼굴이나 보러 가고 싶건만.

'얼굴이 잘생기면 뭘 해.'

정이 안 가는데, 정이.

새벽은 도통 반응을 하지 않고 자신을 쳐다보기만 하는 진건을 바라보며, 계속해서 핸드폰을 흔들었다.

"그렇게 제게 빚을 지기 싫습니까?"

"당연한 소리를."

새벽은 싱긋거렸다. 그녀의 대답을 들은 그가 한 번 더 물었다.

"다시는 보고 싶지 않고요?"

그럼, 처음 보는 사람한테 느닷없이 결혼하자고 말하는 정신 나간 사람이랑 다시 보고 싶어 하는 사람이 어디 있어?

"네."

새벽은 지지 않는다. 상대가 누구든 간에.

대체 무슨 생각을 하는 건지는 모르겠지만, 서늘한 눈동자에 저를 담고만 있는 진건에게 새벽은 자신의 핸드폰을 들이밀었다.

"이봐요, 장진건 씨. 정말 계좌 안 찍을…… 앗!"

"긴 말은 하지 않겠습니다."

그러나 그런 그녀의 말은 갑자기 제 손목을 덥석 움켜쥐는 그의 행동으로 인해 뚝 끊어졌다.

"뭐, 뭐 하는 짓이에요! 이거 안 놔요?"

새벽이 황당한 표정을 지으며 그를 노려보자, 장진건이라는 이름을 가진 남자가 싸늘하게 말했다.

"더 이상 귀찮게 굴지 말고, 그냥 나랑 결혼하도록 하세요."

결혼.

오늘 생판 처음 본 남자의 입에서 흘러나온 말이라고 하기에는 지나칠 정도로 다정한 단어다. 새벽은 부스러트릴 듯 제 손목을 움켜쥐고 있는 그를 뿌리치려 했으나 소용이 없었다. 결국 새벽은 있는 힘껏 눈에 힘을 줬다.

"이봐요. 장진건 씨!"

"결혼."

"……."

"결혼해야 합니다. 당신과 나."

이 자식이 진짜!

"괜한 생각 말고 그냥 내 말대로 하는 편이 우새벽 씨 당신을 위해서도 좋은…… 읍!"

듣고 있을 가치가 없다. 새벽은 부담스러울 정도로 잘생긴 얼굴을 들이밀며 말하는 남자의 말에 욕설을 흘리다, 있는 힘껏 무릎을 들어 올렸다.

"크으……!"

다리와 다리 사이의 그것을 정통으로 맞은 남자가 차마 잇기 힘든 신음을 흘리며 서서히 주저앉았다. 그의 단단한 손가락에 잡혀 있던 그녀의 팔이 스르륵 풀렸다. 새벽은 붉어진 손목을 내려다보며 칫, 입술을 삐죽였다.

아파 죽겠네!

그녀는 남자의 손에 잡혀 있던 제 손목을 슥슥 매만지더니 냉랭하게 고개를 숙였다. 꽤나 번지르르한 얼굴이 잔뜩 붉어진 남자가, 무릎을 굽힌 채 고통스러워하고 있었다. 새벽은 이를 갈며 외쳤다.

"이 미친 자식이 감히 누구한테 결혼을 명령해? 무릎을 꿇고 빌어도 눈 한 번 깜빡 안 할 판에, 뭐? 명령? 참나."

"크윽!"

"허우대도 멀쩡한 새끼가 정신이 나갔나, 정말."

"우새……."

"그래, 인마! 내 이름 우새벽이다!"

"……!"

"나 참 어이가 없어서. 장진건인지, 뭔지……. 너 인마, 내가 유단 건설 회장님의 얼굴을 한 번 뵌 적이 있어서 이렇게 넘어가 주는데…… 앞으로 한 번만 더 내 눈에 띄면, 그땐 진짜 가만히 안 둔다. 알았어?"

"너…… 큭!"

"너—는 무슨. 어휴, 진짜 별 같잖은 꼴을 다 보겠네. 처음 보는 여자한테 난데없이 웬 청혼이야, 청혼이? 멀쩡하게 생긴 놈이, 그렇게 여자가 없냐?"

미친놈.

쯧, 짧게 혀를 차고 돌아서던 새벽은 아직도 고통에 몸부림치고 있는 남자를 못마땅한 눈으로 흘겨본 뒤, 흥 콧방귀를 뀌며 제 갈 길을 걸어갔다.

'재수 옴 붙었네.'

새벽은 온몸을 부르르 떨며, 고개를 절레절레 저었다.

운수 좋은 날은 무슨. 앞으로 저 인간의 면상을 또 보게 된다면, 내가 인간이 아니다!

그녀는 주먹을 불끈 쥐며 속으로 외쳤다.

그리고…… 그로부터 얼마 지나지 않은, 24시간 뒤.

새벽은 그녀가 있는 힘껏 다리 사이를 걷어찬 남자를 향해 간절하게 말해야 했다.

"죄송하지만…… 저랑 결혼해 주실 수 있으세요?"

간절하다 못해 애절하게.

"해요, 그 결혼! 그쪽, 장진건 씨가 말했던 그 결혼, 지금 당장이라도 하자고요! 청혼 받아들일게요. 무조건 받아들일게요. 네?"

그리고 그 어느 때보다 처절하게.

"부디 저와…… 결혼해 주세요."

제1장

결혼의 조건

⚜

— 본부장님, 접니다. 들어가겠습니다.

인터폰으로 들려오는 소리에 아래위로 앉았다 일어서기를 반복하던 진건의 행동이 멈추었다. 달칵 문이 열린 본부장실에는 책상 앞에 서선 무릎을 반쯤 굽히고 있던 진건과 결재 서류가 든 검은 파일을 손에 쥔 그의 비서 영우가 조우했다.

"본……부장님?"

엉거주춤 서 있는 진건을 발견한 영우가 미간을 좁혔다.

"지금 뭐 하시는 겁니까?"

의심스러운 눈으로 저를 바라보는 영우의 질문에, 진건은 얼른 허리를 꼿꼿하게 세웠다.

윽, 하고 짧은 신음이 입안으로 삼켜졌지만 진건은 애써 태연함을 유지했다.

"단순한……."

"단순한?"

"운동."

"네?"

"무슨 일이지, 한 비서? 오늘 오전 업무는 모두 정오 이후로 미루라고 했던 걸로 기억하는데."

아직까지 얼얼한 다리 사이의 감각이 진건의 기분을 몹시 불쾌하게 만들었다. 평소의 그답지 않게 업무까지 미뤄 가며 어젯밤 있었던 일을 떠올리던 그는 '아!' 하고 탄성을 터뜨리는 영우를 빤히 응시했다. 영우는 빙긋 웃으며 진건에게 더욱더 가까이 다가왔다.

"그러려고 했습니다만 갑자기 결재를 받아야 할 일이 생겨서 말입니다."

"……일?"

"우화 건설 일입니다."

의문으로 번지던 진건의 눈동자가 순식간에 가라앉는다. 그는 제게 서류를 내미는 영우에게서 그것을 받아 들었다. 영우는 딱딱하게 굳은 얼굴로 서류의 내용을 훑고 있는 진건에게 조심스럽게, 매우 조심스럽게 물었다.

"어제 미팅은 어떠셨습니까?"

영우의 물음에 서류를 내려다보던 진건의 검은 동공이 그를 향했다. 온몸의 열기를 차갑게 식히는 그 서늘한 시선에 영우의 침이 꼴깍 삼켜졌다. 영우는 두 손을 휘휘 저으며 말을 덧붙였다.

"주제넘었다면 죄송합니다! 저는 그저 보, 본부장님이 염려가 되어……."

"잘 안됐어."

"……예?"

진건은 눈을 동그랗게 뜨며 되묻는 영우에게 쓴웃음을 흘리며 중얼거렸다.

"잘 안됐다고."

애초에 처음부터 잘될 것이라고 생각하지는 않았지만, 그래도 이미 이야기가 오간 걸로 여겼다. 하여 당연히 대면을 하자마자 그런 말을 한 것이고, 각자의 목적에 따라 상대도 승낙을 할 거라 예상했는데.

「당신, 재수 없어.」

자리에 앉자마자 '결혼을 했으면 합니다. 당신과 나. 시간 끌기보단 바로 혼인 신고부터 하는 게 좋겠군요.' 라 말했던 진건을 보고, 생글생글 웃던 여자의 얼굴이 처참할 정도로 화려하게 뭉개지는 모습이란.

「허우대도 멀쩡한 새끼가 정신이 나갔나, 정말.」

게다가 약간의 주저함도 없이 그의 급소를 세게 강타하는 것을 보면, 그녀가 뱉어 낸 말대로 그를 두 번 다시 볼 생각은 없었던 것이 틀림없다. 강렬하다면 강렬했고, 무례하다면 무례하다 싶었던 첫 만남은 생각 이상으로 파격적이게 끝이 났다.

"그, 그럼 어떡합니까?"

고통에 몸부림치는 진건을 냉정하게 내버려 둔 채, 그 여자는 유유히 사라졌다. 그런 그녀의 뒷모습을 떠올리던 진건은 걱정 가득한 표정으로 묻는 영우를 응시했다. 마치 그다음에 이어질 말이 '본부장님의 계획과는 많이 다르잖습니까?' 라는 것을 연상케 한다.

진건은 후우, 길게 숨을 흘린 후 중얼거렸다.

"기다려야지."

그 수밖에는.

"어차피 시간이 없는 건 내가 아니라 그쪽이니까."

누구나 넘어올 만한 미끼를 던진 것은 진건 쪽이었고, 궁지에 몰린 고기는 그 탐스러운 미끼를 크게 베어 물 일만이 남아 있었다.

❖

— 새벽이 너…… 대체 무슨 짓을 한 거니?

경영관에 도착한 순간 걸려 온 전화가 새벽의 심기를 건드렸다.

'그건 제가 묻고 싶은 말이에요, 고모님. 고모님은 그 이상한 남자에게 저를 물건처럼 팔려고 하셨어요? 저를 어떻게 보신 거예요?'

차마 입 밖으로 뱉어 내지 못할 말이 목구멍을 맴돌았지만, 새벽은 꾹 참아 낼 수밖에 없다. 하필 제게 전화를 걸어 온 사람이 새벽의 아버지인 우성태 회장과 함께 중견기업이었던 우화를 시공능력평가 2위까지 올린 능력자, 우이화 사장이었기 때문이다.

새벽의 롤 모델이자, 그녀가 아버지 다음으로 존경하는 고모님, 우이화.

새벽이 남자 친구인 재혁과의 일도 제쳐 두고 '그 장소' 에 나간 까닭은 이화의 영향이 컸다.

「네가 꼭 만나야 할 분이 계셔. 나를 봐서라도 그분과 대화를 나누어 봤으면 좋겠구나, 새벽아. 그럼 너에게도, 우리 우화에도 많은 힘이 될 거야.」

대체 어떤 사람이기에 고모님이 그렇게까지 말씀하시는 걸까. 왠지 모를 설레는 감정을 안고 약속 장소로 향했던 새벽은 그렇게 '그 남자'를 만났고, 밤새도록 한숨도 못 잘 정도로 기분 나빴던 만남을 가져야만 했다.

"고모님. 죄송하지만…… 제가 곧 수업에 들어가 봐야 해서요."

— 뭐?

"학교 마치고 제가 나중에 전화드리겠습니다. 그럼."

— 잠깐. 우새벽. 너……!

이화가 무어라 외쳐 댔지만, 새벽은 망설이지 않고 빨간색 종료 버튼을 눌렀다. 뚝 끊어져 버린 전화가 울릴까 아예 핸드폰을 꺼 버린 그녀는 홱 몸을 돌렸다.

"어? 언제 왔어?"

곧 있으면 수업이 시작될 시간.

얼른 강의실로 가야 자리를 잡을 수 있었기에 바삐 움직이려던 새벽은, 제 앞을 막아선 낯익은 얼굴에 빙긋 미소를 지었다. 그녀의 앞에서 손을 휘휘 흔들고 있는 갈색 머리카락의 여자는 새벽의 절친한 친구인 은비였다.

"방금 전에. 그런데 누구랑 대화를 하길래 그렇게 찬바람을 풍겨?"

"아아. 우리 고모님."

"우 사장님?"

"으응."

화장품 업계 1위를 달리고 있는 〈화인 코스메틱스〉의 외손녀인 은비는 새벽을 따라 한국 최고의 대학인 이곳의 MBA 과정을 함께하고 있었다. 초등학교 시절부터 그녀와 함께해 온 새벽은 옅은 미소를 그리며 고개를 끄덕였다.

은비는 흐릿한 새벽의 표정에 뭔가 눈치챘는지, 더는 묻지 않고 그녀의 팔에 팔짱을 꼈다. 그러고는 씩 웃으며 작게 속삭였다.

"일단 들어가자. 들어가서 얘기 해."

오전 9시부터 시작된 수업은 오후 6시가 되어서야 끝이 났다. 이제 겨우 세 달밖에 남지 않은, 지금부터 딱 12월까지만 학교를 다니면 총 16개월간 진행되었던 MBA 과정도 끝이 나게 된다는 소리. 그 후 새벽은 목표했던 대로 우화에 입사를 하여 차근차근, 경영진이 되기 위한 단계를 밟아 나가려고 준비를 하고 있었다.

"뭐? 맞선……? 그게 맞선 자리였다고?"

두 눈을 크게 뜨는 은비의 입술 사이로 어이없는 숨이 터져 나왔다. 새벽은 꺼 두었던 핸드폰을 다시 켠 후, 은비에게 말없이 고개를 끄덕였다.

그럴 만도 하지.

지금 경악하는 은비의 모습은 몇 시간 전, 자신이 '그 남자'의 앞에서 지었던 표정과 흡사했다. 단순히 멘토 혹은 상담자 역할을 해 줄 사람을 만나러 간 건 줄 알았던 새벽이 웬 남자에게서 청혼을 받았다고 하니, 그 표정이 나올 만도 하다.

"어이없지?"

"어, 엄청."

새벽은 미묘한 눈으로 대꾸하는 은비를 한 번 흘긋거린 후 인상을 썼다.

"정말 고모님이 무슨 생각을 하시는 건지 모르겠어. 내 미래에 도움이 될 거라고 하셔서 당연히 경영진들과의 만남 정도로만 여겼는데…… 청혼이라니. 그리고 그 남자도 웃겨. 처음 보는 여자한테 청혼이라는 게 가능해? 요즘이 조선 시대야? 조선 시대냐고."

"……그, 그러게. 그래서? 그래서 새벽이 넌…… 뭐라고 했는데?"

툴툴거리는 새벽을 보고 은비가 물음을 던졌다.

'얘가 왜 이래?'

맑은 눈빛이 일렁이는 것이 왠지 모르게 약간은 부담스럽다. 무언가 바라는 눈빛인 것 같아 더욱더.

은비의 시선에 살짝 멈칫하던 새벽은 이내 입술을 삐죽여 가며 대답했다.

"당연히 거절이지!"

"거절?"

은비가 못 들을 말이라도 들었다는 듯 되물었다. 새벽은 그런 은비를 향해 피식 웃으며 말을 이었다.

"뭘 그리 놀란 표정을 지어? 아니 그럼 은비 너는, 남자 친구가 있는 내가 정략결혼을 받아들여야 한다는 얘기야?"

새벽의 남자 친구는 단순히 하루 이틀 사귄 사람이 아니었다. 무려 10년. 강산이 변하고도 남을 긴 시간 동안 함께해 온 동반자나 마찬가지였다. 물론 새벽의 집안과 금전적으로 차이가 있다고는 하나, 그는 몹시 능력 있는 변호사가 아니었던가.

어디 직업뿐이겠나. 오랜 시간 동안 제게 사랑을 주고 마음을 함께 주고받기까지 했던 사람이었다.

그런 사람을 버리면 인간도 아니지.

새벽은 고개를 절레절레 흔들었다. 그러며 생긋 눈웃음을 지으며 은비를 바라봤다.

"은비야. 재벌끼리의 정략결혼을 하는 시대는 끝났어."

"어?"

"우리 아버지도 그랬고, 어머니도 그랬잖아. 결혼이라는 건 마음이 맞아야 하는 거라고."

"아……"

"그래서 이번에 그 남자와의 자리를 마련한 고모님을 이해할 수 없는 거야. 우리 고모님답지 않잖아? 내가 얼마나 답답했는지."

"……."

"왜 그런 표정이야?"

"아니. 새벽이 너…… 괜찮아?"

"응? 뭐가?"

"……아, 아냐. 아무것도 아니야."

아무리 생각해도 이해가 되지 않는 이화의 행동을 떠올리며 새벽이 미간을 좁혔다. 그런 새벽에게 은비는 웬일인지 얼굴을 굳히며 알아들을 수 없는 말을 걸었지만 새벽은 그녀의 말을 쉽게 파악하지 못했다.

'은비가 좀 이상하네.'

되묻는 새벽에게 아무것도 아니라며, 빙긋 웃는 은비가 영 수상쩍다.

새벽은 의미심장한 표정을 짓는 은비를 추궁하려 했다.

'어?'

그러다 갑자기 느껴지는 진동에, 새벽은 시선을 아래로 내렸다. 핸드폰을 꺼내 액정을 들여다보니 저절로 웃음이 난다.

'양반은 못 되겠어.'

싱긋 웃던 새벽은 은비에게 양해를 구했다.

"잠깐만, 은비야. 전화 좀 받을게. 응, 오빠."

새벽에게 전화를 걸어 온 사람은 서초동 법조 타운에서도 세 손가락 안에 꼽히는 로펌의 변호사이자 알고 지낸 지는 10년, 사귄 지는 7년이 된 새벽의 남자 친구인 재혁이었다.

고등학교 때 새벽의 과외 선생으로 처음 얼굴을 마주했고, 그 후 꼬박 3년 동안 그를 짝사랑하여 성인이 되자마자 고백을 하고 지금까지 함께 해 온, 가족만큼이나 소중한 사람이기도 했다.

— 새벽이 어디야?

부드럽게 울리는 재혁의 목소리는 언제나 듣기 좋다. 새벽은 몇 년이 흘러도 가슴을 간질이는 그의 음성에 입매를 주체하지 못했다.

슬쩍, 은비가 앉아 있는 테이블 쪽을 보니 그녀가 부러움이 가득한 눈으로 저를 쳐다보고 있는 게 보였다. 새벽은 씩 웃으며 은비에게 검지로 들고 있던 핸드폰과 입술을 차례로 가리키고는 비밀로 해 날라는 손짓을 했다. 그러자 은비가 어색하게 머리를 주억거렸다.

"나 지금 학교 앞 카페."

— 혼자?

"그럴 리가. 은비도 같이 있어."

— 아, 은비 씨……. 그나저나 저녁은? 먹었어?

"아직. 그런데 오빠 지금 시간 되는 거야?"

은비의 이름을 중얼거리는 재혁의 반응이 미묘했지만 새벽은 크게 신경 쓰지 않았다. 새벽의 질문에 재혁이 '응.' 하고 짧게 대답하더니 말을 덧붙였다.

— 오늘 만나기로 했던 클라이언트가 갑자기 약속을 취소해서. 조금

일찍 퇴근해도 될 것 같아.

"어? 정말?"

— 그래서 저녁이라도 하자고 하려 했는데……. 어제 우리 못 만났잖아.

그건 그렇지.

어젯밤, '그 남자' 와의 일로 새벽은 남자 친구인 재혁과 만나지도 못했다.

불쾌한 기분을 떨치려 재혁에게 연락을 했지만, 어찌 된 일인지 재혁은 전화를 받지 않았었다. 재혁이 한창 바쁠 때는 제대로 통화도 못했던 적이 한두 번이 아니었던지라, 어제도 그런 줄만 알았다.

우리가 연락을 하지 않는다고 섭섭해할 만큼 신뢰가 없는 사이는 아니니까.

새벽은 '만나고 싶은데…….' 하고 중얼대는 재혁을 향해 한숨 섞인 목소리로 말했다.

"어쩌지, 오빠. 오늘은 힘들 것 같은데."

— 왜.

"나 은비랑 저녁 같이 먹기로 했거든."

— 은비 씨랑?

"응."

— ……그럼 은비 씨도 같이 데려와.

"뭐? 정말?"

새벽이 화색을 담아 외치자 재혁은 피식 웃으며 답했다.

— 어. 안 될 거 없잖아. 한 2, 30분 정도 걸릴 거야.

"기다릴게!"

'알겠어.' 하고 귓가로 스며드는 재혁의 목소리가 끊어졌다. 아쉬운 감이 있어 입맛을 다시던 새벽은 은비가 기다리고 있는 테이블 쪽으로 성큼성큼 발을 내디뎠다.

그녀는 어리둥절한 눈으로 저를 올려다보는 은비에게 입꼬리를 올리며 외쳤다.

"재혁 오빠가 같이 식사하재. 너랑 나, 우리 셋이서!"

의심이라고는 없는 밝은 외침이었다.

❖

'어라?'

지이잉. 핸드백 속에 넣어 둔 핸드폰이 요란하게 진동하는 소리가 들려왔다. 한창 식사 도중이었던 새벽은 가방 안으로 팔을 넣어 핸드폰을 꺼내 들었다. 발신인을 확인하니, 다름 아닌 이화였다.

'맞다. 그러고 보니 수업 끝나고도 고모님께 전화를 못했네.'

자식이 없는 이화였기에, 하나밖에 없는 친조카인 새벽을 제 목숨보다도 더 아꼈다. 그런 이화가 대체 왜 그토록 이상한 일을 벌인 건지 아직도 이해하지 못하겠다. 새벽은 이화를 향한 괜한 반감에 입술을 살짝 깨문 후, 그녀의 전화를 무시하려 했다.

지이잉.

귀찮을 정도로 핸드폰은 잦게 울렸다. 결국은 종료 버튼을 눌러 핸드폰의 전원을 끄자 겨우 고요해졌다. 이화의 전화를 무시하는 것이 몹시 찝찝하긴 했으나 오늘만큼은 고모님의 얼굴을 보지 못하겠다.

새벽은 간단하게 일을 처리한 뒤, 식사를 이어 나가고 있는 두 사람에게 빙긋 미소 지었다.

"그나저나 아까 그게 무슨 소리야? 정말 이번 겨울에 우리 셋이서 놀러 가자고? 양재혁 씨. 그 약속, 지킬 수나 있는 거야?"

은비가 미리 예약을 해 두었다던 레스토랑에서 저녁을 먹으며 나온 대화가 있었다. 새벽과 은비의 MBA 과정이 끝나는 연말에, 오랜 인연을 유지해 온 세 사람이 함께 동남아로 휴양을 떠나는 것이 어떻겠냐는 제안이었다.

새벽은 그 제안을 한 것이 다름 아닌 재혁이었던지라, 하얀 이를 드러내며 웃었다. 재혁은 새벽을 바라보며 고개를 끄덕였다.

"당연하지. 대표님께서 이번엔 꼭 연차 쓸 수 있도록 배려해 주신다 했어. 그러니 걱정 마."

"웬일이래. 오빠를 무슨 머슴처럼 부리던 그 못된 대표가."

"에이, 새벽이 너도 참. 겨우 그 표현 가지고 되겠어? 악랄하다고 해야지."

"두 사람, 우리 대표님을 너무 나쁘게 보는 거 아니야?"

짙은 눈웃음을 그리며 재혁이 하하, 웃자 새벽과 은비는 어깨를 으쓱이며 눈빛을 주고받았다.

'오빠를 굴리는 걸 보면 그 정도 말은 들어도 돼!' 하고 새벽이 말을 덧붙이자 은비가 동조라도 하듯 머리를 세게 아래위로 흔들었다.

재혁은 못 말린다는 눈으로 두 사람을 쳐다보다 말없이 입꼬리를 올렸다.

즐거웠던 식사는 눈 깜짝할 사이에 끝이 났다.

아쉬운 마음이 들 만큼, 빠르게.

"성북동? 갑자기 거긴 왜?"

새벽이 계산을 하겠다고 해도 굳이 자신이 하겠다며 그녀를 막아 세운 은비가 계산을 마치고 나와 꺼낸 말에 새벽은 눈을 동그랗게 떴다. 은비는 옅은 미소를 그리며 말을 이었다.

"잠시 할 말이 있다고 들어오라네."

"너희 할머니께서?"

"응. 미안. 아무래도 2차는 못 갈 것 같아. 그러니 둘이서 가."

"은비야……."

새벽은 씁쓸한 표정을 짓는 은비를 보고 미간을 좁혔다.

이곳 청담동에서 그녀의 오피스텔이 있는 논현동까지는 얼마 걸리지 않지만 성북동까지 가려면 시간이 걸린다. 게다가 지금부터는 밀리는 시간이니 30분 이상 걸릴 수도 있겠지.

은비의 얼굴이 어두워진 것을 보면 좋은 일은 아닌 듯하여, 새벽은 잠시 고심했다.

'친구 좋다는 게 뭐야.'

이내 결단을 내린 그녀는 고개를 들어 제 옆에 있는 재혁을 불렀다.

"저기…… 오빠."

"응?"

재혁이 어리둥절한 표정을 지으며 새벽을 바라봤다. 새벽은 웃으며 은비 쪽을 흘긋거렸다.

"미안한데…… 은비 좀 은비네 본가에 데려다줄 수 있어?"

난처한 일임을 알기에 뱉어 내는 말도 조심스럽다. 새벽의 말이 끝나자마자 '뭐?' 하고 묻는 재혁과 깜짝 놀라 '괜찮아!' 소리치는 은비를 보고 새벽은 하얀 이를 드러냈다.

"오빠도 알다시피 우리 은비, 너무 예뻐서 혼자 다니면 남자들이 자꾸만 달라붙는다고. 그러니까 우리 오빠가 은비를 집까지 데려다주고 나랑 남은 데이트 즐기면 되게 기쁠 것 같은데……."

"새, 새벽아."

"그래 줄 수 있지? 오빠, 그래 줄 수 있지?"

당황해하는 은비에게 깜빡깜빡, 윙크를 한 새벽은 재혁의 팔에 철썩 달라붙어선 그를 올려다보았다.

"흐음."

재혁이 거리를 계산하듯 미간을 좁히자, 그의 마음을 흔들기 위해 새벽은 발꿈치를 들어 올렸다. 그녀는 붉은 입술을 그의 귀에 대고 속삭였다.

"그럼 오늘 밤에 끝내주는 키스 해 줄게."

은비에게 닿지 않는 목소리로 속삭였다. 그러자 재혁이 홱 고개를 돌려 그녀를 바라봤다. 활활 타오르는 그의 눈빛이 심상찮다. 새벽이 묘한 미소를 지으며 그를 쳐다보고 있자, 재혁이 결국 옅게 웃으며 알겠다는 제스처를 취했다.

새벽은 '됐어, 은비야!' 하고 그녀의 목을 껴안아 주고선 두 사람을 재혁의 차가 주차되어 있는 곳까지 바래다주었다.

"돌아오는 길에 나한테 연락해! 그리고 은비 너는 도착하자마자 문자 주고!"

연신 거절하던 은비가 못 이기는 척 그녀의 제안을 받아들이자, 일은 일사천리로 진행됐다. 새벽은 미안하다는 마음 반, 고맙다는 마음 반이 공존하는 은비의 눈을 응시하며 밝게 외쳤다. 은비는 재혁을 흘긋거리더니 새벽을 보며 물었다.

"새벽이 너는 어떻게 할 건데?"

"나? 나는 요 앞에서 버스 타면 돼! 그것도 아니면 지하철 타면 되겠다!"

"그래도 대중교통은 좀……. 차라리 기사를 불러서……."

"강은비. 너 큰일 날 소리 한다? 필요하면 대중교통도 좀 이용하고 다녀야지. 매일 택시 타거나 차를 끌고 다니면 대한민국 공기가 잔뜩 오염이 돼요! 우리나라 미세먼지가 왜 이렇게 심해졌겠어? 그게 다 매연 때문이라니까?"

"뭐?"

"또 엎어지면 코 닿을 거리에 집이 있는데 괜히 이미 퇴근하셨을 아저씨를 불러서 뭐 해? 난 괜찮으니까 얼른 가. 오빠, 다녀와!"

가슴까지 툭툭 두드리며 외치자 은비가 헛웃음을 흘렸다. 새벽은 인사를 하자마자 도로를 향해 달려가는 재혁의 차를 보며 미소를 잃지 않았다.

'흐음. 그럼…….'

일단 집으로 가 볼까?

이상할 정도로 고되게 느껴지는 하루다. 새벽은 완벽하게 시야에서 사라져 버린 차의 흔적을 좇다 천천히 발을 앞으로 내디뎠다.

슬슬 고모님께 전화를 해야 하는 건가.

저녁 식사 내내 미뤄 두었던 이화에 대한 생각이 은비, 그리고 재혁과 헤어지기 무섭게 밀려왔다. 왠지 모르게 가슴이 막막해져 입술을 잘근 짓누르던 그녀는 내내 꺼 두었던 핸드폰을 꺼내었다.

"……!"

그런 새벽이 전원 버튼을 켜자마자 무시무시할 정도로 많은 양의 문자들이 쏟아졌다.

부재중 전화를 알리는 메시지부터 시작하여, 어디냐고 묻는 이화의 문자들, 심지어 어머니인 채 여사와 아버지인 우 회장의 문자까지. 하나같이 어디냐는 질문들뿐이다.

왠지 모르게 미묘한 기분이 드는 문자들이었다. 그에 어떻게 답을 해야 할지, 잠시 고민하고 있을 때.

'이건…… 뭐야.'

방금 전 도착한 문자인지, 아직 열어 보지도 않은 새로운 문자가 시야로 들어왔다. 새벽은 미간을 좁혔다.

[010-X92X-12X1 일이 생기면, 이쪽으로 연락해 주길 바랍니다.]

의미를 알 수 없는 문자.

새벽은 혹시 번호를 잘못 알고 문자를 보냈나 싶어 '죄송하지만 누구시죠?' 하고 친절하게 답장을 보냈다. 그러자 답은 즉각적으로 날아왔다.

[장진건.]

……뭐?

잊고 있었던 이름이 불현듯 떠오른다.

동시에 어젯밤 있었던 불쾌한 상황, 역시.

「우새벽 씨와 결혼할 생각입니다.」

감정이라고는 느껴지지 않는 서늘한 얼굴로 결혼을 언급했던 그 남자. 지독한 어둠을 그대로 재현해 놓은 듯한 검은 눈동자에 새벽은 황당함을 느꼈다.

'웃기는 남자였지.'

어제 집으로 돌아오자마자 인터넷으로 장진건이라는 이름을 검색했다. 그는 유단 건설 그룹의 전략본부장으로서 이름을 떨치는 걸로도 모자라, 유단의 많은 직원들에게도 신뢰를 받고, 또 차기 회장이 될 것이라 믿어 의심치 않는다는 촉망받는 기업인이었다.

그런 엘리트인 남자가, 제게 왜 그토록 이상한 제의를 한 건지 아직도 이해하지 못하겠다.

'미친놈. 정말 제정신이 아니네.'

새벽은 그의 문자를 내려다보며 쯧, 하고 혀를 차더니 핸드폰을 핸드백 안으로 집어넣었다.

'잠깐.'

그렇게 버스를 타기 위해 터벅터벅 걸음을 옮기던 새벽은, 버스 정류장을 눈앞에 두고 고민했다.

'차라리 오빠네 집으로 갈까?'

그녀의 오피스텔이 있는 논현동으로 가서 재혁을 기다릴 수도 있겠지만, 재혁의 집으로 가서 그를 기다리면 그가 더욱 기뻐할지도 모른다. 물론 시간은 더 걸리겠지만 어차피 성북동을 들러서 올 것이므로 제가 먼저 도착할 게 분명했다.

새벽은 자신을 보고 깜짝 놀랄 재혁의 얼굴을 떠올리더니 큭큭 낮게 웃었다. 그러고는 마침 제 앞에 도착한 서초동으로 향하는 버스 위로 성큼 올라섰다.

지이잉.

'어?'

새벽이 폭신한 버스 의자에 앉자마자 핸드백 속의 핸드폰이 울렸다.

[대답은 오늘 자정까지만 듣겠습니다.]

새벽은 힘차게 나가는 버스 안에서 제게 한 번 더 문자를 보내온 진건의 무뚝뚝한 말투에 인상을 썼다.

'참 질기네.'

다시는 저를 보고 싶지 않다 말했던 여자에게 이렇게 질척거리는 남자라니.

'그런 남자가 무슨 매력이 넘친다고.'

인터넷을 통한 검색 내용 중 그 남자와 관련된 여러 기사들이 떠올라 흥 코웃음을 쳤다.

새벽은 어느새 재혁의 오피스텔 건물 앞에 당도한 자신을 발견하고선, 문자를 무시했다.

두근두근.

이미 몇 번이고 찾아와 익숙해진 재혁의 집으로 가는 길이 왜 이렇게 떨리는 건지. 저도 모르게 콧노래까지 흥얼거리며 사뿐사뿐 걸어간 새벽은 연인의 오피스텔 문 앞에 섰다.

'그러니까 비밀번호가…….'

그리고 곰곰이 기억을 더듬으며 재혁의 집 안으로 들어가기 위해 도어락의 비밀번호를 톡톡, 두드리려 하는 순간이었다.

……어?

"뭐야. 문이 왜 열려 있……!"

무언가 이상했다.

원래대로라면 닫혀 있어야 할 현관의 문이 살짝 열려 있었다. 칠칠치 못하게 문도 제대로 안 닫고 다니는 거야? 하고, 피식 웃음을 흘리며 현관 안쪽으로 들어서던 새벽은 쿵, 심장이 바닥을 찧는 것을 느꼈다.

두근두근.

한번 시작된 심장의 박동은 도통 멈추지 않는다. 그녀의 갈색 눈동자는 현관에서 벌어지고 있는 믿을 수 없는 광경에 집중되어 있었다.

쿵쿵쿵.

두근거리던 심장이 몸 밖으로 튀어나올 것처럼 급박해졌다. 새벽은 거센 경련으로 인해 눈꺼풀이 파르르 떨리는 것을 느꼈다.

소리가, 나오지 않았다.

"하아, 하아."

"으읏. 크……."

진한 신음 소리.

두 남녀가 얽혀 뱉어 내는 짐승 같은 울음소리.

새벽은 돌처럼 굳어 버렸다.

"하아, 재혁 씨. 뭐 해?"

신음에 젖어 있던 여자가 그녀를 안고 있던 남자를 향해 물었다. 미친 듯이 반동하던 남자가 어느 시점부터 움직이지 않는다는 것을 알아차렸기 때문이다. 그녀는 기다란 손가락으로 송골송골 땀방울이 맺혀 있는 남자의 목덜미를 끌어안으며 물었다.

새벽은 이를 악물었다.

"왜 안 움직……."

"새, 새벽……아."

새벽은 여자가 말을 건 남자의 눈이 여자가 아닌 제게로 꽂혀 있음을 확인했다.

새벽을 발견한 후 남자의 눈동자가 급격하게 요동쳤다. 마치 못 볼 사람이라도 본 사람처럼, 파랗게 질리는 남자의 얼굴은 꽤 볼만했다. 그리고 그의 아래에서, 현관 벽에 등을 기댄 채 남자를 받아들이고 있는 여자의 모습이란.

'재수…….'

더럽게 없네.

피식, 실소가 흘러나왔다.

한번 시작된 웃음은 도통 끊어질 기미가 보이지 않았다. 그저 웃을 수밖에 없었다. 이 상황이 너무도 황당했으니까.

그 두 사람. 새벽의 눈앞에서 끔찍할 만큼 철썩 붙어 있는 사람들은 새벽이 너무 잘 알고 있는 두 남녀였다.

우새벽이 단짝, 아니 거의 단짝이라 '생각했던' 강은비와 알고 지낸 시간은 초등학교 때부터 대학원을 다니고 있는 지금까지, 약 20여 년.

남자 친구인 양재혁과 함께 지낸 시간은 그가 그녀의 공부를 가르쳐 주었던 과외 선생 시절까지 포함하면 거의 10여 년.

그리고 그런 우새벽을 사이에 두고, 강은비와 양재혁이 알고 지낸 시간은…….

'총 10년.'

씁쓸하다는 생각이 들었다.

현관에서 일어나고 있는 이 기이한 모습을 발견한 순간 가장 먼저 떠올랐던 것은 놀랍게도 두 남녀를 향한 욕설이 아닌, 과연 이 두 사람이 대체 '언제부터' 이런 사이였는지에 대한 의문이었으니까.

그러고 보면 이상한 점이 한두 가지가 아니었다.

어떻게 모를 수 있었지?

저를 연결 고리 삼아 한참을 붙어먹었을 두 사람이 자신을 얼마나 비웃었을지 상상이 간다.

'하하.'

새벽은 속으로 웃음을 삼켰다.

그녀의 등장으로 인해 그들이 고개를 돌리기까지는 시간이 그리 많이 걸리진 않았다. 새벽의 팔에 오소소 소름이 돋을 만큼, 헉헉 울리던 두 남녀의 신음 소리가 뚝 멎었다.

지독한 고요가 현관을 잠식했다.

싸한 공기가 새벽을 비롯한 두 남녀에게까지 전이되는 것이 느껴진다. 새벽은 아무 말도 하지 않는 저를 보고 눈동자를 미친 듯이 굴리고 있는 남자에게 시선을 꽂았다.

"새, 새벽아. 오, 오해야."

오해(誤解).

사전적인 의미는 무언가를 그릇되게 해석하거나 잘못 앎이란 뜻인데, 지금의 이 상황에서 오해란 있을 수가 없다.

이 남자는 나를 바보로 아는 걸까?

바보가 아닌 이상, 두 남녀가 맞닿아 있는 신체의 부위가 단순한 '오해'와는 거리가 멀다는 것은 충분히 알 수 있는데.

'옷이나 제대로 입고 말을 하지.'

정신없이 들썩이던 심장이 순식간에 굳어 갔다. 이쯤 되면 살짝 벌어진 입술 사이로 헛웃음이 흘러나올 만도 한데, 제게 일어나는 몸의 변화는 그저 얼굴이 굳어 간다는 사실뿐이다.

"윽!"

"아악!"

입을 다문 채 그저 두 남녀만을 바라보고 있는 새벽의 시선을 견디다 못한 재혁이 은비에게서 떨어져 나오려 했다. 그러자 현관 벽에 팔등을 대고 있던 은비의 고운 미간이 자연스레 좁아졌다. 새벽은 제 앞에서 신음을 흘려 대는 두 사람의 모습을 한 장면도 놓치지 않고 지켜봤다.

'작네.'

현관에서 일어나고 있는 이 기이한 모습을 이해하기 위해 노력하던 그녀는 문득 그러한 말을 내뱉으려다 말았다.

작다.

어찌나 놀랐는지, 새벽의 등장으로 인해 식어 버린 재혁의 반응이.

징그럽다 싶으면 징그럽고, 안쓰럽다 싶으면 안쓰럽게 보이는 바로 그것의 상태가.

그제야 헛웃음이 흘러나온다.

'작아.'

너무.

하마터면 '내 것' 이 되어 버릴 뻔했던 재혁에게서 새벽은 눈을 떼지 않았다. 새벽의 서늘한 눈길에 움찔하던 재혁은 바닥에 널브러져 있던 바지를 주섬주섬 챙겨 입으며 자꾸만 새벽의 눈치를 살폈다.

양재혁이라는 남자와 알고 지내 온 10년이 파노라마처럼 눈앞을 스친다. 그들 사이에는 크고 작은 일이 있었다.

열일곱, 고등학교 1학년 때 처음 그를 만난 이후 새벽은 재혁의 지도로 인해 대한민국 최고의 대학에 입학을 했고, 아버지인 우 회장의 인정을 받았으며, 미래의 경영진으로 성장할 동안 재혁도 사법고시를 패스하여 유명 로펌에 들어갔다.

두 사람이 연인 관계라는 것을 굳이 밝히지 않았지만 '새벽아. 아빠는 네가 원하는 사람이라면 누구든 오케이다.' 라고 말했던 우 회장을 떠올리면, 아마도 그들 사이의 관계를 눈치챘던 게 분명하다. 그렇게 자신과 재혁이 결혼을 하게 되리라는 것은 거의 기정사실화되어 있었던 상황.

조만간 재혁의 식구나, 새벽의 식구들에게도 두 사람의 관계를 털어놓는 것이 어떻겠냐는 말이 오갔던 터라 더더욱.

길고 긴 인연을 유지하면서 한 가지 의문이 들었던 것은, 대체 어째서 재혁이 자신과 잠자리를 가지지 않느냐는 것이었다.

「널 지켜 주려고.」

유혹을 하고, 애원을 하고, 투정을 부려 봐도 항상 돌아오는 답변은 같았다. 어쩌면 제게 매력이 없는 건가, 라는 생각을 해 볼 정도였으니까.

첫날밤에 가만두지 않겠다고, 매일 헤어지기 전 속삭였던 것에 위안을 삼으며 그와 헤어지는 것이 못내 아쉬웠던 자신이었건만.

'이렇게 붙어먹으려고 그랬군.'

그러고 보니 두 남녀, 아니 두 연놈들이 서로를 향해 어딘가 거리감이 느껴지는 '씨' 자를 붙여 댔던 것은 재작년 겨울, 그들 세 사람이 평창의 스키장에 함께 갔던 이후부터다.

왠지 모르게 피곤했던 새벽이 스키장에 도착하자마자 침대에 뻗어 버린 대신, 그녀와 함께 온 은비가 하루 종일 재혁과 함께 지내면서 스파크가 일어났던 거겠지. 아니라면 그것보다 더 이전일 수도 있고.

'철저히 농락당했네.'

'새, 새벽아.' 하고 제 이름을 계속해서 불러 대는 재혁은 사색이 된 얼굴로 어쩔 줄을 몰라 했지만, 그의 등 뒤에 서선 브래지어를 채우고 있는 은비의 얼굴은 태연자약하기만 하다.

'흔들리지 마.'

다른 순간이 아닌, 지금 이 순간.

새벽은 냉정해져야 했다.

'그래. 냉정해야 해, 우새벽.'

지금 내 앞에서 이렇게 당당한 태도를 보이고 있는 저 두 연놈들에게 우는 모습을 보일 순 없지.

새벽은 땀을 삘삘 흘리며 저와 은비를 번갈아 바라보고 있는 재혁에게 답하기 위해 덜덜 떨리는 입술을 윗니로 살짝 깨문 후, 소리를 냈다.

"두 사람, 무척 친밀한 것 같네."

다정하다 못해 구역질이 치밀어 오를 만큼 행복해 보이기까지 한다. 재혁은 새벽의 말을 제대로 듣지 못했는지 두 눈을 깜빡거렸다.

"……어? 뭐, 뭐라고?"

새벽은 다시 한 번 말하기 위해 입술을 움직였다.

"아주 다정해 보인다고. 이렇게 현관에서. 풋."

"……!"

"웬만하면 옷은 제대로 벗고 하지 그랬어. 성격도 급하지."

재혁과 은비의 모습을 아래위로 훑으며 툭 말을 던졌다. 마치 감상이라도 하듯, 팔짱을 끼면서 중얼거린 새벽의 음성에 재혁의 얼굴은 더욱더 창백하게 질려 간다.

"새, 새벽아. 잠깐만. 너 지금 완전히 오해하고 있다니까? 나랑 은비……."

"은비?"

"아, 아니, 은비 씨. 흠흠, 어, 어쨌든 이건 그냥……."

"그냥?"

살 내음이 물신 풍기는 상태로 새벽을 향해 성큼 다가온 재혁이 횡설수설 변명을 시작했다. 예상했던 패턴인지라 새벽은 짙은 미소를 지으며 되물었다.

“그냥 뭐. 설마, 오빠. 내가 너무 소중해서 차마 건드리기 무서웠다는 이유를 대려는 건 아니지?”

“……어?”

“그래서 오빠 뒤에 숨은 은비와 그저 섹스만 나누는 ‘파트너’였다고 말할 생각은, 아닌 거지?”

“새, 새벽아.”

“우와. 그럼 나 엄청 실망할 것 같은데. 화인의 외손녀가 한낱 변호사의 섹스 파트너에 불과했다는 게 믿어지지 않을 것 같아. 안 그래, 은비야?”

“……!”

새벽은 빙그레 눈웃음을 그려 가며 꺼낸 목소리가 떨리지 않았으면 했다. 최대한 자연스럽게, 자신이 동요하고 있다는 걸 들키지 않으려 애썼다. 그러고는 자신의 등장 이후 그저 꿀 먹은 벙어리처럼 서 있기만 하던 은비에게로 바통을 돌렸다.

그러자 흠칫 놀란 재혁이 홱 고개를 돌려 은비를 바라보는 것이 보인다. 그가 휘휘, 고개를 내저으며 은비에게 무언가 눈치를 주는 듯싶었지만, 화인 코스메틱스의 외손녀라는 위치에 꽤나 큰 자부심을 지니고 있는 은비는 그 반응에 코웃음만 흘렸다.

“당연히 아니지.”

“으, 은비야!”

“재혁 씨도 그만해. 대체 언제까지 이 유치한 연극을 이어 갈 건데? 웃기지도 않아. 내가 왜 재한테 이 일을 숨기고 살아야 하냐고!”

방귀 뀐 놈이 성낸다고, 제 앞에서 재혁에게 버럭 소리를 지르는 은비의 모습은 적잖이 우습다. 새벽은 이 황당한 일에 얽혀 버린 자신을 탓하면서도 은비가 어디까지 가는지 한번 지켜보기로 했다.

은비는 식은땀만 줄줄 흘려 대는 재혁에게 외쳤다.

"오늘은, 오늘은, 오늘은! 재혁 씨, 요즘 매일 그랬잖아. 오늘은 새벽이한테 말한다고. 오늘은 말한다고! 그 오늘이 대체 언젠 건데! 언제인 건데!"

"으, 은비야. 제발. 응? 상황도 상황이잖아. 아무리 그래도 오늘은…… 아니야."

오늘은 아니라니?

새벽은 어떻게 해서든 은비를 말리려 애쓰는 재혁을 보고 미간을 좁혔다.

저렇게 당당한 걸 보면 이 일이 있던 게 하루 이틀은 아닌 것 같은데. 그런 사이면서 바람을 피우면 피운다고 미리미리 말할 것이지, 오늘은 아닌 건 대체 뭐야?

어이없어하는 새벽은 재혁을 노려보다 제게로 시선을 던지는 은비를 마주했다. 은비는 큰 눈을 부라리며 입술을 움직였다.

"잘 들어, 우새벽. 나랑 재혁 씨, 벌써 4년째야."

"……."

"재혁 씨랑 네가 사귄 건 더 앞섰을지 몰라도, 내가 더 먼저 관계 맺었어. 네가 근래 꺼내기 시작했던 결혼 얘기도 나는 진작 꺼냈었고, 이미 재혁 씨랑 결혼한다고 집에 말 다 해 놓은 상태야. 그러니까 물러나려면 네가 물러나. 나는 더 이상 물러날 생각 따윈 전혀 없으니까."

"강은비!"

꼿꼿하게 고개까지 들며 새벽에게 할 말을 뱉어 낸 은비를 보고, 재혁이 귀가 따가울 만큼 소리쳤다.

'재작년이 아니었네.'

계기는 재작년 스키장일 줄 알았는데, 예상이 틀려 버리자 쓴물이 밑바닥에서부터 차오른다. 새벽은 '너 지금 뭐 하는 거야!' 하고 은비에게 소리치고 있는 재혁을 물끄러미 응시했다.

"왜! 내가 뭐 틀린 말이라도 했어?"

"은비야, 제발!"

"아니, 그렇잖아! 결국 당신이랑 결혼할 사람은 난데, 왜 내가 우새벽의 편의를 봐줘야 하는데? 게다가 어차피 유단에 팔려 갈 몸이잖아! 그런 내가 왜 자꾸 우새벽에게 밀려야 하냐고! 당신도 정신 차려. 당신, 나랑 결혼할 거라고. 걔, 우새벽이 아니라, 나 강은비랑!"

"은비야!"

팔려 갈…… 몸?

씩씩거리며 외쳐 대는 은비의 말에 의문점이 인다. 대체 어째서 은비는 저런 말도 안 되는 말을 하는 걸까.

제발 진정하라며, 은비의 양팔을 꽉 부여잡고 있던 재혁의 모습을 쳐다보던 새벽은 다물고 있던 입술을 열었다.

"강은비. 너 그게 무슨 소리야."

차갑게 가라앉은 새벽의 말에 홱 눈을 돌린 은비가 퉁명스레 대꾸했다.

"뭐가."

"내가 왜 팔려 가?"

이미 그녀에게 오늘 오전, 고모님과 있었던 일을 모두 말했던 새벽으로서는 은비의 말이 황당하기만 하다. 은비는 새벽의 오래된 친구로, 새벽을 가장 잘 알고 있는 사람이었다. 그런 그녀가 새벽과 결혼할 예정이었던 재혁과 남몰래 만나 왔다고 한들, 새벽이 다른 누군가에게 '팔려 갈' 이유 따위는 없었다.

도통 이해할 수 없는 은비의 발언에 새벽의 눈이 싸늘하게 가라앉았다. 새벽의 그와 같은 반응에 흥, 콧방귀를 뀌던 은비는 붉은 입술을 달싹였다.

"모르는 척하지 마, 이 계집애야. 아까도 들었지만, 변명이랍시고 하는 말이 같잖아서 진짜."

"……뭐?"

"아니면……"

은비의 눈이 휘어졌다.

"정말 '아무것도' 모르는 건가?"

새벽은 저를 아래위로 훑는 은비의 말에 대꾸하지 못했다. 은비는 픕 웃음을 터트리며 중얼거렸다.

"흐응. 진짜 모르는 거면 이 상황이 웃기긴 하겠네. 왜. 정말 모르고 있다면…… 내가 친절하게 알려 줄까?"

새벽은 대체 무슨 소리를 하느냐는 눈으로 은비를 응시했다. 은비는 입꼬리를 올리며 말을 이었다.

"너희 우화, 곧 망한대."

은비의 차가운 목소리가 귀를 울렸다.

"그래도 어떻게든 파산만은 막아 보려고 애쓰다가 해도 해도 안 돼서, 정말 해도 해도 안 돼서 우화의 무남독녀인 네가 대표로 팔려 간다는 얘기, 업계에 파다하다고."

❖

서울 서초구의 경찰서 앞에 검정색 차가 한 대 들어섰다. 경찰서 계단 앞에 차가 끼이익 멈추어 서자, 운전석에 앉아 있던 남자가 뒷좌석으로 머리를 돌렸다.

"본부장님, 도착했습니다."

환한 불빛이 쏟아지는 경찰서의 현관을 들여다보던 진건은, 운전석의 영우가 하는 말을 듣고선 대답했다.

"대기해."

"예."

영우의 답변이 들려오기가 무섭게 진건은 차에서 내렸다.

현재 시각 밤 10시.

경찰서와는 전혀 어울리지 않는 외모의 사내가 기다란 다리를 쭉쭉 뻗으며 안으로 들어서자, 내부에 있던 몇몇 경찰관들이 의아하다는 눈빛을 주고받았다.

"장 본!"

그런 그들의 시선을 아무렇지 않게 무시하며 계속해서 걸어 나가던 진건은 저를 부르는 것이 분명한 외침에 행동을 멈추었다.

"여기야, 여…… 흠흠!"

진건은 휘휘 손을 흔들며 크게 외치려다 말았다. 그러고는 주위의 눈치를 살피는 사내가 있는 쪽으로 다시금 발을 내디뎠다.

"오랜만입니다, 윤 경감님."

"어휴, 경감은 무슨! 그냥 편하게 형이라고 부르라니까. 우진이 형, 이렇게! 그리고 말을 놓으라고 몇 번을 말해. 거참……."

진건에게 경어를 듣는다는 것이 몹시 부담스러운지, 머쓱한 표정을 지으며 상대가 중얼거렸다. 진건은 옅은 미소를 지었다. 서초 경찰서에서 생활 범죄 수사 팀을 맡고 있던 윤 경감은 '참, 그렇지!' 하고 뒤편의 문을 흘끔거리더니, 진건에게 조용히 속삭였다.

"그나저나 정말…… 아는 사이 맞아?"

진건은 잠시 멈칫하다 이내 고개를 끄덕였다.

"예."

"어떻게? 대체 어떻게 아는 사인데?"

"……."

"장 본?"

"결혼할 사입니다."

"……뭐, 뭐어?"

망설임 없이 대답하는 진건을 보고, 윤 경감이 기겁했다.

"자, 장 본이 그 여자랑 결혼한다고?"

진건은 태연하기 그지없는 얼굴로 고개를 까딱였다.

"그렇게 됐습니다."

확인 사살이라도 하듯, 말을 덧붙이는 진건의 말에 윤 경감은 끄응, 묘한 신음을 흘렸다. 이후 다시금 닫혀 있던 문을 한 번 힐끔거리던 윤 경감은 한숨과 함께 설명하기 시작했다.

"장 본이랑 그 여자랑 그, 그런 사이일 거라고는 예상하지 못했어."

"그렇습니까?"

"어, 어쨌든…… 빼돌리는 게 쉽지는 않았단 말이지. 피해자가 하필이면 화인 쪽의 사람이어서."

화인 코스메틱스.

진건도 익히 들어 온 기업의 이름이다. 그는 조용히 대꾸했다.

"알고 있습니다."

윤 경감은 말을 이어 나갔다.

"만약 함께 온 또 다른 피해자, 그러니까 그 변호사라는 인간이 화인 쪽 피해자를 설득하지 않았다면 더 큰 난리가 났을 거야."

변호사라.

진건의 눈동자가 깊게 가라앉았다. 그를 흘긋거리던 윤 경감은 속삭였다.

"듣자하니 그 여자도 꽤나 만만찮은 집안 같던데…… 알잖아. 요즘 언론이 어떻게든 국민들 시선 돌리려고 화젯거리 찾아다니는 거. 아마 건수 물었으면, 으으. 상상도 하기 싫군."

온몸을 부르르 떠는 윤 경감에게 진건은 고개를 숙였다.

"그 점은 경감님께 정말 감사하게 생각하고 있습니다. 이번 일을 도와주신 점, 잊지 않겠습니다. 기회가 된다면 곧……."

"어허! 장 본! 왜 이러나? 내가 장 본한테 보답받으려고 이런 일 한 것 같아?"

"……."

"마침 그 가해자한테 장 본 전화가 걸려 왔고, 나는 우연히 그걸 받았을 뿐이야. 장 본이 모르는 이도 아니고, 형제같이 아끼는 사람이라 도와준 거고. 그러니 이 모든 것은 '우연' 이라고, '우연'. 알겠어?"

한쪽 눈을 찡긋거리며 진건에게 미소 짓던 윤 경감은 얼른 들어가 보라는 말과 함께 뒤쪽의 문을 가리켰다. 진건은 옆으로 살짝 물러나 주는 윤 경감에게 묵례를 한 후 닫혀 있는 문고리를 잡아 돌렸다.

달칵 열린 문 안으로 들어가자마자 웬 여자가 고개를 들었다.

'풋.'

진건은 '그 여자'와 눈이 마주친 순간, 무심코 흘러나올 뻔한 실소를 가까스로 참아 내야 했다.

'엄청났다더니…….'

정말 제대로 한판을 벌렸군.

어젯밤, 그와 만났을 때 보았던 단정한 단발의 머리는 어디로 갔는지 보이지 않는다.

좌우로 쭉쭉 뻗어 있는 머리카락은 몇 시간 전의 격렬했던 상황을 예측하게 했고, 입술을 칠했던 붉은 립스틱은 기괴할 정도로 번져 있다. 입었던 옷으로 추론 가능한 셔츠는 한쪽 팔이 찢어져 있는 상황.

바지가 아닌 치마를 입었다면 그 치마 역시 상황은 비슷했을 테지만, 다행스럽게도 그녀가 입고 있는 것은 검정 슬랙스다.

아, 밑단이 조금 찢어지긴 했군.

진건은 입꼬리가 씰룩거리려는 것을 가까스로 참았다. 그러고는 저를 보자마자 흠칫 놀라더니, 이내 고개를 푹 숙여 버리는 그녀에게 성큼성큼 다가갔다.

"……."

그의 접근을 보았음에도 아무 말도 하지 못하던 여자는 허벅지 위에 올라와 있는 손을 있는 힘껏 움켜쥐고 있었다.

뚝, 그녀의 앞에서 걸음을 멈춰 선 진건은 얼굴을 들지 못하는 여자를 향해 붉은 입술을 달싹였다.

"웬 칼부림이 일어났다고 해서 조폭과 관련된 일인 줄 알았더니…… 우새벽 씨라고 하더군요."

그의 무뚝뚝한 말에 여자의 손등 위 핏줄이 후드득 돋아났다. 진건은 그 모습을 내려다보면서도 말하는 것을 멈추지 않았다.

"남자 친구의 성기에 엄청난 위협을 가했다고 들었습니다. 그것도 싹둑 잘라 버리려 했다니. 소식 듣고 적잖이 충격도 받았죠."

무미건조하게 뱉어 낸 말이었지만, 자세히 들으면 약간의 웃음이 섞여 있었다. 물론 상대는 그것을 알아차릴 리 만무하지만.

진건은 쯧쯧, 혀를 차며 고개를 더욱더 아래로 숙이는 여자에게 소리를 흘렸다.

"어제는 내 것, 오늘은 남자 친구의 것. 우새벽 씨는…… 남자들을 무섭게 만드는 존재군요."

"……."

"내일은 누구의 것을 위협하려나."

"……했어요."

"네?"

듣지 못했다. 너무 작은 목소리였기에, 전혀.

진건이 인상을 쓰며 되묻자 홱 머리를 들어 올린 여자가 그렁그렁 눈물을 맺은 채 소리쳤다.

"그럴 만했다고요!"

진건은 귀를 의심했지만 이를 갈고 있는 여자는 무척이나 진지했다. 그녀는 얼굴을 일그러뜨리며 외쳤다.

"잘라 버렸어야 했어요. 그 더러운 물건, 어디에도 사용 못하게. 깨끗하게 잘라 내야 했었단 말이에요! 제길! 빌어먹을! 잘라 냈어야 하는데! 그거, 정말 없앴어야 했는데! 흐읍!"

이를 으드득 갈며 외치는 여자의 말에는 울분이 쌓여 있다.

'정말 좋아하기는 한 건가.'

하긴. 그러지 않고서야 그 긴 시간을 만날 리 없지.

진건은 차마 제게 눈물만은 보이지 않기 위해 손으로 입을 막아 보이던 그녀가 어깨를 아래위로 들썩이는 모습을 지켜봤다. 한번 터져 버린 눈물샘은 웬만해선 멈출 수 없어 보인다.

그는 무표정한 얼굴로 이젠 펑펑 울고 있는 여자를 내려다보더니, 상의의 포켓 속에서 손수건을 꺼내 그녀에게 건넸다.

"……흑, 흐으윽, 뭐, 뭐예요?"

스윽 손수건을 내미는 진건을 쳐다보던 그녀의 눈가엔 검은 마스카라가 번져 버린 상태다.

더욱 기괴한 모습이군.

진건은 사고 회로가 굳어 버린 건지, 눈물 콧물이 범벅이 된 모습으로 제게 묻는 그녀에게 말했다.

"닦으시죠."

"네?"

"우새벽 씨가 우는 거, 보기 흉합니다. 게다가 생각 이상으로 기분 별로니까, 어서요."

"……!"

"뭐 합니까? 안 닦고."

진건이 손에 든 손수건을 아래위로 팔랑거리자 머뭇거리던 여자가 그것을 낚아챘다. 그는 제 손수건으로 얼굴 곳곳을 닦는 그녀가 진정할 때까지 기다려 주었다.

'살인미수가 붙지 않은 것이 정말 다행인데.'

무려 식칼이라는 흉기를 들어, 남성의 가장 소중한 부위를 어떻게든 잘라 내려 애쓰다 이곳 경찰서까지 오게 된 여자.

상대 남자도 상대 남자지만, 아마 자신이 아니었더라면 이 여자는 틀림없이 오늘 하루는 철창신세를 지게 됐을 거다. 그녀가 처한 상황이 상황이니 만큼, 그러한 구설수에 오르내리지 않는 것에 피해자인 상대 남자가 자신과 의견을 함께한 거겠지.

"사실……이에요?"

퉁퉁 부은 눈가를 닦던 여자의 목소리가 들려온 것은, 그 즈음이었다. 진건은 앞뒤를 다 잘라먹은 그녀의 질문에 인상을 쓰며 여자를 바라봤다. 시선을 그에게 꽂은 여자가 침착함이라고는 전혀 보이지 않는 음성을 겨우겨우 내뱉었다.

"사실이냐고요."

긴장한 목소리.

그녀가 무엇을 말하고 있는 건지 알아차렸지만, 진건은 쉽게 대꾸해주지 않았다. 그는 모르는 척, 태연하게 입술을 열었다.

"우새벽 씨의 남자 친구라는 그 피해자가 경찰서를 나갔냐는 게 사실이라 묻는다면, 사실입니다. 이미 진즉에 여길 나가서……."

"우화."

진건은 더 이상의 말을 잇지 못했다. 그녀가 멈칫하는 그를 보더니 떨리는 목소리로 물었다.

"사실, 인가요?"

진건의 고요한 눈동자는 미세하게 일렁였다.

뭐라고 대답해야 할까. 그렇다고 말하면 눈앞의 여자가 와르르 무너져 내릴까.

내가 동정을 느낄 만큼, 처참하게?

진건은 언제 눈물방울을 쏟아 냈냐는 듯, 저를 주시하고 있는 여자의 갈색 동공을 내려다보며 생각했다. 이윽고 상념에서 벗어난 그의 입술이 열렸다.

"그래요."

구구절절 변명을 해 줄 수도 있었지만, 상황을 직시하게 만들기엔 담백하고 간단한 답변이 최고다. 진건은 제 대답에 미친 듯이 요동치는 갈색 눈동자를 응시하며 말했다.

"사실입니다."

그의 답변을 듣는 순간 의자에서 떨어질 듯 휘청거린 여자의 입술이 파르르 떨렸다. 그녀를 부축해 줄까 했지만, 곧바로 자리를 잡는 여자에게 손을 뻗지는 않았다. 진건은 큭큭, 묘한 실소를 흘리며 '그렇구나.'를 중얼대는 여자, 우새벽에게 말을 이었다.

"아무것도 모르고 있었습니까?"

새벽이 흐리게 웃으며 중얼거렸다.

"네."

"온실 속의 화초나 다름없었군."

냉랭한 그의 말에 그녀가 헛웃음을 삼켰다.

"……그러게요. 얼마나 어리석었는지, 집안 사정도 모르고 그 비싼 공부나 하고, 남자 뒤꽁무니만 쫓아다니고."

"……."

"똥멍청이였죠. 완전히."

자조 섞인 말을 늘어놓는 그녀에게 그 어떤 말도 하지 않았다. 진건은 이번엔 조금 전과는 다른 의미로 어깨를 들썩이고 있는 새벽이 반응하기를 기다렸다.

"이제라도…… 받아 주시나요?"

몇 초간 입을 닫고 있던 새벽이 조심스레 고개를 들어 물음을 던졌다. 진건은 모르는 척 되물었다.

"무엇을 말입니까."

"저요."

"……."

새벽은 자리에서 벌떡 일어났다. 그러고는 일말의 망설임도 없이 그의 앞에 무릎을 꿇더니 진건을 올려다봤다.

"장진건 씨."

진건은 무표정한 얼굴로 그녀를 응시했다. 잠시 숨을 고른 새벽은 붉은 입술을 달싹였다.

"지금부터 제가 할 말이 너무나 염치없는 말인 거 알아요."

"……"

"정말 황당하고 어이없으실 거라는 것도요."

알고는 있는 건가.

실소가 터져 나오려 했으나 진건은 꾹 참았다.

입술을 파르르 떨던 새벽은 크게 심호흡을 한 뒤 그에게 시선을 고정시켰다.

"그래도…… 그래도, 정말 죄송하지만…… 저랑 결혼해 주실 수 있으세요?"

"……!"

"해요, 그 결혼! 그쪽, 장진건 씨가 말했던 그 결혼, 지금 당장이라도 하자고요!"

새벽은 그의 바짓가랑이라도 잡을 기세로 소리쳤다.

"저 장진건 씨가 했던 청혼, 받아들일게요. 무조건 받아들일게요. 네?"

간절하게 말하던 여자의 손끝이 떨린다.

뱉어 내는 목소리와는 다르게.

진건은 무심하게 그 모습을 내려다보다, 힘없이 바닥을 향해 떨어지는 가녀린 손가락을 발견할 수 있었다.

새벽은 이를 악물며 중얼거렸다.

"부디 저와…… 결혼해 주세요."

❖

「너희 우화, 곧 망한대.」

은비가 뱉어 낸 '망했다'는 그 말이, 대체 무엇을 뜻하는지 처음엔 실감이 나지 않았다. 다른 곳도 아니고 창립된 지 55년을 맞은 회사가 곧 망한다니. 듣도 보도 못할 소리였으니까.

그래서인지 제대로 대응하지 못했다. 특히나 그 말을 꺼낸 사람이 제 앞에서 극악무도한 짓을 저질러 버린 은비였던지라 더더욱.

파렴치하다고 생각했다. 그녀와 결혼 전제로 만나고 있던 재혁과 무려 4년 동안이나 부적절한 관계를 나누고 있었다며 당당히 밝히는 여자가, 다름 아닌 자신의 20년 지기라니.

모든 사실이 드러나 버린 이상, 제 앞에서 무릎을 꿇어 손이 닳도록 빌어 대도 용서를 받을 수 없건만, 너무도 당당한 은비의 태도에 어안이 벙벙했다.

「어머. 그 얼굴, 진짜 정말 몰랐구나? 가여워서 어째.」

당황한 새벽이 할 말을 잃은 사이, 은비는 피식 조소를 흘리며 말을 툭툭 내던졌다. 사고 회로가 하얗게 정지되어 있던 새벽은 그런 은비를 보고도 입을 열 수 없었다. 은비는 하얗게 질려 버린 새벽의 얼굴을 흘겨보다 이번엔 재혁을 향해 말했다.

「이제 뭐 알 거 다 알았으니 더 이상 숨어서 만나지 않아도 되겠네. 그러니 재혁 씨, 당신도 슬슬 정리 좀 하지? 나야, 아니면…… 앞으로 완전히 끝장날 우새벽이야?」

펄펄 들끓던 머릿속이 펑 터져 버린 것은, 그 말은 들은 직후였다. 은비에게 이렇다 할 반격을 하지 못했던 새벽은 그 말을 듣자마자 두 사람을 지나쳐 재혁의 집 안으로 들어갔다. 갑자기 움직이는 새벽을 보고 재혁이 어딜 가냐고 제 뒤를 좇아왔지만, 곧 부엌의 싱크대 밑 서랍에서 날카로운 식칼을 집어 드는 것을 보고 괴성을 지르며 다시 현관으로 달려갔다.

새벽은 아무 말도 하지 않고, 그저 재혁의 다리 사이를 향해 예의 식칼을 뻗었었다.

「미쳤어! 우새벽 너, 진짜 미쳤다고!」

그 이후로의 일은…… 솔직히 말해 기억나지 않는다. 이성의 끈이 끊어졌고, 그리하여 광기에 젖은 제 모습만이 남아 있었다는 것뿐.

물론 경악하여 어떻게든 저를 말리려는 재혁과 식칼을 공중으로 붕붕

휘두르는 자신을 보고 은비가 울먹이며 소리치는 것 정도는 어렴풋하게 떠오르기는 하지만, 알 게 뭔가. 이미 물은 엎질러졌는데.

'멍청한 우새벽.'

4년이란다. 자그마치 4년.

4년이면 새벽이 은비와 함께 국내 최고의 경영 전문 대학원을 다니기 시작한 무렵이다. 아니, 정확히는 그보다 조금 전쯤이 되겠지.

그때의 기억에 의거하면 새벽은 은비와 함께 다닐 국내의 대학원을 알아보던 중이었고, 잦은 만남을 가졌었다. 하여 자연스레 새벽을 응원하러 그녀의 오피스텔로 온 재혁과 은비는 자주 마주쳤고, 그러다가…….

'바람이 불었나.'

쓴웃음이 입가에 맴돈다. 불같이 화를 내도 모자랄 판에, 새벽은 지나칠 정도로 차분했다. 어젯밤 그렇게 정신없이 날뛴 여자라고는 믿어지지 않을 만큼.

이유가 뭘까. 결혼을 전제로 사귀었던 오래된 남자 친구가 둘도 없을 거라 믿은 친구와 바람이 났는데도, 이리 냉정한 상태를 유지하는 이유는. 그렇게도 좋아했던 사람이 자신을 배신했다는 사실이 그저 우습게 느껴지는 이유는.

"듣고…… 있는 거니?"

그래. 아마도 그 이유는, 고작 남자 친구가 20년 지기와 바람이 난 사실보다 더 중요한, 집안의 몰락을 마주했기 때문인지도.

새벽은 차분하게 그간의 일을 설명해 주는 그녀의 '고모님' 이화를 응시했다. 떨리는 눈으로 그녀를 쳐다보는 이화는 울분을 가득 담고 있는 얼굴이다. 새벽은 '예, 고모님.' 하고 짧게 대답한 후, 이어지는 다음 말을 기다렸다. 이화는 조용히 말을 이었다.

"성태는…… 아니, 네 아버지는 끝까지 네게는 알리고 싶어 하지 않았다. 자기가 해결하려고 노력했어. 어리석은…… 생각이었지. 그러다가 일이 이렇게까지 되었잖니."

긴 한숨을 내쉬는 이화의 모습에 새벽은 그 어떤 맞장구도 칠 수 없었다. 선대 회장이었던 새벽의 할아버지에게서 물려받은 우화 건설을 지금과 같이 성장하게 한 것은 다름 아닌 우 회장과 이화였다.

그런 회사가 잘못된 투자와 연이은 주가 하락으로 인해 풍비박산나기 직전이라는 것을, 우 회장은 새벽에게만큼은 비밀로 해 달라며 간절히 부탁했다고 한다. 하루라도 빨리 입사를 해서 가족들에게 도움이 되고 싶다며, 국외 유학도 마다하고 국내에서 MBA 절차를 밟고 있던 새벽에게 아직 닥치지 않은 일에 대해 언급하여 신경 쓰이게 하기 싫다는 이유를 대며.

기업 파산이라는 최악의 상황에 치닫지 않기 위해 M&A를 진행하려던 과정에서, 유단 건설 그룹 오너가의 진건이 나타났단다. 유단의 차기 회장에 가장 가까운 자리에 올라 있던 진건은 우화와의 인수합병을 우화 쪽이 유리한 대로 들어주는 대신, 의외의 조건을 우 회장과 이화에게 내밀었다고.

그리고 그 조건이 바로…….

"새벽이 너와 결혼을 하는 거라더구나."

고개를 아래로 떨구는 이화의 말에 새벽은 흐리게 웃었다. 지금까지의 과정이 머릿속으로 그려진다. 그간 저를 까맣게 속이기는 했지만, 우 회장과 이화가 아무것도 모르고 공부에 매진하는 저를 보며 얼마나 속이 타들어 갔을지 예상이 됐다.

성공하는 건 어렵지만, 실패하는 건 쉽다. 그러기에 성공이 대단한 것이고, 유지가 쉽지 않은 것이다.

새벽은 욱신거리는 가슴의 통증을 무시했다.

"미안……하다."

그때였을까. 어두워진 새벽의 얼굴을 살피던 이화가 나지막하게 소리를 내뱉었다. 새벽은 얼른 이화에게로 시선을 고정시켰다.

"고모님."

"미안해. 정말…… 미안하다, 새벽아."

흐흡, 울음을 터뜨리는 이화의 소리가 귀를 적신다. 강철의 여인처럼, 언제나 제게는 하늘과 같아 보이던 이화가 와르르 무너져 내리는 모습에 덩달아 눈물샘이 터지려고 했다. 가까스로 그것을 참아 낸 새벽은 바들바들 떨고 있는 이화의 손 위로 제 손을 겹쳤다.

후드득, 바닥으로 눈물방울을 떨어뜨리던 이화가 화들짝 놀라 고개를 들었다. 새벽은 빙긋 웃었다.

"괜찮아요, 고모님."

"괜찮……기는."

이화는 흐리게 미소 짓는 새벽을 향해 울먹거렸다.

"하나도 안 괜찮으면서."

"고모님……."

"이 고모도…… 고모도, 너를 그렇게 보내고 싶지 않았어!"

"……."

"왜 새벽이 네가 사랑하는 사람이랑 함께하는 걸 반대하겠니. 나도, 네가 아주 많이 행복했으면 했다. 네가 사랑받고 살았으면 했다고. 하지만…… 하지만 상황이 너무 안 좋았어. 고모도 그 자리를 만들고 싶지 않았다. 않았는데……."

"고모님. 저는 정말 괜찮아요."

새벽은 겨우겨우 울음을 참아 가며 말하는 이화에게 고개를 내저었다. 이화가 줄줄 흘러내리는 눈물을 닦지도 않고 저를 빤히 응시한다. 철의 여인인 줄 알았더니, 한없이 여리기만 한 자신의 고모를 응시하며 새벽은 부드럽게 입꼬리를 올렸다.

"오히려 다행이에요. 이런 식으로라도 도움을 드릴 수 있어서!"

"……뭐?"

새벽의 말을 듣고 있던 이화의 눈동자가 큼지막해졌다. 새벽은 죄를 지은 사람처럼 어두운 안색을 유지하던 이화를 향해 맑게 미소를 지어 보였다.

"저 그 남자랑 꼭 결혼할 거예요. 우화 때문이 아니라, 제 의지로. 그렇게 마음먹었어요. 그러니 이 일에 대해서는 그렇게 죄책감 가지지 않으셔도 돼요, 고모님. 저 정말 괜찮다니까요?"

❖

「우새벽 씨는 배알이라는 게 없군요.」

픽 웃으며 중얼거린 남자의 말에 그 어떤 대답도 하지 못했다. 사실이었으니까.

상황 파악을 하자마자, 일말의 망설임도 없이 무릎을 꿇었다. 당시의 새벽에게는 배알이라고는 존재하지 않았고, 존재해서도 안 되었으니 당연한 일이었다.

「내게 정신 나갔다고 외치던 여자의 말이라고는 믿어지지 않습니다. 작전인가요, 아니면 원래 그런 성격인가요? 보면 볼수록 의외네.」

서초동의 경찰서 안에서, 그는 새벽의 가슴을 후벼 파는 말을 서슴없이 꽂아 댔다. 낮게 웃는 것 같기도 한 그의 말을 가만히 들으며 입술을 꽉 악물고 있던 새벽은 다시 한 번 입을 열었다.

잠시도 말을 멈출 수가 없었다.

「무엇이든 할게요. 당신이 시키는 일이라면 무엇이든 할 테니……. 그럴 테니, 제발 저와 결혼해 주세요.」

끝내 그의 바짓가랑이를 잡으며 애원했다. 치욕스러웠지만, 어쩔 수 없는 일이었다. 배알이 없는 여자라 불려도 괜찮았다. 재혁의 집에서 경찰서로 오는 동안 여러 전화를 돌리며 알게 된 사실이 있었으니까.

당시의 그녀에게는 눈앞의 남자만이 살 길이었다. 새벽 스스로만을 위해서가 아니라, 우화 오너 일가, 그리고 우화에 소속된 수많은 직원들을 생각한다면 길은 오직 하나뿐이었다.

그 남자. 처음 보자마자 제게 결혼을 요구했던 이상한 남자, 장진건만이 우화 건설의 파산을 막을 수 있는 유일한 해결책이었다.

「우새벽 씨.」

「부탁드려요. 저…… 저 꽤 괜찮은 신붓감이에요. 나름 한국에서 제일 최고로 친다는 대학도 나왔고요, MBA 과정도 제대로 밟고 있었어요! 신부로 쓸모가 없으면 유, 유단 사원이라도 될 게요! 저 어디서든 써먹을 수 있는 괜찮은 인재예요! 결코 실망시키지 않겠습니다. 그, 그러니까…… 그러니까 장진건 씨가 시키는 일이라면 무엇이든 할게요. 정말 뭐든 할 테니, 제발 저를 당신의 아내로…….」

「우새벽 씨.」

「예?」

「난, 당신에게 배알이 없다고 했지, 당신의 부탁을 들어주지 않겠다고 하지는 않았습니다.」

「……!」

횡설수설하며 어떻게든 자신에 대한 어필을 늘어놓던 새벽은 행동을 멈추고 멍하니 그를 올려다보았다. 진건은 감정이라고는 느껴지지 않는 검은 눈으로 새벽을 응시하더니 손을 내밀었다.

「진정하세요.」

「……아.」

「그리고 일단 오늘은 돌아가도록 하시죠. 특히나 이곳은 보는 눈이 너무 많아서, 우새벽 씨와 제대로 된 대화를 하기가 힘들군요.」

「…….」

「왜 그러고 있죠? 계속 그렇게 무릎을 꿇고 있을 겁니까?」

커다란 손을 휘휘 저으며 그가 말했다. 그가 건넨 사소한 손길이, 마치 자신을 향한 구원 같이 느껴졌다. 주저하던 새벽이 있는 힘껏 손을 뻗어 그의 손을 잡자, 그녀의 몸이 붕 들렸다. 비틀거리는 새벽을 부축한 남자는 얼떨떨해하는 그녀에게 작게 속삭였다.

「내일 다시 얘기합시다.」

내일.

영영 오지 않을 것만 같던 내일은, 밝았다.

'맑네.'

놀라울 만큼 아무렇지도 않은 하늘은, 그녀의 마음속에선 이미 와르르 무너져 내린 하늘과는 달리 화창한 상태다.

이화와의 대화를 마치자마자 약속이 있다며 본가를 나섰다. 극심한 스트레스로 인해 병원에 입원하게 된 우 회장과 채 여사를 제대로 만나지도 못한 채, 새벽이 도착한 곳은 다름 아닌 종로구에 위치한 유단 건설 그룹의 본사 빌딩 앞이다.

이제 겨우 스물일곱밖에 되지 않은 자신이, 그것도 아직 이렇다 할 경력도 없는 자신이 우화 건설의 미래를 짊어지고 있다는 것이 믿어지지 않는다. 불과 같은 날, 그녀의 인생에서 믿었던 사람들의 배신이라는 충격을 받은 지 얼마 되지 않아서인지 더더욱.

'괜찮아.'

괜찮다고.

미친 듯이 뛰는 심장을 슥슥 쓰다듬으며, 호흡을 고른 새벽에게는 할 일이 있었다. 빌어먹을 두 연놈들에 대한 철저한 응징이 필요한 시기이기는 했으나 그보다 더 먼저 해결해야 할 일.

옷장을 열어 자신이 가진 옷 중 가장 비싼 옷을 꺼내 입었다. 전날 그의 앞에서 보여 주었던 추태를 만회하기 위해 삐죽 튀어나왔던 머리카락을 단정히 정리했다.

헤어숍에 들러 드라이까지 하고 왔던 터라 머릿결에서는 윤기가 흐른다. 찰랑거리는 단발머리를 앞세우며 한 걸음, 한 걸음, 유단 건설 그룹 본사의 로비를 걸어갔다.

또각또각.

로비의 바닥과 구두굽이 만나 울려 퍼지는 구두 소리가 경쾌하게 느껴질 정도다.

최대한 여유롭게, 최대한 우아하게.

자신이 선보일 수 있는 최대한의 자세로 새벽은 그녀의 등장 이래부터 그들 앞에 도착할 때까지 자신을 주시하고 있던 안내데스크의 리셉셔니스트를 바라봤다.

"어떻게 오셨습니까?"

그리고 예상했던 질문에는 하기로 마음먹은 말을 꺼냈다.

"전략기획부의 장진건 본부장님을 뵈러 왔습니다."

"장진건 본부장님이요?"

리셉셔니스트가 새벽을 놀란 눈으로 바라보았다.

'뭐가 잘못됐나?'

유단에서 한 가닥 하는 사람이니 찾는 손님도 많을 텐데.

당황한 표정으로 그녀를 쳐다보는 리셉셔니스트를 향해 '우새벽이라고 하면 아실 겁니다.' 라고 말하자 잠깐만 기다리라는 듯 인터폰을 들었다.

몇 분 후, 통화를 마친 리셉셔니스트가 새벽에게 따라오라며 말하자 새벽은 그의 뒤를 따라나섰다.

"이 엘리베이터는 본부장실까지 직행합니다. 본부장실에 손님이 오셨다고 미리 말씀드려 놓았으니, 아마 엘리베이터가 멈춰 서면 문 앞에 안

내해 주실 분이 계실 거예요."

나긋나긋한 리셉셔니스트의 말에 새벽이 고개를 주억였다.

"고맙습니다."

그녀의 인사를 받은 리셉셔니스트가 싱긋 웃었다. 어두운 얼굴의 저와는 달리 언제나 미소를 유지해야 하는 리셉셔니스트는 새벽에게 묵례를 한 뒤 사라졌다. 그 모습을 한동안 지켜보던 새벽은 미리 엘리베이터의 층을 눌러 주고 간 리셉셔니스트의 뒷모습에서 시선을 떼고선, 스르륵 닫히는 문을 말없이 응시했다.

두근두근.

지금쯤 그가 자신이 왔다는 소식을 접했을 거다. 속을 알 수 없는 그 남자의 눈동자가 어젯밤부터 내내 사라지지 않았다. 새벽은 정신없이 뛰는 심장을 안정시키기 위해 심호흡을 했다. 그래도 역시나 가슴은 진정되질 않는다.

1층에서부터 빠르게 올라가던 엘리베이터가 멈춰 선 것은 약간의 시간이 흐른 뒤였다. 단 한 번도 서지 않고 21층에 도착한 엘리베이터의 문이 드르륵 소리를 내며 열렸다.

'……!'

가빠 오는 숨에 한 번 더 호흡을 고르려던 새벽은 제 앞에 누군가가 서 있다는 것을 깨닫고는 멈칫했다.

낯익은 얼굴.

'저 사람들은…….'

현재 새벽의 앞에 서 있는 두 명의 남녀는 한 번쯤 만난 적이 있던 얼굴들이었다. 특히나 검정색 긴 생머리의 여자 쪽은 더더욱. 아마도 리셉셔니스트가 말했던 새벽을 기다린다는 사람은 아닌 듯했다. 새벽이 이들 두 사람을 만났던 것은 재계의 사교 파티에서였으니까.

"어라?"

새벽이 그들을 알아본 것처럼, 그들 또한 새벽을 알아봤다. 새벽은 정확히 긴 머리카락의 여자 쪽에서 눈을 동그랗게 뜨며 저를 응시하자 이를 꽉 악물었다.

"우화, 맞죠?"

젠장.

입 밖으로 흘러나오지 않는 욕설이 입안을 맴돈다. 새벽은 저를 손가락질하며 '우화! 우화 맞을 거야. 그렇죠?' 하고 생글생글 웃는 여자를 향해 고개를 까딱였다.

"안녕하세요."

"어머, 정말이네. 진짜 우화의 따님이시잖아?"

"……."

"그런데 여긴 어쩐 일이세요? 어? 잠깐. 이 엘리베이터는 우리 유단의 임원들만 탈 수 있는 건데…… 어떻게 타고 오신 거예요?"

부담스러울 만큼 커다란 눈을 새벽에게 들이밀며 긴 머리카락의 여자가 미소를 지었다. 그리고 제게 몹시 관심이 많아 보이는 그녀와는 달리, 무엇에도 관심이 없는, 공허하다고 생각되는 눈빛으로 새벽을 한 번 흘긋거린 남자가 시야로 들어왔다.

칠흑과도 같은 검은 눈동자를 지닌 남자는 새벽과 시선을 마주치자 살짝 고개를 까딱이더니 이내 시선을 돌려 버렸다.

진건을 닮지는 않았지만, 지나치게 미혹적인 그의 눈동자에 움찔하던 새벽은 침을 꼴깍 삼켰다. 등줄이 오싹해졌다.

'장지혜와…… 장이건.'

새벽이 이곳 유단 건설의 본사로 오기 전, 몇 가지 조사했던 것들과 과거의 기억들에 따르면 그들의 이름은 그러했다. 그러니까 이들 두 사람은, 유단 건설 그룹 오너가의 자제들이다. 은비를 따라, 그리고 우 회장과 이화를 따라 참석했던 사교 파티에서의 기억에 의하자면 이들 두 사람은 새벽에게 구세주가 되어 줄 장진건의 이복동생들이기도 했다.

'난처하네.'

새벽은 조금 당황했다. 진건이 이들과 사이가 좋지 않은 것은 바보가 아닌 이상 모르는 이들이 없었으니까. 자신이 진건을 만나러 왔다는 것을 미리 들켜 버린다면 좋을 것이 없다.

새벽은 계속해서 질문을 던져 대는 장지혜의 말에 어떻게 대답해야 할지 잠시 생각했다.

"왜 말이 없어요? 입을 닫고 있으니 더 궁금해지려고 하는데? 내가 이름도 안 물어봤었네. 그러니까 이름이……."

"우새벽 씨."

"그래, 맞아! 그런 이름이었…… 어머. 큰오빠?"

쉬지 않고 질문을 쏟아 내는 장지혜를 보며 새벽이 막 입을 열려 할 때였다. 장지혜와 장이건의 등 뒤로, 언제 나타났는지 진건이 다가오는 모습이 보인다. 새벽은 안도의 한숨을 삼켰다.

"이리 오시죠."

"네. 잠……."

"뭐야. 우화 건설 따님이, 정말로 큰오빠를 찾아온 거였어? 대체 왜?"

두 동생들을 냉랭하게 훑던 진건이 새벽에게 손짓하자, 그녀는 망설임 없이 앞으로 나아가려 했다. 그러나 그녀가 움직이기도 전, 두 사람을 지켜보던 장지혜가 빙긋 웃으며 물었다. 그녀를 지나치려던 새벽은 순간 머뭇거렸다.

"……!"

하지만 새벽의 걸음은 제 손목을 확 낚아채는 이로 인해 다시금 뻗어갈 수밖에 없었다. 그녀는 진건의 손이 제 손목을 꽉 움켜쥐는 것을 느끼며 눈을 크게 떴다. 진건은 마치 장지혜에게 새벽을 빼앗기지 않으려는 사람처럼, 그녀를 끌어당기며 말했다.

"갈 길 가."

그러자 장지혜가 진건을 보고 짙은 눈웃음을 그렸다.

"큰오빠. 섭섭하게 왜 이래? 오빠 행동 보니 더 궁금하잖아. 우새벽 씨라 했죠? 장지혜예요. 유단의 막내죠. 그리고 이쪽은 제 둘째 오빠, 장이건."

"저는……!"

진한 미소를 그리며 손을 뻗는 지혜를 향해 얼떨결에 인사를 하려던 새벽은 제 어깨를 붙잡고선 몸을 돌리는 진건의 행동에 움찔했다. 진건은 그런 새벽을 이끌고 성큼성큼 걸음을 옮겼다.

'잠깐만요!' 라는 말이 목구멍까지 차올랐지만 내뱉을 순 없었다. 슬쩍 흘겨보았던 그의 얼굴이 지나칠 정도로 굳어 있었으니까. 새벽은 진건이 '전략기획본부장실' 이라는 팻말이 달려 있는 문을 쾅 닫아 버리는 것을 가만히 지켜보았다.

"우새벽 씨."

본부장실로 들어온 후로 몇 초간 입술을 꽉 악물고 있던 그가, 조용히 소파에 앉은 새벽을 보고 중얼거렸다. 새벽은 천천히 고개를 들어 진건을 쳐다봤다. 그러고는 말을 내뱉었다.

"저 사람들 때문이죠?"

"무슨 소립니까?"

진건의 미간이 꿈틀거리는 게 보인다. 새벽은 태연하게 대꾸했다.

"장진건 씨가 저와 결혼을 하려는 이유 말이에요."

파산 위기에 처한 우화 건설에 너무도 유리한 조건으로 인수합병을 제안하고, 그것으로도 모자라 새벽을 아내로 들이려는 이유에 대해 생각해야 했다. 어째서 부족할 것 없는 진건이 자신과 결혼을 해야 하는지에 대해서. 비록 팔려 가는 몸이라지만, 그 정도도 인지하지 못한다면 정말로 자신은 '물건' 밖에 되지 않는 거니까.

새벽이 알아본 바에 의하면, 진건의 아버지이자 유단 건설 그룹의 부회장인 장은석은 본처의 자식인 진건보다 후처의 자식들인 지혜와 이건을 더 아낀다고 했다.

물론 장손으로서 진건을 지지하는 유단 건설 그룹 회장인 장태달이 아직 살아 있기에, 차기 총수로서 진건이 유리한 위치에 있는 것이 틀림없다. 그러나 근래 들어 장 회장에 대한 소식이 감감한 걸 보면 무언가 일이 일어났을지도 모른다.

"눈치가 빠르군요."

저를 똑바로 바라보며 묻는 새벽을 직시하던 진건은 부정보다는 긍정에 가까운 대답을 흘렸다. 새벽은 대꾸하지 않았다. 진건은 그녀가 앉아 있는 소파의 앞에 털썩 앉더니 새벽을 바라보며 말했다.

"그렇다면 설명이 더 쉽겠어요. 그렇습니다. 우새벽 씨가 어떻게 알았는지는 모르겠지만, 난 '저것들' 과 후계 자리를 놓고 다투는 중입니다."

저것들?

신랄한 표현에 쓴웃음이 지어졌다. 새벽은 중얼거렸다.

"이상하네요. 장 회장님이 장진건 씨를 밀어주셔서, 이미 차기 총수로는 당신이 유력한 걸로 알고 있는데……."

"맞아요. 그랬었죠. 한 달 전, 회장님께서 시한부라는 판정을 받기 전까지는."

담담하게 뱉어 내는 말을 하마터면 놓칠 뻔했다. 진건의 말에 새벽이 눈을 동그랗게 뜨자, 그는 말을 이어 나갔다.

"간암 말기입니다."

"……네?"

"할 수 있는 만큼 최선을 다했지만 앞으로 얼마나 더 버텨 내실지 모르겠습니다. 그래서 당신이 필요한 겁니다."

내……가?

새벽은 저를 바라보는 진건에게서 시선을 떼지 않았다. 진건은 마치 다른 사람의 이야기를 하듯, 덤덤하게 입술을 움직였다.

"우새벽 씨가 알고 있는지는 모르겠지만, 내 아버지라는 작자는 내가 유단을 물려받는 걸 원하지 않습니다. 그렇겠죠. 죽도록 미워한 여자의 아들이니. 그래서 어떻게 해서든 아까 그 두 녀석들에게 유단을 물려주려 애쓰고 있었어요. 그걸 막으셨던 분이 장 회장님이시고."

"아."

"하지만 이제 회장님도 힘이 없어지셨습니다. 본인의 건강이 생각 이상으로 좋지 않다는 걸 이제야 인지하게 되셨거든. 그래서 병상에 누워 있는 와중에 내게 제안을 하나 하셨죠."

"제안…… 이요?"

진건은 고개를 끄덕였다. 그러고는 차분하게 말을 이었다.

"자신이 눈을 감아도 안심할 수 있도록, 결혼할 여자를 데려오면 본인의 회사 지분을 내게 모두 넘기겠다고 말입니다."

진건은 픽 웃으며 어깨를 으쓱였다.

“나로서는 마다할 이유가 없었습니다. 고작 결혼 한 번에 유단 그룹이 내 손에 떨어지는 거니까.”

“…….”

“하지만 이 세계에 대해 아무것도 모르는 여자를 데려와 들여앉히기에는 시간이 없군요. 죽음을 앞두고 계신다고는 하지만 겉으로는 정정한 척 애쓰시는 분이거든, 우리 회장님은.”

쌀쌀맞게 말하고 있기는 했지만 진건의 말에서 어쩐지 ‘회장님’을 향한 애정이 느껴진다면 착각인 걸까. 새벽은 그의 다음 말이 이어지기를 기다렸다. 진건은 검은 눈을 일렁이며 말했다

“게다가 워낙 까다로워서 아무나 집에 들이려 하지 않으실 게 분명합니다. 그러니까 어느 정도 이 세계를 알고 있는 상황의 여자를 찾다가…… 당신이 눈에 들어온 거고요, 우새벽 씨.”

저를 바라보는 눈동자에선 감정을 읽을 수 없다.

처음부터 끝까지 철저하게 계산된 제안이었다. 특히나 그녀가, 그의 제안을 거부할 수 없다는 것을 너무도 잘 알고 있는 상황에서 이루어진.

목구멍이 컥 막혔지만 내색하지는 않았다. 그를 이용하는 건 저 역시 마찬가지였으니까.

새벽은 입을 다물고 있던 제게 말하기 위해 천천히 입을 여는 그를 응시했다.

“당신은 내가 필요하고, 나는 당신이 필요합니다. 그런 의미에서 우리 두 사람이 이 결혼을 진행해야 할, 더할 나위 없이 완벽한 조건이 형성된 것 같은데. 그렇게 생각하지 않습니까?”

“그러……네요.”

새벽이 그간 그려 왔던 결혼의 조건과는 완벽하게 불일치하지만, 지금 새벽이 처한 상황에서는 이보다 더 완벽한 결혼의 조건은 존재하지 않는다.

"우새벽 씨."

"네."

"나와 결혼합시다."

사랑이라곤 느껴지지 않는 무미건조한 멘트.

속이 쓰리는 것을 느끼며 새벽은 말없이 그를 쳐다봤다. 진건은 마치 부하 직원에게 업무 얘기를 하는 사람처럼 말을 뱉어 냈다.

새벽이 당황하여 뭐라 말을 잇지 못하는 사이, 그녀를 내려다보던 진건은 또다시 말했다.

"그런 의미에서 다시는 어제처럼 무릎 꿇지 말았으면 합니다. 내 앞이든, 그 누구의 앞이든…… 절대로."

놀라는 새벽을 향해 그는 명령했다.

"앞으로 우새벽 씨는 다른 사람한테 뒤처지지 않는, 우아한 내 아내가 되어 줘야겠습니다."

제2장

세상에서 단 하나, 무조건적인 내 편

⚜

‘흉했던 걸까?’

새벽은 검은 눈을 아래로 내리깔고, 펜으로 무언가에 서명을 하고 있는 진건을 힐끔거렸다.

흉했던 게 분명하다. 그거야 당연하지. 전날까지 욕설을 퍼부었던 남자의 바짓가랑이를 잡고, 제발 결혼을 해 달라고 빌어 댔으니…… 흉하지 않을 리 없다.

「다시는 어제처럼 무릎 꿇지 말았으면 합니다. 내 앞이든, 그 누구의 앞이든…… 절대로.」

의외인 것은, 싸늘하게 들려오던 명령조의 말투가 이상할 정도로 기분 나쁘지 않았다는 점이다. 오히려 바닥을 기던 자존감이 조금은 올라왔다고 할까.

새벽에게 그와 결혼해야 할 이유가 명확하듯, 놀랍게도 그 역시 새벽과 결혼을 해야 할 이유가 존재했다. 설마하니 그 정정하던 유단 건설의 회장님이 죽음을 앞두고 있었을 줄이야. 아버지인 우 회장을 따라갔던 파티에서 유단 건설의 장 회장과 인사를 나누었던 것이 엊그제 같은데.

저를 보고, 괄괄했으나 호쾌한 미소를 짓던 장 회장을 떠올리며 새벽은 쓴물을 삼켰다.

여러 가지가 복잡하게 얽힌 상황이다.

날카로운 펜촉을 하얀 종이 위로 슥슥 움직이던 그를 바라보며 새벽은 생각에 잠겼다. 새벽이 생각하기에도 그는 꽤나 괜찮은 선택을 했다. 물론, 아무것도 모르는 여자를 그의 '아내'로 가장시켜 장 회장의 앞에서 연극을 할 수도 있었겠지만 새벽이 마주했던 장 회장은 그리 녹록한 사람이 아니었다.

새벽이 그를 처음 마주했을 때 그녀를 내려다보던 장 회장은 눈꼬리를 빙그레, 휘고 있었다. 하지만 가느다란 눈꺼풀 사이로 보이던 검정색 동공을 마주한 순간, 그녀는 심장이 덜컥 내려앉는 것을 느꼈다.

당연한 일이었다. 장 회장은 유단 건설 그룹을 대한민국에서 가장 잘나가는 기업으로 성장시킨 장본인이었으니까. 진건이 했던 말대로 '아무나' 앉힌다면 매서운 장 회장의 눈을 완벽히 속일 순 없었을 거다.

그러나 새벽은 다르다. 그녀는 부족함이 없이 태어났고, 이 세계의 재벌 3세들이 으레 그러하듯 수많은 교육을 받으며 성장했다. 재계의 빛과 그림자를 너무도 잘 알고 있었으며, 현재 그녀가 처한 사정이 좋지 않았기에 만약 진건과 손을 잡는다면 어떻게든 그에게 협조를 할 것이 분명했다.

아마도 그날을 위해, 진건을 그 누구보다도 잘 서포트할 수 있는 새벽이 '선택' 된 거겠지.

'계약…… 결혼.'

그래도 그렇지, 계약 결혼이라니.

불과 며칠 전만 하더라도, 자신의 결혼이 '계약' 에 의해 맺어질 것이라고는 생각도 하지 않았기에 괜히 헛웃음이 나왔다.

"뭐죠?"

쓰게 혼자 실소를 흘리던 새벽은, 자신이 서명한 서류가 고정된 파일을 제게 건네는 진건의 행동에 인상을 썼다. 진건은 서류의 내용과 저를 번갈아 바라보는 새벽에게 건조한 목소리로 대꾸했다.

"계약서입니다."

"……예?"

"우새벽 씨와 내가 앞으로 얼마나 결혼 관계를 유지하고, 그 기간 동안 무슨 일을 주로 하며, 어떤 일들을 주의해야 하는지에 대해 간략하게 적혀 있습니다. 그리고 이 계약을 통해서 우새벽 씨가 얻어 가는 것들과 내가 얻어 낼 것들에 대해, 우새벽 씨에게 일종의 보상을 하겠다는 것도. 흔히들 말하는 혼전 계약서 정도가 되겠군요."

웬 계약서냐 할 테지만, 진건의 입장에서 이해가 되는 말이었다. 듣기론 할리우드 스타들도 결혼 전엔 계약서를 작성한다는데, 조건을 보고 그녀에게 결혼을 제안한 진건이 계약서 작성을 하는 것은 어쩌면 당연한 일일지도.

씁쓸하기는 하지만 어쩔 수 없다 생각했다.

"참."

그때였다. 서류를 들여다보던 새벽은 진건의 음성에 고개를 들었다.

진건은 의아해하는 새벽에게 말했다.

"우새벽 씨에게 말을 편하게 해도 되겠습니까?"

새벽은 눈을 동그랗게 떴다. 진건은 설명하듯 말을 덧붙였다.

"앞으로 우새벽 씨와 나는 부부가 될 사이인데, 계속 말을 높인다면 회장님께서 의심을 할 것 같아서 말입니다."

그러고 보니 그러네.

새벽은 납득하며 고개를 주억였다.

"장진건 씨와 저는 나이 차이가 꽤 나네요."

"……."

"알겠어요. 편하실 대로 하세요."

"그럼 그렇게 하지."

아니, 그래도 너무 빠른 거 아니야?

수긍하던 새벽이 답을 하자마자 진건이 무뚝뚝한 목소리를 흘렸다. 새벽은 황당한 표정으로 그를 응시하다 피식 웃으며 서류로 시선을 돌렸다.

'정말이네.'

조금 전, 진건이 새벽에게 했던 말들이 계약서에 빼곡하게 명시되어 있었다. 괜히 가슴이 뜀박질했지만 애써 무시하며 새벽은 꼼꼼하게 조항들을 읽어 내려갔다.

"한참 읽는 도중에 미안하지만, 아직 우새벽 씨한테 하지 못한 말이 있어."

응?

"나는 우새벽 씨한테 사랑 따윈 줄 수 없어."

"……!"

"그러니 내게 애정을 요구하지는 말았으면 좋겠군."

맑은 동공을 이리저리 움직이며 글자 하나하나를 들여다보던 새벽이 멈춘 것은 마지막 조항을 읽을 때였다. 조항 하나하나가, 진건이 뱉어 내는 말처럼 무미건조하다 생각하던 새벽은 고개를 번쩍 들었다.

'뜨, 뜬금없이 무슨!'

진건은 당황해 대답하는 것도 잊은 새벽에게 말을 이었다.

"그리고 계약이 진행되는 동안에는 내게만 충실해 줬으면 해."

아이러니한 요구였다.

사랑 따윈 줄 수 없다면서, 자신한테 충실하라고?

어이없다는 기색이 역력한 새벽의 표정에도 그는 눈 한 번 깜빡이지 않았다.

"계약 결혼의 흔한 조건이야. 혹 우리의 계약 기간 동안, 나 아닌 다른 남자에게 끌리거나 혹은 만나고 싶어지더라도 자제를 해야 한다는 말이지. 적어도 회장님께서 살아 계실 때까지는 내게 푹 빠진 것처럼 행동해. 회장님께서 의심하지 않도록."

"저기요, 장진……."

"만약 우새벽 씨가 그 감정을 도저히 참을 수 없는 지경에 이른다면, 차라리 내게 들키지 않는 최소한의 범위 내에서 행동하는 게 좋겠군."

"……."

"다른 남자에게 끌린다는 흔적도, 만났던 흔적도 내가 알아차릴 수 없도록 그 감정을 유지한다면 상관없어. 이후 우리의 계약이 끝나게 되면, 우새벽 씨가 그 남자에게 가도록 배려할……."

"잠깐!"

"……?"

"잠깐만요."

새벽은 너무도 태연한 얼굴로, 경악스러운 말을 쏟아 내고 있는 남자를 막기로 했다. 진건은 제 말을 저지한 새벽을 쳐다봤다. 새벽은 빙긋 입꼬리를 올리며 웃더니, 그를 향해 물었다.

"장진건 씨는 제가 우리의 계약 기간 도중 다른 남자에게 한눈을 팔 것 같은 여자로 보이시나요?"

그녀의 말을 들은 진건의 미간이 좁아졌다. 새벽은 피식 실소를 흘리며 말했다.

"저, 바로 어제, 꽤 오래 사귄 남자한테 배신당한 사람이에요. 그것도, 이 세상 누구보다 믿었던 친구한테서 그 남자를 빼앗겼어요."

"……우새벽 씨."

"장진건 씨는 이런 제가 다시 사랑을 할 수 있을 거라 생각하시는 것 같은데, 안타깝게도 지금 제게는 그럴 여유가 전혀 없네요."

냉소에 가까운 새벽의 말을 들은 진건의 눈동자가 살짝 일렁였다. 새벽은 여전히 미소를 잃지 않은 채, 입술을 움직였다.

"그러니 그 점에 대해서는 걱정하지 않으셔도 될 것 같습니다. 그래서 미리 말씀드리는 거예요. 저는 당신에게 애정을 요구하지도 않을 거고, 바라지도 않습니다. 또 당신이 염려하시는 것처럼 다른 남자에게 시선을 두고 싶지도 않고, 그럴 이유도 없습니다. 오직 제가 바라는 건 우리의 계약이 제대로 이행되는 것뿐이니까요."

"……."

"그럼 이곳에 서명을 하면 될까요?"

"……."

"장진건 씨?"

"……그렇다면 다행이군."

사랑이라고는 존재하지 않는 건조한 결혼에 새벽이 동의하자, 그가 나지막하게 중얼거렸다. 머리를 주억이며 입술을 여는 그에게 더 이상 웃어줄 힘이 없었기에 새벽은 서명에만 집중했다.

완벽한 계약서의 성립을 위해, 그녀의 신상정보를 기입하고 서명을 하기까지는 그리 오랜 시간이 걸리지 않았다. 진건은 그런 새벽이 모든 것을 완료하는 것을 지켜보다, 사람을 불러 그들의 계약서를 안전한 장소에 보관하게끔 시켰다. 그러고는 그의 행동을 눈에 담고 있던 새벽에게 말했다.

"집까지 바래다주지."

"아뇨. 됐어요."

새벽의 단호한 거절에 진건의 미간이 좁아졌다. 새벽은 입을 열지 않는 그에게 생긋 웃었다.

"앞으로 자주 들락거려야 할 곳일지도 모르니, 이 근처의 지리를 익혀두는 게 좋겠어요. 걱정 마세요. 혼자 집으로 돌아갈 돈이 없는 건 아니니까. 그럼, 일 보세요."

진건에게 공손히 인사를 하고 난 새벽은 몸을 돌려 그의 사무실을 나섰다.

한 걸음.

두 걸음.

그리고…….

"하아!"

숨 막혀 죽을 뻔했네.

방금 전까지 있던 '전략기획본부장실'의 문을 닫고 몇 걸음 떼자마자 새벽은 바닥으로 털썩 주저앉았다. 다리의 힘이 쭉 풀렸다. 얼마나 긴장했던 걸까.

쿵쿵.

차가운 바닥의 한기가 엉덩이를 타고 전신으로 퍼져 나간다. 쉬지 않고 뛰고 있는 심장의 박동이 그녀의 귀를 먹먹하게 만들었다.

'정신 차리자.'

정신 차려, 우새벽.

이렇게 남들 눈에 띄기 쉬운 공간에서 힘없이 앉아 있다가는 오해를 사기 쉽다. 특히나 장진건의 '아내'가 될 사람인 자신은 더더욱.

새벽은 흩어졌던 힘을 끌어모아 겨우 몸을 일으켰다. 다행스럽게도 근처 복도에는 그녀를 지켜보던 사람이 없었다. 새벽은 아무 일도 없었던 것처럼 태연하게 기다란 다리를 쭉쭉 뻗으며 임원 전용이라던 바로 그 엘리베이터를 향해 걸어갔다.

'어?'

그때였을까. 갑자기 울려 대는 핸드폰의 진동에 무심코 그것을 꺼내 든 새벽의 얼굴이 딱딱하게 굳어졌다. 핸드폰 액정 위에 뜬 글자가 가슴을 콕콕 찔러 댔다.

'미친놈.'

그 험한 꼴을 당해 놓고, 내게 전화를 걸 용기가 나?

저절로 주먹을 움켜쥐며 힘을 주던 새벽은 요란하게 울려 대는 핸드폰을 향해 욕설을 퍼부으려다 꾹 참았다. 후우, 숨을 고르는 새벽의 얼굴에는 분노가 가득했다. 무시해 버릴까. 잠깐 그런 생각이 머리를 스쳐 지나갔으나, 대체 이 뻔뻔스러운 인간이 무슨 말이나 할 건지 들어나 보자 싶었다.

그리고 그런 새벽의 손가락이 붉은색의 종료 버튼이 아닌, 초록색의 통화 버튼으로 향하려던 순간이었다.

"아!"

새벽이 쥐고 있던 핸드폰이 공중으로 부웅 뜨는 장면은 놀라웠다. 당황한 새벽이 고개를 홱 들자마자, 제게서 핸드폰을 빼앗아 들고선 '네.' 하고 멋대로 전화를 받은 상대가 보였다.

언제부터 있었던 거지?

조금 전까지 본부장실에 있던 진건이 밖으로 나와 새벽 대신 전화를 들고 있었다. 멈칫하던 새벽이 이내 그에게서 핸드폰을 돌려받기를 포기하자, 진건은 새벽을 힐긋거리며 붉은 입술을 달싹였다.

"예. 우새벽 씨의 핸드폰이 맞습니다만. 무슨 일이십니까?"

"……."

"아뇨. 그쪽이 먼저 무슨 일인지 말씀하시죠. 글쎄요. 내가 왜 그래야 합니까?"

"……."

"그럼 굳이 바꿔 줄 의무는 없…… 이봐. 그건 당신 사정이지, 내가 알아야 할 사정이 아니야."

무뚝뚝하던 진건의 목소리에 노기가 서렸다. 그 망할 놈과 진건이 대체 무슨 대화를 할까 싶었는데, 어째 돌아가는 분위기가 심상찮았다.

대체 무슨 말을 주고받길래…….

"그리고 한 가지 말해 두겠는데, 앞으로 두 번 다시는 이런 전화를 걸지 않았으면 하는군. 우새벽 씨는 이제 당신 여자가 아니라, 내 사람이니까."

뭐?

"나는 제 것이 아닌 것을 탐내는 인간을 극도로 혐오하거든. 그래서 지금 이 상황도 몹시 불쾌해. 그러니 당신도 주의했으면 싶은데."

태연하기 그지없는 목소리로 진건은 상대를 향해 말을 내뱉었다. 진건이 움켜쥐고 있던 핸드폰 너머에서 뭐라 뭐라 소리치는 소리가 들려오기는 했으나, 그는 지독할 만큼 냉정했다.

"……재밌군. 그쪽은 사람을 질리게 하는 데 꽤 도가 튼 사람 같아. 어쨌든 경고는 여기까지 하도록 하지. 나는 두 번 말하지 않는 사람이니, 내 말을 염두에 두고 있었으면 좋겠어. 그럼."

진건의 통화 상대 재혁이 도통 흔들릴 생각 없는 그에게 계속해서 외쳐 대고 있었지만, 진건은 자신의 말을 완벽하게 마친 뒤 멋대로 통화를 종료시켰다.

새벽은 통화가 끊긴 핸드폰을 움켜쥔 뒤 자신을 바라보는 진건에게 입을 열었다.

"저기……."

나름 잘나간다는 변호사 양재혁이 눈앞의 남자에게 제대로 된 반격도 하지 못하고 당하는 모습이 꽤 재미있었다. 하여 방관자의 자세로 그저 상황을 주시하고만 있던 새벽은 통화가 끝이 난 뒤 무섭게 저를 내려다보고 있는 진건을 보고 움찔했다.

"어, 그게……."

무의식적으로 입을 열기는 했지만, 뭐라고 말을 해야 하지?

새벽이 다음 말을 고민하고 있을 때였다.

"핸드폰 번호를 바꿨으면 좋겠군."

진건이 흘리는 낮은 음성에 새벽이 눈을 동그랗게 떴다. 진건은 불쾌함을 가득 담은 얼굴로 말했다.

"아니. 차라리 새로 사는 편이 더 낫겠어. 나는 우리의 계약에 쓸데없는 논란이 이는 건 사양이라."

"아……."

"그동안 이건 내가 보관하고 있을 테니, 우새벽 씨가 이해해 줬으면 좋겠군."

진건은 그 말과 함께 손에 쥐고 있던 새벽의 핸드폰을 제 주머니에 넣었다.

"새로 사서, 보기 싫은 것들의 연락처는 다 없애도록 해. 우새벽 씨의 친구라던 화인의 그 여자와 이 멍청한 남자. 그리고 당신 인생에 도움이 되지 않는 것들은 모두 삭제하는 게 좋을 것 같군."

진건이 내뱉는 말에 대꾸할 수가 없었다.

'일리가 있어.'

확실히 진건의 말은 납득이 가는 수준이었고, 그들의 전화를 받고 싶지 않은 것은 새벽도 마찬가지였다.

'바꾸긴…… 해야겠지.'

조금 전 일어난 일처럼, 다시 재혁이 전화를 걸어 올 수도 있었다. 끔찍한 기억을 연상케 하는 그가 자신의 개인적인 번호를 알고 있다는 사실은 그리 좋은 기분은 아니었다. 생각하기도 싫은 은비의 경우도 마찬가지.

새벽의 얼굴이 급격하게 어두워지자 진건은 말을 이었다.

"말하지 않았나. 계약이 진행되는 동안엔 내게 충실하라고. 그 일의 첫 단계는, 당신 주변의 찌꺼기들을 모두 정리하는 거야."

일이 일어난 지 얼마 되지 않았다는 '핑계'를 대며 아직까지 재혁의, 그리고 은비의 전화번호 하나 지우지 못한 자신을 향해 만난 지 고작 이틀 된 남자가 정곡을 찔렀다.

대꾸할 수 없었다. 대답하지…… 못했다.

새벽은 망설이는 눈으로 그를 올려다봤다. 이내 새벽이 알겠다는 듯 고개를 끄덕이자 진건의 서늘한 목소리가 연이어 들려왔다.

"그리고 지리 익히기는 다음으로 미뤄."

"예?"

그게 무슨…….

"생각해 보니 정식 계약을 하고 난 뒤 바로 해야 할 일이 있었어."

영문을 알 수 없는 그의 말에 새벽이 어리둥절한 표정을 지었다. 진건은 따라오라는 신호를 그리며 그녀를 스쳐 지나갔다.

"따라와. 우새벽 씨의 집에 정식으로 인사드리러 갈 거야."

❖

"어, 어떻게 된 거야? 저, 저게 다 무슨 소리야?"

그것은 바로 자신이 하고 싶은 말이었다.

새벽은 화들짝 놀라 저를 거실과 떨어진 곳까지 데려와 조심스레 묻는 이화에게 쓴웃음만 보냈다. 이화는 기겁을 하며 소파에 착석해 있는 커다란 남자의 등을 가리켰다.

진건을 만나기 위해 나갔던 새벽이 그를 직접 데리고 본가로 들어오자 이화는 적잖게 당황한 것이 틀림없었다.

당연하지.

그런 이화를 보자마자 진건이 처음으로 꺼낸 말이 하필이면…….

「조카분과 저의 결혼을 허락해 주셔서 감사드립니다, 우 사장님. 새벽이를 평생 아끼고 살겠습니다.」

—라는 것이었으니.

'놀라실 만도 해.'

태연하게 이화의 앞에서 연극을 하는 진건의 모습을 보고 새벽도 이화만큼이나 황당했으니까.

아예 작정을 했는지, 진건은 그에 그치지 않고 입을 쩍 벌리는 이화를 향해 더욱더 충격적인 말을 쏟아 냈다.

「우 사장님, 아니, 고모님의 도움이 없었다면…… 아마 새벽이와 결혼이 쉽지 않았을 겁니다. 하지만 걱정 마십시오. 전 집안 대 집안으로 새벽이를 아내로 맞으려는 것이 아니라, 새벽이를 정말 사랑해서 맞으려는 거니까. 이번 합병은 새벽이를 맞고 싶은 제 성의라고 보시면 될 것 같습니다. 새벽이가 그토록 사랑하는 우화가 흔들리는 걸, 저도 보고만 있고 싶지 않습니다.」

새벽은 자신과 만난 이후 단 한 번도 지어 주지 않던 미소를, 이화에게 선보이는 진건을 멍하니 응시했었다. 그는 몹시도 부드럽고 다정한 목소리로 말했었는데, 그 때문인지 새벽은 이화에게 말하고 있던 그가 과연 자신이 마주했던 장진건이 맞는 건지 의심했다.

새벽이 진건의 태도에 의문을 품는 사이, 그의 말에 놀람을 감추지 못했던 이화는 병원에 입원해 있던 우 회장과, 그를 간병하기 위해 함께 가 있던 채 여사를 본가로 긴급 호출했다. 덕분에 현재 진건은 우 회장 내외와 함께 테이블을 하나 사이에 둔 채 마주하는 상태에 놓이게 된 것이다.

'대체 무슨 생각인지 모르겠어.'

거실이 훤히 보이는 곳에서 이화와 서 있던 새벽은 소파로도 차마 가려지지 않는 진건의 커다란 등을 흘긋거리며 한숨을 내쉬었다. 그러고는 제 대답을 기다리고 있는 이화를 향해 쓰디쓴 미소를 지어 보였다.

"그렇게 됐어요, 고모님."

"그렇게 됐다니!"

이화는 관자놀이 쪽으로 손가락을 꾹꾹 짓누르며 머리를 절레절레 흔들었다. 그녀는 진건과 꽤나 진지한 대화를 나누고 있는 우 회장 쪽을 쳐다보고선 새벽에게 말을 이었다.

"난 지금 이 상황이 무슨 상황인지 모르겠다. 그러니까 장 본부장의 말은…… 너랑 장 본이, 혼담이 오가기 전부터 이미 만나고 있던 사이였고, 그래서 더욱더 우리와 M&A를 추진하려 했던 거다? 이, 이게 정말 사실인 거야?"

"……."

"새벽아!"

"예."

"뭐?"

"사실이에요, 고모님."

새벽은 흐리게 웃었다. 그러자 이화의 얼굴에 경악이란 감정이 번져갔다. 그녀에게 거짓을 말하고 싶지는 않았지만, 진건과 새벽의 결혼 계약 조건에는 분명히 그러한 문구가 명시되어 있었다.

【각 가족들의 정신 건강을 위해, 우새벽과 장진건 두 사람은 오랫동안 만나왔던 걸로 입을 맞출 것.】

즉 진건과 계약을 맺은 새벽 역시, 진건이 이어 가고 있는 이 황당한 연극에 동참을 해야 한다는 거겠지. 이화는 도통 이해가 가지 않는다는 표정으로 작게 외쳤다.

"그럼 양 변은!"

잊고 있었던 호칭이 가슴을 턱 막히게 한다. 새벽은 재혁과 오랜 기간 사귀면서 집안의 암묵적인 허락을 받던 상태였다. 그랬기에 갑작스러운 소식을 접한 이화의 충격이 이루 말할 수 없다는 것을 충분히 이해했다.

새벽은 어깨를 으쓱이며 태연하게 대꾸했다.

"말씀드리려 했었는데, 어쩌다 보니 시기를 놓쳤어요."

"새벽아?"

"저랑 재혁 오빠, 헤어진 지 꽤 됐어요."

재혁 오빠라는 말을 할 때 혹시 목소리가 떨린 것은 아니었을까. 새벽은 제 말투에 주의를 기울이며 이화의 눈치를 살폈다.

"저, 정말이야? 언제?"

이화는 그 말을 듣자마자 살짝 누그러진 표정을 지으며 물었다. 새벽은 싱긋 미소 지었다.

"오래전이에요."

이화는 담담하게 말하는 새벽을 보고 다음 말을 뱉지 못했다. 새벽은 말했다.

"재혁 오빠랑 헤어지고 있던 차에, 진건 씨를 만났어요. 그러다 마음을 나눴고…… 하아. 실은 고모님께서 나가라 하셨던 자리에서 진건 씨를 보고 너무 놀랐어요."

"어? 왜!"

"그때, 진건 씨랑 크게 다퉜었거든요."

'그랬어?' 하고 눈을 동그랗게 뜨는 이화가 보였다. 새벽은 옅게 웃었다.

"당시에 진건 씨한테 많이 화가 나 있던 상태여서 고모님께도 제대로 말씀드리지 못했어요. 상황이 그래도 미리 말은 했어야 했는데, 그러지 못해서 죄송해요."

"어? 아, 아냐! 괜찮아, 괜찮아."

손을 휘휘 내젓는 이화에게 새벽은 미소 지었다.

"고모님을 그런 식으로 속일 생각은 없었어요. 그래서 고모님이 더 이상 죄책감을 느끼시지 않도록, 진건 씨한테 사정을 다 이야기했고 화해도 했어요. 그래서 이렇게……!"

차분하게 말하던 새벽은 저를 와락 안는 이화로 인해 다음 말을 목구멍 아래로 삼켜 버렸다.

쿵쾅쿵쾅, 정신없이 뛰고 있는 이화의 심장 소리가 새벽의 귀에 닿았다. 그녀는 으스러지듯 저를 안고선 조금씩 흐느끼는 이화를 그저 내버려 두었다.

"……다행이야."

"고모님."

"정말 다행이야."

새벽은 손님이 있다는 것도 신경 쓰지 않고 어깨를 들썩이다 결국 펑펑 울어 버리는 이화의 등을 말없이 쓰다듬었다. 이화의 눈물이 제 어깨를 적실수록 속이 쓰리다. 콕콕, 바늘과 같은 것이 심장을 찔러 와 새벽은 입을 다물었다.

그렇게 한참 동안 그녀에게 안겨 있던 새벽은 축 처지려는 기분을 애써 밝게 끌어 올리고선, 씩 웃었다.

"그러니 고모님. 이제 제가 팔려 간다고 생각하지 마세요. 저, 좋아하는 사람이랑 행복해지려고 이 결혼 하려는 거니까. 그래서 진건 씨랑 결혼하는 거예요. 그런 진건 씨가 우화를 도와준다니, 금상첨화죠. 안 그래요?"

하얀 이를 드러내며 웃는 새벽의 밝은 목소리에 이화가 울음을 멈추고는 피식 웃었다. 새벽은 '어머, 울다가 웃으면 어떻게 되는지 아시죠?' 하고 이화에게 장난을 걸었다.

이윽고 그들 두 사람을 부르는 우 회장의 말에 새벽은 이화와 함께 거실로 다시 돌아가야 했다.

❖

도통 정신을 차릴 수 없던 시간이었다. 자신을 데리고 어딘가로 출발했던 진건이 도착한 곳이 다름 아닌 그녀의 본가였고, 정말로 그가 말했던 것처럼 제집에 인사를 하러 왔다는 사실을 예측하지 못했으니까.

그것으로도 모자라, 진건이 새벽의 집안 어른들 앞에서 보였던 행동들은 마치 정말로 새벽을 '사랑하는' 것처럼 보였기에 더욱더 놀랄 수밖에.

「어떤가, 진건 군. 이렇게 어렵게 발걸음 한 거, 이왕이면 오늘 이곳에서 자고 내일 아침 우리와 함께 식사라도 했으면 하는데…….」

「아, 아버지!」

「예, 알겠습니다, 아버님.」

새벽이 재혁과 오래전에 헤어졌고, 강제로 정략결혼을 해야 할 상대인 진건과 사실은 만나고 있었다는 점이 우 회장을 안도시킨 것이 틀림없었다. 우 회장은 평소라면 하지 않을 제안을 진건에게 건네며 새벽을 당혹시켰다.

아직 정식 상견례는 치르지 않았지만 두 사람의 결혼은 거의 확정적이었고, 앞으로 새벽의 남편이 될 진건을 파악하기 위해 내일 아침 식사 습관을 지켜보겠다는 의도에서였다.

'미치겠네.'

그 목적을 파악한 새벽이 얼른 그를 말리려 들었지만, 웬일인지 진건은 우 회장의 제안을 기꺼이 받아들였다. 머리가 지끈거리는 것을 막지 못했던 새벽은 손님용 방으로 진건을 안내하기 위해 그와 함께 걷다, 그의 무표정한 얼굴을 힐끔거렸다.

서늘한 표정을 지닌 남자에게 하고 싶은 말은 참 많은데, 이상하게 모든 말들이 입안을 맴돌기만 했다. 밖으로 튀어나오지 않는 여러 가지 단어들이 입속을 간질이고 있었다.

오늘 하루만 해도 그랬다. 새벽은 그에게 신세를 진 것이 한두 가지가 아니다. 몇 번이고, 또 몇 번이고 입술을 열었다 닫기를 반복하던 새벽은 결국 겨우겨우 말을 꺼낼 수 있었다.

"자, 장진건 씨!"

앞서가던 새벽의 입에서 제 이름이 흘러나오자 진건이 행동을 멈추었다. 그에게 길을 안내하기 위해 앞서가던 새벽이 걸음을 멈추고 뒤를 돌아보았다. 진건의 검은 눈동자가 의아함에 물드는 것이 보인다. 새벽은 굳게 다물고 있던 입술을 열었다. 그러고는 고개를 푹 숙이며 외쳤다.

"고마워요!"

손끝이 파르르 떨려 왔다. 힘껏 주먹을 움켜쥔 그녀는 슬며시 고개를 들어 그와 눈을 마주쳤다. 진건의 고요한 동공이 작게 일렁이고 있었다. 새벽은 샐쭉 웃었다.

"정말 고마워요."

물론 그에게도 목적이 있다는 것을 알고 있다. 그가 취한 행동들이 전반적으로 계약서에 명시된 조항들이었다는 것 역시 알고 있다. 그러나 진건은 이렇게까지 다정하게 굴지 않아도 되었다.

거의 동등한 자격을 지닌 두 사람의 계약 관계에서 조금 더 우위를 차지하는 '갑'의 입장인 진건이 이토록 친절하게 굴지 않아도, 저는 그가 원하는 대로 행동했을 테니까.

그럼에도 불구하고 진건은 우 회장을 비롯한 새벽의 집안 어른들에게 근심을 덜어 주는 행동을 선보였다. 그랬기 때문에 새벽은 진심을 담은 고마움을 전할 수밖에 없었다.

"이상하군."

진건은 정중하게 그를 향해 머리를 숙이는 새벽을 한참 동안 바라보더니 중얼거렸다.

"무릎도 그렇지만, 머리를 숙이는 것도 싫어."

"……네?"

"그렇지만 오늘만큼은 넘어가도록 하지. 감사를 받는 건 그리 나쁜 기분은 아니니까."

"아."

"그런데 대체 내가 잘 방은 어딘 거지? 얼마나 더 가야 하는 거야?"

새벽을 내려다보던 진건은 그녀에게서 의식적으로 시선을 떼며 주변을 두리번거렸다. 무심코 풋 웃음이 흘러나오려는 것을 꾹 참던 새벽은 바로 코앞에 있는 문을 달칵 열어 주었다.

진건은 제게로 한 걸음 다가오더니 자신의 바로 옆문을 열어 주는 새벽의 행동에 미간을 꿈틀거렸다.

"그럼, 장진건 씨. 좋은 꿈꾸세요."

공손히 인사하는 새벽을 보고 진건은 미묘한 표정을 지었다. 하지만 곧 고개를 끄덕이며 대답했다.

"……우새벽 씨도. 내일부터는 나뿐 아니라 우새벽 씨도 할 일이 많아질 테니, 늦지 않게 자는 게 좋을 거야."

잔소리와는 거리가 멀게 생긴 얼굴이면서, 끊임없이 그녀에게 충고하는 진건을 보자니 옅은 웃음이 났다.

"알겠어요. 장진건 씨 말대로 할 테니 걱정 마세요. 그럼, 안녕히 주무세요!"

새벽은 무표정한 얼굴로 저를 한 번 흘긋거린 뒤, 손님용 방 안으로 들어가는 진건의 방문을 닫아 주려 했다.

'아, 그렇지!'

그러다 멈칫하고선 입을 다시 벌렸다.

"저기요, 자, 장진건 씨! 잠깐만요!"

침대를 향해 거침없이 다가가던 진건의 몸이 새벽의 부름으로 인해 멈추었다. 새벽은 방의 안쪽에서 보이는 그의 검은 눈동자가 자신을 향하자 순간 움찔거렸다.

이 집안에서 가족이 아닌 남자가 잠을 자고 가는 것은 처음 있는 일이었다. 검고 짙은 그의 눈을 보니 왠지 그것이 실감이 되어, 눈앞이 팽글팽글 돌았다. 어쩐지 귀가 붉어지는 것 같기도 해서 침을 꼴깍 삼키던 새벽은 굳게 다물었던 입술을 움직였다.

"……게."

진건이 뜬금없는 새벽의 말에 눈썹을 꿈틀거렸다.

"이, 이 베개는…… 어디에 둘까요?"

그를 안내하는 내내 품고 있던 커다란 베개를 가리키며 새벽은 어색하게 웃었다.

◈

문을 열고 밖으로 나오는 순간, 바깥의 차갑고 습한 공기가 그를 맞이한다.

아직 해가 뜨지 않은 새벽.

진건은 스산하고 삭막하게 느껴지지만, 곧 태양이 떠오를 거란 기대감을 가지게 만드는 지금 이 시간을 좋아하는 편이었다. 그는 상쾌한 새벽 공기를 들이마시며 드넓은 정원으로 발을 디뎠다.

마침 시야로 초록색 정원과 잘 어울리는 철제 의자가 들어온다. 성큼성큼 걸음을 옮긴 그는 그곳에 착석한 후 주위를 둘러보았다. 이곳은 비록 제집은 아니나, 왠지 모르게 그의 집보다 훨씬 더 편안한 느낌을 주고 있었다.

진건은 몇몇 곳을 제외하고는 아직 불빛이 켜지지 않은 새벽의 본가 저택을 흘긋거리며 어제의 일을 떠올렸다.

어제 진건은 이곳 새벽의 본가에서 세 명의 사람들과 인사를 나누었다.

정말로 자신이 우새벽을 마음에 두고 있었던 건지, 그래서 이 이상한 결혼을 진행하려는 것인지에 대해 꼬치꼬치 캐묻는 새벽의 어머니인 채 여사부터 시작하여, 말없이 진건을 노려보고만 있던 새벽의 아버지 우 회장, 그리고 저를 소파 한가운데 덩그러니 내버려 둔 뒤 새벽과 무어라 이야기를 나누던 새벽의 고모 우 사장까지.

쉬지 않고 그를 견제하고, 생각을 읽으려 하고, 의심하던 그들에게 공통점이 하나 있다면, 그들 세 사람은 모두 우새벽이라는 여자의 행복을 기원하고 있었다는 점이다.

'달랐지.'

함께 식사를 해도, 앉아 있어도, 대화를 나누어도, 시간을 보내도…….

도통 가까워질 생각은 없고 끝없는 평행선을 걷게 만드는 진건의 본가 사람들과는 본질적으로 차이가 있었다. 언제, 어디서 잡아먹힐지 알 수 없어 매일같이 경계해야 하는 진건의 가족들과는 주변 공기부터가 달랐다.

똑같이 기업이라는 단체를 이끌고 있는 오너가가 그렇게 차이가 날 수 있을까.

극과 극을 달리는 두 집안에서 이상한 곳은 진건 쪽일까, 아니면 새벽 쪽일까.

"진건 군."

어젯밤 자신이 경험했던 특별한 일들을 떠올리며 쓴웃음을 흘리고 있을 때였다. 진건은 저를 부르는 목소리가 귀에 익다 생각하며 시선을 돌리다, 제 뒤편에 서 있는 우화 건설의 우성태 회장을 발견했다.

그가 얼른 일어나 묵례를 하자, 우 회장이 손을 휘휘 내저으며 진건의 앞에 앉았다. 그러고는 싸늘한 새벽 공기를 크게 들이마신 후, 길게 내뱉으며 중얼거렸다.

"공기 좋지?"

진건은 꽃과 나무들로 가득한 정원을 둘러보며 말하는 우 회장에게 말없이 고개를 주억였다. 우 회장은 부드럽게 웃으며 말을 이었다.

"안사람이 정원을 가꾸는 걸 좋아해. 그래서 마당이 넓은 곳에 터를 잡았지. 여기 있는 저 꽃과 나무들은 모두 새벽이 엄마가 애지중지하며 키웠던 거야."

추억에 잠긴 표정을 짓는 우 회장의 말에 진건은 대답하지 않았다. 그가 이러한 말을 꺼내는 이유는, 아마도 다른 말을 하기 위함일 테니까. 진건은 가만히 우 회장이 본론을 시작하길 기다렸다.

"많은 일이 있었던 곳이네. 이곳에서부터 모든 것이 시작됐어. 우화가 크게 성장할 수 있도록 내게 안식처가 되어 준 곳도, 우리에게 새벽이라는 보물을 안겨다 준 곳도, 전부 여기였지. 이곳에서 우화를 성장시킬 꿈을 키웠고, 새벽이를 예쁘게 자라게 만들고 싶었어. 물론 내 어처구니없는 실수로…… 이 모든 것을 잃을 뻔했지만……. 진건 군…… 아니, 장 서방. 자네로 인해 그것만은 막을 수 있게 되었어."

"……."

"정말 고맙게 생각하네. 너무 고마워서…… 정말 너무 고마워서, 어떻게 표현을 해야 할지 모르겠어."

보는 사람들이 없었기에 그나마 다행이라고 생각했다. 어느 순간부터 미묘한 말을 내뱉던 우 회장이 진건을 향해 고개를 숙이자 쓴웃음이 입안을 맴돈다.

우새벽이 누구를 닮았나 했더니.

보통 우 회장 정도의 지위에 오른 사람이라면, 저보다 한참은 아래인 사람에게 무릎을 꿇거나 혹은 머리를 조아리진 않는다. 그러나 눈앞의 중년 남성은 그런 것 따위는 전혀 신경 쓰지 않고 진건에게 감사를 표했다.

진건은 제게 진심 어린 감사를 표하고 있는 우 회장을 향해 말했다.

"만일 이 모습을 새벽이가 본다면 놀랄 겁니다. 그러니 고개 드십시오. 그리고 제게 이렇게 감사해하지 않으셔도 됩니다, 아버님."

어차피 저 역시 이루어 내야 할 목적이 있기에 이런 일을 감행하는 거니까.

우 회장은 새벽바람을 타고 귓속으로 흘러 들어오는 진건의 목소리에 슬며시 얼굴을 들었다. 그러고는 미동 없는 눈으로 자신을 직시하고 있는 진건을 향해 옅은 미소를 그려 보였다.

"자네를 처음 봤을 때가 생각나는군."

고요하던 진건의 동공이 거세게 요동쳤다.

진건의 변화를 알아차리지 못한 건지, 우 회장은 상념에 잠긴 사람처럼 눈을 내리깔며 중얼거렸다.

"유단의 창립 기념 파티 때였을까? 자네의 할아버지이신 장 회장님의 손을 꼭 잡고 당시 초대를 받았던 사람들에게 인사를 하던 자네를 보고, 또래 나이보다 훨씬 더 차분한 아이라고 생각했지. 앞으로 어떻게 성장할 건지 기대가 되는 인재였는데 말이야."

"……."

"그런 사람이 우리 새벽이의 남편이 된다니. 정말로 단 한 번도 상상해 본 적이 없었어. 그래서 그런지, 어제 자네 이야기를 듣고 많이 놀랐네."

우 회장은 아무 말도 하지 않는 진건에게 시선을 고정시켰다. 총기를 많이 잃기는 했지만, 여전히 한 기업의 총수로서 풍기는 분위기는 남아 있었다. 우 회장은 얼굴에서 다정함을 순식간에 거두어 내고선 눈에 힘을 주며 진건에게 말했다.

"자네에게 어려운 부탁 한 가지를…… 하고 싶어."

진건은 우 회장을 직시했다. 우 회장은 차가운 진건의 손을 덥석 잡으며 말했다.

“이 세상에 단 한 명. 딱 한 명이면 되네. 새벽이가 어떤 상황에서도 믿고 의지할 수 있는 ‘내 편’은.”

놀라는 진건을 보며 우 회장이 중얼거렸다.

“나는 자네가, 새벽이가 믿고 의지할 수 있는 편이 되어 줬으면 좋겠어.”

❖

「아무 데나 둬.」

생글생글 웃으며 말을 꺼냈을 때, 아차 싶었다. 왜 이런 말을 꺼내 그를 불러 세운 건지, 스스로도 이해하지 못했으니까. 게다가 이윽고 들려온 말에 땅굴을 파고 싶은 심정이었다. 새벽은 자신이 들고 있던 베개 따위는 안중에도 없다는 듯, 말을 하자마자 다시 몸을 돌려 버린 진건을 한참 동안 들여다보았다.

「우새벽 씨.」

「예?」

「안 갈 건가?」

「어디를요?」

손님용 방에 베개가 없을 거라 여겼던 것이 일차적인 실수였다.

왜 당연히 없다고 생각했던 걸까. 굳이 자신의 방에 놓여 있던 폭신한

베개를 들고 와, 그를 안내하던 도중 잠시 망각했던 건지도.

진건의 반응에 당황하여 돌처럼 굳어 있는 사이, 그는 어느덧 입고 있던 정장 상의를 벗었다.

「……그럼 뭐, 마음대로 해. 있고 싶으면 있어도 상관은…….」

무언가에 홀린 사람처럼 그를 쳐다보던 새벽은 저를 흘끔거리며 묻는 진건의 말이 무슨 의미인지 뒤늦게 알아차렸다.

「가, 갈게요! 죄송합니다. 안녕히 주무세요!」

얼굴이 새빨개지는 것을 느끼며 빠르게 인사를 한 그녀의 심장이 거세게 뛰었다. 쿵쾅쿵쾅, 쉴 새 없이. 설레서 그러는 것이 아니라 부끄러움을 견딜 수 없어서.

진건이 잠을 자게 된 손님용 방과 새벽의 방은 벽 하나 사이를 두고 있었다. 그것이 괜스레 신경이 쓰여 밤새 한잠도 자지 못했던 그녀는 동이 틀 무렵에야 잠이 들었다.

스르륵, 눈꺼풀을 뜬 것은 누군가 제 몸을 미친 듯이 흔들고 있다는 것을 알아차린 시점이었다.

「새벽아, 일어나! 장 서방이랑 밥 먹어야지!」

어머니 채옥희 여사의 외침을 듣자마자 침대에서 벌떡 일어났다.

장 서방.

채 여사가 뱉어 낸 그 낯선 호칭이 얼굴을 화끈거리게 만들었다. 벌써 아침 7시가 되었다는 사실에 기겁하며 서둘러 세안을 하고 옷을 갖추어 입은 새벽은, 이미 일어나 거실에서 우 회장과 대화를 나누고 있던 진건을 발견할 수 있었다.

"네? 그게…… 무슨 소리세요?"

요 며칠간의 일들은 도통 적응을 하지 못할 정도로 정신이 없다. 밥이 코로 들어가는지, 입으로 들어가는지 구분하지 못하겠다. 반쯤 넋을 놓은 상태에서 숟가락을 들고 있던 새벽은 우 회장이 제게 꺼낸 말에 눈을 동그랗게 떴다.

"공부를…… 마무리하라고요?"

예상하지 못했던 일이었다. 새벽은 못 들을 말이라도 들었다는 듯, 우 회장과 진건을 번갈아 응시했다. 우 회장은 빙긋 웃으며 진건을 한 번 쳐다보더니 고개를 주억이며 새벽에게 말을 이었다.

"그래. 진건 군…… 아니, 우리 장 서방도 그랬으면 좋겠다고 하더라. 안 그런가, 장 서방?"

우 회장의 입에서 흘러나온 '우리'라는 단어에는 왠지 모를 친근감이 서려 있다.

새벽은 단 하룻밤 사이에 우 회장을 제 편으로 만들어 버린 진건의 포섭력에 대해 감탄하면서도 당황한 기색을 숨기지 않았다. 진건과 결혼을 하게 되면 당연히 다니고 있던 대학원은 그만두게 될 줄 알았던지라, 더더욱.

진건은 놀란 새벽을 말없이 쳐다보더니 입술을 열었다.

"네. 어차피 앞으로 3개월만 더 있으면 모든 과정이 끝나는데, 지난 시간이 아까워서라도 그만두게 할 수는 없지 않겠습니까. 저는 새벽이를 새장 속에 가두고 싶은 마음은 없습니다. 우새벽이라는 인재를, 낭비하고 싶지는 않습니다.”

말을 마친 후 슬쩍 저를 흘겨보는 진건을 보고 떠오르는 말이 있었다.

「저 꽤 괜찮은 신붓감이에요. 나름 한국에서 제일 최고로 친다는 대학도 나왔고요, MBA 과정도 제대로 밟고 있었어요! 신부로 쓸모가 없으면 유, 유단 사원이라도 될게요! 저, 어디서든 써먹을 수 있는 괜찮은 인재예요! 결코 실망시키지 않겠습니다.」

어떻게든 그에게 자신의 유용함을 설득시키려고 외치고 또 외쳤던 그날의 일이 불현듯 눈앞을 스쳤다. 새벽은 얼굴이 화끈 달아오르는 것을 느꼈지만, 티를 내지 않으려 노력했다. 진건은 그러한 새벽의 마음을 아는지 모르는지, 계속해서 말을 이어 나갔다.

“제가 나서 합병을 진행시키고는 있지만, 합병이 된 후에도 아버님, 그리고 고모님께서 계속 우화의 경영을 맡아 주셨으면 합니다. 그리고 언젠가 새벽이가 그런 우화의 중심으로 자리를 잡았으면 하고요.”

……뭐?

“이번 합병을 통해 우화가 유단의 계열로 들어오기는 하겠지만, 유단과는 엄연히 차이를 둔 독립적인 회사로 우화를 계속 서포트할 예정입니다. 이에 대해서는 이미 저희 할아버지도 동의를 하셨습니다. 그러니 앞으로도 아버님과 고모님께서 많이 수고를 해 주셨으면 좋겠습니다. 부탁드립니다, 아버님, 고모님.”

정중하게 말하는 진건의 목소리엔 힘이 있었다. 우 회장과 이화도, 진건이 그러한 제안을 할 거라곤 생각하지 못했는지 어안이 벙벙한 표정을 짓고 있다 너털웃음을 그렸다. 이번 합병 이후로 책임을 지기 위해 일선에서 물러날 생각이었던지라, 그들 역시 적잖이 놀란 것이 틀림없었다.

새벽은 그런 진건을 꽤 오랜 시간 동안 응시했다.

❖

"장진건 씨. 대체 무슨 생각인 거예요?"

숨이 컥컥 막혀 오던 아침 식사가 어떻게 끝이 났는지 모르겠다. 새벽은 자신을 '학교'에 데려다주겠다고 선언한 진건의 뒤를 따라 본가를 나오기가 무섭게 물음을 던졌다. 모델 빰치는 길쭉한 다리를 쭉쭉 뻗으며 앞으로 나아가던 진건이, 운전석 문을 열다 새벽을 쳐다봤다.

"무슨 소린지 모르겠군."

"제가 왜 이러는지 알고 계시잖아요!"

그녀는 입술을 파르르 떨며 숨을 고르다 외쳤다.

"학교를 계속 다니라니요. 학교는…… 학교에는!"

"왜? 학교에 다니지 못할 이유라도 있나?"

그런 새벽에게 무심하게 말을 던진 진건을 보고 답변이 즉각적으로 흘러나오지 못했다. 새벽은 눈을 동그랗게 뜨고 그를 쳐다봤다. 진건은 놀란 새벽에게 피식 웃으며 되물었다.

"죄지은 것이 있어?"

"자, 장진건 씨!"

"학교에 죄지은 것도 없는데, 왜 다니기를 꺼려 하는 거지?"

"……그, 그건."

"우새벽 씨도 말하지 않았나. 본인이 꽤 괜찮은 인재라고. 얼마나 잘났는지, MBA 과정도 제대로 밟고 있다고 말했던 걸로 기억하는데."

"하지만……."

"하지만 뭐?"

"……."

"설마 우새벽 씨와 친구라던 여자도 그 학교에 다니고 있어서 꺼려지는 건가?"

아무렇지 않게, 지극히 태연한 얼굴로 정곡을 찌른다. 차 문으로 손을 뻗으려던 새벽의 손끝이 떨렸다. 냉정을 유지하려 애썼지만 쉽지 않다. 잊고 있었던 일들이 눈앞을 스쳐 지나갔다.

'……싫지 않아.'

주저앉고 싶지도.

무릎을 꿇고 싶지도.

고개를 숙이고 싶지도.

그의 앞에서는, 특히나. 다시 한 번 그런 짓을 했다간 제 모든 치부가 낱낱이 드러날 것 같았다. 바들바들 떨리던 다리를 지탱하며 꽉 악문 잇몸이 시렸다.

"나는 이렇게 생각해."

들끓던 가슴을 주체하지 못하고 머뭇거리던 새벽을 향해 그가 입을 열었다.

"죄를 지은 것도 없는 우새벽 씨가 그 여자를 피해야 할 이유 따윈 없다고."

"……!"

진건의 말에 새벽의 몸이 돌처럼 굳었다.

"타. 학교까지 바래다줄 테니."

진건은 그런 새벽을 무심히 내려다보더니 짧게 말하며, 먼저 운전석에 올라탔다.

"수업 마치면 전화해. 데리러 오든가, 사람 보낼 테니."

경영관 뒤편의 주차장에 차를 세우던 진건이 툭 말을 던졌다. 얼마 남지 않은 강의 시간을 체크하며 안전벨트를 풀던 새벽은 깜짝 놀라 그를 쳐다봤다. 진건은 무뚝뚝한 음성을 흘렸다.

"오늘 저녁에는 같이 갈 곳이 있어."

"갈 곳이요?"

진건은 의아해하는 새벽을 보며 말을 이었다.

"결혼식 날짜는 회장님의 건강을 보고 잡을 거지만…… 그 전에, 좋든 싫든 우리 집에도 인사를 하러 가야 할 테니까."

아.

"우새벽 씨네 집처럼 화기애애하진 않을 테니, 각오는 해 두는 게 좋겠군."

경직되는 새벽의 얼굴을 흘긋거리던 진건은 픽 웃으며 운전석의 문을 열었다. 새벽은 진건이 운전석을 나가, 조수석의 문을 열어 줄 때까지 움직이지 않고 앉아 있어야만 했다.

'장진건 씨의…… 집.'

장진건 씨네 집이라면, 유단 건설 그룹의 본가. 이미 그곳에 소속된 사람들을 두 명이나 마주했던 새벽은 한숨을 내쉬었다. 씁쓸한 표정으로 말하던 진건의 말이 귓가를 맴돌았다. 이상하게 손아귀에 힘이 들어갔다.

"수업."

"……네?"

"곧 시작한다고 하지 않았나?"

진건의 에스코트를 받으며 조수석에서 내렸음에도, 그의 얼굴을 뚫어져라 쳐다보고만 있던 새벽을 향해 그가 속삭였다. 화들짝 놀라 '아!' 하고 탄성을 내지른 새벽은 알겠다고 진건에게 인사를 한 뒤, 경영관 안으로 달려갔다.

"윽!"

"악!"

수업 시작을 단 10분 정도 남겨 둔 상태였던지라 서둘러 달려가던 새벽은 경영관 로비에서 누군가와 부딪쳤다. 조금 전 들었던 말이 워낙 충격적이었기에 미처 앞을 보지 못했다.

으윽, 낮은 신음을 흘리며 뒤로 엉덩방아를 찧어 버리기는 했으나, 이번 일은 분명 자신의 잘못이었다. 새벽은 얼른 몸을 일으켜 앞으로 넘어진 상대에게 손을 뻗으려 했다.

"죄송해요. 많이 다치……!"

새벽의 입에서는 더 이상 말이 흘러나오지 않았다. 하필 손을 내민 상대가, 인상을 쓰며 저를 노려보고 있는 여자가 익숙한 얼굴이라는 것을 알아차린 뒤였으니까.

새벽은 그녀를 향해 쭉 뻗었던 팔을 얼른 거두어들이려 했다.

"사양하진 않을게."

하지만 그것보다, 은비의 손이 새벽의 손을 부여잡는 것이 더 빨랐다. 새벽은 제가 내민 손을 덥석 잡고선 빙긋 웃는 은비의 얼굴을 쳐다보며 황당한 숨을 흘렸다.

은비는 제 손을 떼어 내려는 새벽의 손을 기어코 붙잡으며 자리에서 일어나더니, 똑바로 서자마자 새벽의 손을 뿌리쳤다. 그러고는 마치 더러운 것에 손을 대었다는 듯, 불쾌감이 가득한 표정을 지으며 제 손을 탈탈 털기 시작한다.

"너 뭐 하는 짓이야?"

새벽은 어이없는 은비의 행동에 헛웃음을 삼키며 물었다. 은비가 고운 눈썹을 까딱이더니 미소를 지었다.

"뭐가?"

"강은비."

"그냥. 더러운 것이랑 손을 잡은 게 기분 나빠서 손을 털었을 뿐인데, 내가 뭐 잘못이라도 했나?"

"……뭐?"

"너 말이야, 우새벽. 결국 팔려 가는 거 확정됐다며?"

조소를 흘리는 은비의 말에 대꾸하지 못했다.

은비는 눈을 크게 뜨는 새벽에게 웃으며 말을 이었다.

"쪽팔려서 어떡해? 결혼은 무조건 사랑하는 사람이랑 할 거라며 노래를 부르더니, 나한테서 네 남자를 지키지도 못하고. 그걸로도 모자라서 치를 떨던 정략결혼이나 하게 되고. 어휴, 정말 네 인생도 참 안됐다. 그치?"

"……."

"하긴 뭐, 네가 유단에 팔려 가서 너희 우화가 다시 자리를 잡는다면…… 해 볼 만한 모험이기도 하겠네. 어차피 재혁 씨는 다시 찾지 못할 거고, 사랑을 얻지 못할 바엔 집안이라도 지켜야 하니까. 맞아. 어쩌면 당연한 일이겠다. 망하기 직전의 너로서는. 안 그래?"

"……."

"아무리 생각해도 안됐어. 네가. 소문으로 듣기로는 너를 '샀다' 던 유단의 임원은 꽤나 인간 같지도 않은 남잔 것 같던데. 그런 남자한테서 네가 견딜 수나 있을까…… 호호.”

생글생글 미소 지으며 가슴을 콕콕 찌르는 말을 서슴없이 날리는 사람이 20년 지기가 맞는 건지 의심스럽다. 아니, 그 전에, 지기였던 건 맞았던 걸까. 제 앞에 서 있는 이 여자를 믿고 의지했던 것이 수치스럽다.

‘언제부터였을까.’

대체 언제부터. 언제부터 은비는 이렇게 못된 마음을 숨기고 있었던 걸까.

‘나였으면 힘들었을 거야.’

은비는 모든 사실이 발각되기 전까지도 제 앞에서 맞장구를 쳐 주고, 웃음을 흘려 주던 사람이었다. 그랬기에 더욱 믿었고, 더욱 의지했다. 만약 제게 가족이 없었다면, 그리고 재혁이 없었다면, 어쩌면 가장 믿고 의지했을 은비가 이렇게 냉정할 정도로 돌아섰다는 것이 가슴 아프기도 했다.

씁쓸한 숨이 흘러나왔다.

“하, 하하. 하하하. 하하하하!”

그리고 한번 시작된 웃음은 멈추기 힘들 만큼 커져 갔다. 은비는 저를 보고 힘껏 웃어 버리는 새벽의 모습에 미간을 좁혔다.

“뭐야, 너. 왜 웃어? 내 말이 웃기니?”

노골적으로 새벽을 비웃던 은비의 눈동자가 그런 새벽의 반응에 급격하게 요동쳤다.

배꼽이 빠져라 웃던 새벽은 ‘아니.’ 하고 손을 휘휘 저으며 대답한 뒤, 언제 웃었냐는 듯 싱긋 눈꼬리를 휘었다.

“그냥. 강은비 네가 몹시 안돼 보여서.”

은비의 예쁜 얼굴이 일그러졌다. 제게 그런 말을 들을 줄은 전혀 예상하지 못했던 표정이다. 새벽은 '무, 무슨 소리야! 내가 왜 안돼 보여!' 하고 외쳐 대는 은비를 무시하고는 손목에 찬 시계를 들여다봤다. 수업이 시작되기까지는 5분 정도가 남은 상황.

'너 그게 무슨 소리냐고!' 하고 소리치는 은비를 무심하게 내려다보던 새벽은 강의실로 걸어가기 위해 발을 뻗으려 했다.

"악!"

"무슨 소리냐니까!"

그런 새벽의 짧은 머리카락을 꽉 움켜쥔 여자가 빽 소리쳤다. 갑자기 뒷머리를 잡혀 버린 새벽이 은비의 손을 떼어 내려 했으나, 어찌나 우악스러운지 쉽게 떨어져 나가지 않았다. 마침 대부분의 강의가 시작할 무렵이었던지라 경영관 로비에서 벌어진 이 기괴한 광경을 지켜볼 학생들이 적다는 것이 천만다행이었다.

새벽은 다리를 뒤로 뻗어 은비의 복부를 가격할까, 조금 고민했다.

「앞으로 우새벽 씨는 다른 사람한테 뒤처지지 않는, 우아한 내 아내가 되어 줘야겠습니다.」

그러나 문득 머리를 스치는 진건의 말이 떠올라 차마 그 생각을 행동으로 옮기진 못한다. 하는 수 없이 새벽은 최대한 냉정하게, 평정을 되찾으려 애쓰고는 이 정신 나간 여자를 떼어 내기 위한 새로운 방법을 강구해야 했다.

"무슨 소리냐고! 어서 말해! 내가 왜 안돼 보여? 너 따위보다 내가 왜 안돼 보이냐는 거야? 그리고 너, 내가 이대로 당하고 있을 것 같아? 그날

내가 얼마나 치욕스러웠는지 모르지? 나, 생전 안 가던 경찰서를 너 때문에 가야 했어! 이 내가, 너 따위 때문에 경찰서까지…… 아악!"

그때였을까. 새벽의 머리카락을 잡은 채 바락바락 소리를 내지르던 은비가 돌연 비명을 흘렸다. 그와 동시에 제 머리카락을 잡고 있던 은비의 손이 떨어져 나갔다. 여차하면 정말로 은비를 걷어찰 생각을 하던 새벽은 깜짝 놀라 뒤를 돌아봤다.

'어?'

무표정한 얼굴로 새벽의 머리카락을 붙잡고 있던 은비의 손을 떼어 내고는 그녀를 확 뿌리치는 남자는, 새벽이 알고 있는 사람이었다.

꺅, 소리를 지르며 바닥으로 나동그라진 은비 따위는 아랑곳 않고 놀란 새벽의 앞에 다가온 남자는 그녀를 향해 무언가를 내밀었다.

새벽은 아무 일도 일어나지 않은 것처럼 제 앞에 선 남자를 멀뚱히 응시했다.

그는 듣기 좋은 미성을 흘렸다.

"우새벽 씨한테 핸드폰이 없다는 걸 잊었어."

"……네?"

"전화를 하려면 핸드폰이 있어야 하는데, 우새벽 씨 건 어제 내가……."

말끝을 흐리던 그가 짧게 헛기침을 했다. 새벽은 눈을 몇 번 깜빡였다. 진건은 급작스러운 상황에 그만 굳어 버린 새벽의 손에 핸드폰을 쥐여 주곤 말했다.

"전화해. 연락처에 번호는 하나뿐일 테니, 그리로. 그럼."

뭐, 뭐야.

'그 말을 하려고 여기까지 다시 온 거야?'

새벽은 멍한 표정을 지으며 제게 묵례한 후 등을 돌리는 진건을 쳐다봤다.

"이, 이봐요!"

그리고 그런 진건이 아무렇지도 않게 경영관 로비를 벗어나려는 것을 지켜보고 있을 때. 그에 의해 바닥으로 나동그라진 은비가 언제 일어났는지 씩씩거리며 소리쳤다.

"당신 누구예요? 누군데 날 이렇게 막 대해! 연약한 여자를 이렇게 대해도 되는 거야?"

진건의 걸음을 멈추게 만든 은비가 침을 튀겨 가며 외쳤다. 그녀는 산발이 된 머리를 정리하지도 못하고 진건이 건네준 핸드폰을 들여다보던 새벽에게 물었다.

"우새벽! 이 사람, 너랑 아는 사람이야? 아는 사람이냐고! 어서 말…… 잠깐. 그쪽 낯이…… 익은데. 어디서 분명 본…… 어머!"

구겨졌던 얼굴이 환하게 물드는 건 순식간이다. 새벽은 언제 이를 갈았냐는 듯, 맑게 미소 지으며 그의 앞에 서는 은비를 어이없이 응시했다. 은비는 새벽의 시선 따윈 아랑곳 않고 진건의 앞에 섰다.

"누구신가 했더니, 유단 건설 장 회장님의 손자분이시구나! 장 본부장님, 맞으시죠? 안녕하세요! 혹시 저…… 기억하세요? 왜, 일전에 저희 창립 기념일 때 유단 대표로 한 번 오신 적 있었는데……."

살랑살랑 꽃바람까지 풍겨 대며 진건을 올려다보는 은비의 입꼬리가 올라갔다. 방금 전까지 새벽의 머리채를 쥐어뜯고 있던 여자라고는 믿어지지 않을 만큼 태연한 모습이다. 새벽은 은비의 모습에 혀를 내둘렀지만, 은비를 내려다보는 진건의 검은 눈은 대체 무슨 생각을 하는 건지 알 수가 없다.

"아. 기억…… 안 나시나?"

"……."

"호, 호호. 뭐 그럴 수 있죠. 그때 워낙…… 사람이 많았으니. 흠흠."

화장품 업계에서 알아주기는 하나, 화인 코스메틱스는 유단 건설 그룹보다는 비교적 규모가 작은 회사였다. 재계 순위 5위권 안에 들어 있는 기업들을 나열하며 언젠간 그쪽 기업과 연이 닿았으면 좋겠다고 말하던 은비는, 유단 오너가의 일원을 만난 지금 어떻게든 자신을 피력하고 싶은 건지도.

새벽은 진건을 향해 눈빛을 던지는 은비를 바라봤다.

"그런데…… 유단의 본부장님이 어떻게 새벽이랑 알고 계시는 거예요?"

제가 생각해도 이해가 되지 않는 듯, 은비가 인상을 썼다. 그러다 무언가 생각 났는지 눈을 크게 뜨며 입을 벌렸다.

"설마 새벽이랑 맞선을 보셨다던 분이!"

경악에 가까운 표정을 지으며 은비가 새벽을 노려봤다. 그러고 보니 은비에게 진건과의 일을 이야기할 때 '맞선' 이라고 표현하기만 했지 상대가 누구인지는 정확히 이야기하지 않았었다.

우화가 유단과 합병이 된다는 것을 알고, 또 유단의 일원과 새벽 사이에서 혼담이 오간다는 것을 들었을 때, 아마 은비는 그 상대가 차기 회장 후보라 불리는 진건이라고는 예상하지 못했겠지.

얼굴을 굳히던 은비가 입술을 잘근 깨무는 모습이 보였다. 새벽은 그런 은비의 반응에 왠지 통쾌함을 느꼈다.

"그, 그랬구나. 새벽이의 남편 되실 분이…… 본부장님이셨구나."

생각해 보면 은비는 꽤나 뻔뻔한 여자였다.

하긴. 자신을 4년 동안이나 기만을 할 만큼 대단한 '친구' 였으니, 진건의 앞에서 얼굴을 바꾸는 것 정도는 아무것도 아니겠지.

이렇게 보면 자신이 강은비라는 여자를 잘못 알고 지내 온 것이라는 생각이 들 정도다. 은비는 더욱 큰 웃음을 터뜨리며 진건에게 손을 내밀었다.

"그럼 다시 인사드릴게요. 저는 화인 코스메틱스 강 회장님의 딸이기도 한, 강은비라고 해요. 새벽이의 둘도 없는 친구이기도 하답니다. 어머? 왜 그러고 계세요? 제 인사, 안 받아 주실 거예요?"

불과 몇 분 전, 제게 달려들었던 여자는 새벽을 '친구' 라고 칭했다. 그녀의 손가락 사이에 새벽의 머리카락이 뽑힌 채 끼어 있음에도 불구하고.

새벽은 진건의 대답을 기다리는 은비를 주시하다 천천히 시선을 옮겼다. 그녀의 시선 끝에 닿은 진건은 은비에게 말하기 위해 그제야 입을 열었다.

"글쎄."

지독히도 싸늘한 눈빛으로 은비를 내려다보던 그가 뱉어 낸 첫 마디는, 은비가 예상하지 못한 말들의 연속이었다.

"내가 왜 그쪽 인사를 받아 줘야 하지?"

"……네?"

새벽은 은비가 몸을 움찔거리는 것을 발견했다. 진건은 그들 두 사람을 지켜보고 있던 새벽마저 간담이 서늘해질 만큼 싸한 코웃음을 치며 중얼거렸다.

"내 아내가 될, 아니 내 아내와 '아무 관계' 도 아닌 존재에게?"

"……!"

"그리고 좀 비켜 주면 좋겠는데. 당신 때문에 바쁜 내가 갈 길을 가지 못하고 있거든."

진건의 차가운 말에 은비의 얼굴이 붉으락푸르락해진 것이 보였다. 새벽은 풋 웃음이 새어 나오려는 것을 꾹 참아야 했다.

"참. 우새벽 씨."

그 순간이었다. 새벽은 저를 부르는 진건의 음성에 고개를 들어 그를 응시했다.

'네.' 하고 대답하자 제 앞에서 이를 악물고 서 있는 은비를 흘긋거리던 진건이, 새벽에게 말했다.

"앞으로 우새벽 씨는 이런 여자와는 상대하지 않는 게 좋겠어."

진건이 건네는 힘 있는 말이 새벽의 귀를 울렸다.

"우아한 당신에겐 어울리지 않는 여자야."

"하?"

그토록 처참하게 일그러지는 은비의 얼굴은 고등학교 1학년, 기말고사 이후로 처음 봤다.

새벽은 얼굴이 붉어지다 못해 폭발 직전의 은비를 보고 말로 표현할 수 없는 희열을 느꼈다. 은비는 참을 수 없는 치욕감에 입술을 잘근 짓누르면서도 결코 제 심정을 말로써 표현하지는 않았다.

진건의 차가운 시선을 마주하고, 그저 주먹만 세게 움켜쥐고 있는 모습이 어쩐지 우습게 느껴져 새벽은 쓴웃음을 삼켰다.

방금 전 장진건이 뱉어 낸 말을 제가 꺼냈어도, 은비가 저렇게 꾹 참았을까.

아마도 그럴 린 없을 거다. 적반하장의 태도를 보이면 몰라도. 그만큼 은비에게 있어 장진건이라는 존재가 꽤나 높이 보였던 거겠지.

재계에서도 엄연한 세력 차이가 존재한다. 화인 코스메틱스는 유단 건설 그룹에 비교하면 그러한 존재인 것이다.

"갈게. 전화해."

바들바들 떨고 있는 은비를 서늘한 눈으로 흘긋거린 진건은 저를 주시하고 있던 새벽을 응시하며 말했다. 찬바람을 폴폴 풍기며 경영관 로비를 빠져나가는 그의 뒷모습을 말없이 바라보고 있던 새벽은 이제 정말 얼마 남지 않은 수업을 듣기 위해 몸을 돌리려 했다.

"저, 저 남자. 제정신이야?"

텅 빈 경영관 로비에서 은비가 말을 걸 상대는 불행하게도 새벽밖에 없었다. 새벽은 제게 묻는 것이 틀림없는 은비의 중얼거림을 한 귀로 듣고, 다른 한 귀로 흘리려 했다.

"거기 서, 우새벽!"

그러나 새벽의 의지와는 다르게 또각또각, 중앙 계단을 올라가던 그녀의 귓가로 요란한 구두 소리가 들려왔다. 수치심을 감추지 못하던 은비가 정신을 차렸는지 새벽을 향해 달려오고 있었다.

'하아.'

머리가 지끈거렸다. 새벽은 '거기 서지 못해?' 하고 끝내 저를 붙잡기 위해 뻗고 있는 은비의 팔을 발견했다.

뚝 멈춰 선 새벽은 그녀의 손목을 붙잡으려던 은비의 손등을 있는 힘껏 내리쳤다.

"……악!"

짝, 손등과 손바닥이 만나 커다란 마찰음이 들려왔다. 은비가 순식간에 벌어진 일에 눈을 동그랗게 뜨며 새벽을 올려다보았다. 새벽은 '이게 무슨 짓이야!' 라는 표정으로 제게 얼굴을 구기고 있는 은비에게 짧은 한숨을 내쉬며 빙긋, 웃어 보였다.

"진건 씨 말, 못 들었니?"

뜬금없는 새벽의 말에 은비는 몹시 당황한 얼굴이었다. 새벽은 쯧, 혀끝을 차고선 말을 이었다.

"넌 나한테 어울리지 않는 애라잖아."

"……!"

"부탁인데, 나랑 아는 척하지 말아 줄래? 사실 은비 너랑 같은 공간에 있는 것도 역겨워."

"……너, 너!"

새벽이 이러한 태도로 나올 줄 몰랐다는 듯, 은비가 온몸을 떨며 그녀를 가리켰다. 새벽은 크게 동요하는 은비를 무심하게 내려다보며 말했다.

"그리고 은비야. 양재혁은 그냥 너 가져. 곰곰이 생각해 보니, 그 남자는 나보다는 너랑 더 잘 어울리는 사람이더라. 우아한 나보다는 천박한 너랑 더."

"너…… 너 말이면 단 줄 알아? 말이면…… 악!"

한 마디 한 마디, 냉랭하게 말을 뱉어 내는 새벽을 보고 흥분한 은비가 그녀에게 더욱 가까이 다가오기 위해 움직이다 그만 발을 헛디뎌 버렸다. 새벽은 제 앞에 털썩 주저앉고 입술을 꽉 깨무는 은비에게 옅은 미소를 그리며 속삭였다.

"참, 은비야. 오늘 너한테 뽑힌 내 머리카락은, 조만간 변호사를 통해 손해 배상 청구하도록 할게."

"뭐…… 뭐라고?"

"다행히 로비 쪽엔 CCTV가 있잖니. 증거로는 충분할 것 같아. 안 그래?"

은비의 동공이 요란하게 일렁였다. 새벽은 분노로 이를 갈고 있는 은비를 내려다보며 고개를 절레절레 저었다. 그러고는 일말의 망설임도 없이 몸을 돌려 강의실로 올라가기 시작했다.

거기 서라는 은비의 외침이 로비를 비롯한 중앙 계단을 크게 울렸지만, 새벽은 멈추지 않았다.

❖

20년 지기라고 여겼던 은비가 어쩌면 자신을 그리 좋아하지 않는다는 것을 아주 어렴풋이, 정말 어렴풋이 느끼고 있었던 건지도 모르겠다.

「너…… 이게 뭐야?」

이제 와 생각해 보면, 저를 바라보는 은비의 시선이 차가워진 것은 아마도 두 사람이 고등학생이었던 열일곱, 초여름부터였던 건지도. 그러니까 고등학교 1학년의 기말고사가 끝이 난 후의 일이다.

난생처음으로 전교 2등이라는 등수를 얻게 된 은비는 몹시 흥분한 상태였다. 중학교 때부터 매번 중상위권을 벗어나지 못하던 은비가 전교 2등이라는 엄청난 성과를 얻게 되자, 새벽은 진심으로 기뻤다.

활짝 웃으며 진정으로 축하한다는 인사를 건네자, 은비 역시 기쁨을 감추지 않았다. 그러면서 은근히 저를 무시하는 것 같았으나 크게 신경을 쓰지 않고 있었다.

얼마 뒤, 전교 등수가 각 학생들에게 알려진 지 몇 시간이 채 흐르지 않았을 때, 은비가 잔뜩 성난 얼굴로 새벽에게 찾아왔다. 새벽은 은비보다 상위에 랭크되어 있는 제 이름을 가리키며 눈을 부라리는 은비를 보고 어색한 미소를 지어 보였다.

은비는 단단히 화가 난 얼굴로 새벽에게 말했다.

「너 왜 말 안 했어?」

「……어?」

「내가 우스웠니?」

「무슨 소리야, 은비야.」

「무슨 소리? 우새벽, 너 참 못됐다. 넌 내가 전교 2등 하고 좋아라 하는 걸 보며 엄청 비웃었겠다? 누구 앞에서 재고 있냐며 말이야!」

「으, 은비야. 너 왜 그래. 내가 언제 그랬…….」

「그럼 왜 네가 더 잘했다고 말 안 했어?」

「……!」

「그렇게 내가 우스웠어? 화인이 우스워? 넌 내가 바보로 보여? 우화가 이렇게 화인을 무시해도 되는 거야?」

어찌나 화가 났는지, 은비는 집안까지 거론하며 그녀에게 쏘아 댔다. 당시 새벽은 재혁의 과외 덕분에 처음으로 전교 1등이라는 성적을 받아 냈지만, 그렇다고 저만큼이나 좋은 성적을 거둔 은비를 무시한 건 아니었다.

1등과 2등의 차이는 총점에서 고작 1점이 차이가 났었고, 이번엔 제가 운이 좋아 그런 것이라 여겼으니까. 오히려 저보다 훨씬 더 많은 점수를 끌어 올린 은비가 대단해 보여 진심으로 축하를 했던 것인데, 그리도 화를 낼 줄은 몰랐다.

새벽은 성적 발표 이후 시작된 여름 방학 내내, 은비의 토라진 마음을 되돌리기 위해 그녀의 비위를 맞춰 주어야 했다.

「어머. 그게 뭐야? 새로 나온 신상?」

「응? 아아, 아니. 고모님께서 만들어 주셨어.」

「우 사장님이?」

「응. 고모님, 가방 만들기에 관심이 있으시거든.」

「……헤에. 그런데 새벽아. 너 그런 거 들고 다니지 마.」

「어?」

언젠가 이화가 만들어 준 가죽 가방을 들고 은비와의 약속 장소에 나간 적이 있었다. 새벽이 보지 못한 가방을 들고 나오자 눈을 밝히던 은비는 부드럽게 미소 짓는 새벽을 보고 인상을 썼다.

「없어 보이잖아.」

「뭐?」

「우 사장님도 재미있으신 분이다. 가방 하나 정도는 그냥 사 주시면 되지, 왜 굳이 만들어서 주시고 그러지? 모양 빠지게.」

「…….」

「어쨌든 빨리 들어가자! 영화 시작하겠어!」

「어, 으응.」

브랜드 가방이 아니라는 사실을 알아차리자마자, 은비는 이화의 수제 가방을 대놓고 무시하며 혀를 찼다. 당황스러웠지만 그날은 은비의 생일이었던지라 새벽은 그녀의 마음을 상하게 하고 싶지 않았다.

대신 자신이 들고 있던 가방을 있는 힘껏 끌어안으며 영화관에서 영화를 보는 내내 은비의 눈에 그것이 띄지 않도록 노력해야 했다.

「그 선생이랑 사귀게 됐다고?」

스무 살, 새벽이 성인이 되자마자 재혁에게 고백을 하고 그와 정식으로 교제를 하기 시작했다는 것을 은비에게 처음으로 알렸을 때. 돌이켜보면 은비는 새벽을 향해 못마땅한 시선을 보냈었다. 당시 세상을 다 가진 기분이었던 새벽은 맑은 미소를 지으며 고개를 끄덕였다.

「응! 선생님…… 아니, 오빠가 날 받아 줄 줄은 몰랐어. 정말 이번에 고백하고 안 되면 포기하려고 했거든!」

「흐응…….」

「축하 안 해 줘?」

「아니. 뭐, 축하는 하는데…… 새벽아. 너 그 과외 선생이랑 너무 깊게 사귀지는 마.」

「어?」

「그렇잖아. 그 선생이랑 너랑은 본질적으로 달라. 태어난 곳도, 자라온 환경도, 그리고 살고 있는 세계도. 길게 가진 않을걸?」

「그건…….」

「너희 부모님도 나중에 두 사람 사이를 알게 되면 크게 반대할 거야. 그러니까 너무 깊게 정 주지 마. 몸도 주지 말고. 알았지? 다 너를 생각해서 하는 말이야. 만일 그러다 나중에 큰일이라도 생기면 어떡해.」

진심으로 새벽의 앞날이 걱정된다는 표정을 지어 대며 말하는 은비에게 어떤 말도 할 수가 없었다. 축하를 받기 위해 그녀에게만 비밀스럽게 털어놓은 건데, 현실적인 이야기를 들으니 화도, 웃음도 나오지 않았다.

침울해하는 새벽을 보며 은비가 '어쨌든 축하해!' 하고 외쳤지만 그때의 우울한 기분은 쉽게 가시질 않았다. 그 후, 은비가 새벽의 마음을 달랠 생각이었는지 아니면 재혁에 대한 순수한 호기심이었는지, 두 사람이 어떻게 만났고 어떻게 마음을 나누었는가를 쉬지 않고 물어 댔던 까닭에 겨우 마음이 풀릴 수 있었다.

당시 새벽과 대학이 달랐던 은비는 그녀와 만날 때면 재혁에 관해 질문을 했었는데, 새벽은 재혁을 반대하던 은비가 뒤늦게라도 저와 재혁의 만남을 인정해 주는 것이라 여기며 성실히 답했었다.

그것이 시발점이 될 것이라고는…… 생각하지 못했다.

가족처럼 신뢰했기에 간혹 보이는 아주 작은 단점 같은 것은 굳이 지적할 생각은 하지 않았다. 그 점은 제가 참고 넘어가면 되는 일이었으니까.

원활한 교우 관계를 위해, 그리고 몇 없는 친구를 잃고 싶지 않았기에 꾹꾹 견뎠던 건지도. 애써 무시했고, 그것이 쌓이다 보니 무감각해졌다. 점점 단점은 보이지 않았다.

그렇게 가까이 있어서 미처 발견하지 못했던 것들이, 한발 물러나면 눈으로 들어올 때가 있다.

예를 들면, 20년이 지난 지금처럼.

'난…… 호구였구나.'

요즘 사람들이 흔히 말하던 '호구'라는 단어가 제게도 적용이 될 것이라곤 생각하지 않았다. 그랬기에 한쪽 가슴이 텅 빈 공허함이 쉽게는 사라지지 않는다.

오늘 강의는 이것으로 마친다며 교수가 강의실 밖을 나서자마자 씁쓸한 미소가 흘러나왔다. 새벽은 서늘한 눈으로 은비의 빈자리를 응시하더니 강의실을 벗어났다. 진건에게 일격을 당하고, 새벽에게도 타격을 입은 은비는 결국 강의실로 들어오지 않았다.

동기들이 매번 새벽과 함께 다니던 은비의 부재에 대해 그녀에게 물어 댔지만, 새벽은 그저 말없는 미소를 지을 뿐이었다. 전화를 걸라던 진건의 말이 떠올라 핸드폰의 연락처를 뒤졌다.

그가 했던 말대로 핸드폰 속에는 번호가 하나밖에 없었다. 정말 그답다며 피식 웃던 새벽은 그에게 전화를 걸었다.

몇 분 뒤, 학교 정문 앞에 차가 한 대 도착했다. 당연히 진건의 비서가 저를 데리러 올 줄 알았던 새벽은 운전석에 앉아 '타.' 라고 말한 그를 보며 조금 놀랐다. 분명 일을 하고 있을 시간이라 여긴 상황인지라 더더욱.

"무슨 생각을 그렇게 하지?"

진건의 차에 올라탄 후, 어딘가로 향하는 길. 이제 정말 제게는 친구라곤 없구나, 하는 생각에 멍하니 창밖만 바라보던 그녀는 마침 신호에 멈추어 선 차에서 들려온 목소리에 눈을 돌렸다.

진건이 검은 눈으로 저를 쳐다보고 있는 게 보였다. 새벽은 흐리게 웃으며 중얼거렸다.

"그냥요."

"……."

"그냥 긴장이 돼서요."

'내 편이 없는 것 같아요.' 라는 말을 하고 싶었지만, 가까스로 참아 냈다. 가족에게도 털어놓지 못할 고민들을 나눌 수 있는 상대가 완벽하게 사라졌다는 사실이 가슴을 콕콕 찔러 오고 있었다.

진건은 속마음과는 다른 말을 꺼내는 새벽을 응시하다 다시 출발하는 차들을 발견하고선 액셀러레이터를 밟았다.

"별거 아냐."

제 대답을 듣고도 아무 말이 없기에, 답을 하지 않을 줄 알았다. 새벽은 한참을 달려가던 도중 툭 말을 던지는 그를 보며 눈을 크게 떴다. 진건은 핸들을 잡은 채 정면을 주시하며 말을 이었다.

"날 처음 봤을 때 우새벽 씨처럼 행동하면 돼."

"……네?"

내가 이 남자를 처음 봤을 때처럼?

현재 진건과 새벽이 가고 있는 곳은 진건의 본가. 유단 건설 그룹의 회장단의 보금자리인 한남동의 저택이다. 새벽이 의아한 표정을 짓자, 진건이 말을 덧붙였다.

"그때 우새벽 씨가 그러지 않았나? 당신이 나한테 꿀릴 거 없다고. 그러니 당당하게 행동하면 돼."

그게 무……!

「저는 당신의 커피 정도는 충분히 대접할 수 있답니다. 그런데 제가 왜 잘 모르는 당신에게 굳이 커피를 얻어 마시고, 빚을 져야 하죠?」

어리둥절해하던 새벽의 얼굴이 화끈 달아올랐다. 진건과 처음 만났던 날, 계산으로 실랑이를 벌였던 것이 눈앞을 스쳤다. 새벽은 푹 머리를 숙이며 중얼거렸다.

"저기요, 장진건 씨."

"응."

"그날 일은…… 잊어 주시면 안 되나요?"

"왜지?"

"……부끄러워서요."

그동안 망각하고 있던 것들은 차갑고 냉혹한 현실과 부딪치니 제대로 바라볼 수 있었다. 생각해 보니 그 능력도, 돈도 모두 제 것이 아니었다. 그간 다른 사람들과 비교했을 때 너무도 안락한 생활을 영유해 오던 새벽에겐 그런 말을 할 권리가 없었다.

차마 얼굴을 들지 못하는 그녀를 보며, 진건이 풋 실소를 터뜨리는 소리가 들려왔다. 새벽의 붉어진 목덜미의 열기가 급기야 귓불 쪽까지 퍼져 갔다.

"괜찮을 거야."

"하지만……."

"우새벽 씨는 괜찮을 거야."

확신하듯 뱉어 내는 진건의 말이 이상할 정로도 가슴에 강하게 꽂혔다. 새벽은 멍한 눈으로 진건을 응시했다.

어째서 나였을까. 사정이 좋지 않은 사람은, 그의 주위를 둘러보면 수도 없이 많을 텐데.

요즘처럼 어려운 시기에 경영난에 처한 기업은 한둘이 아니다. 아마 그 기업의 오너가 자제들 중에서도 새벽과 비슷한 여자들이 있었겠지.

그런데 어째서…….

'나였을까.'

조금씩 싹트기 시작한 의문의 씨앗은 줄기로, 가지로 뻗어 나갔지만 꽃을 피우지는 않았다. 두근거리는 심장의 박동이 커져 가기가 무섭게 어느덧 새벽을 태운 진건의 차가 웬 커다란 저택 앞에 세워졌기 때문이다.

새벽은 결코 작은 규모가 아닌 그녀의 본가와 비교해 보았을 때도 커다란 차이가 있는 유단 오너가의 저택을 보고 침을 꼴깍 삼켰다.

'으리으리하네.'

진건은 창백하게 질린 새벽의 얼굴을 힐끔거리더니 안전벨트를 풀며 중얼거렸다.

"내려."

"자, 잠깐만요."

새벽은 손을 들어 후우, 후우 숨을 골랐다. 자유로워진 진건은 가쁘게 호흡을 내쉬고 있는 새벽을 빤히 주시하더니 말했다.

"두려워?"

새벽은 떨리는 갈색 눈동자를 그에게 고정시켰다.

"다, 당연하죠!"

그녀는 크게 외쳤다. 온몸을 부르르 떨던 새벽은 입술을 달싹였다.

"장진건 씨는 이곳이 당신 집이라 모르시나 본데, 여긴 세계적인 유단 그룹의 저택이라고요. 아무리 뻔뻔한 저라도 가릴 건 가려요. 긴장이 안 되면 그게 이상하지."

입술을 삐죽거리면서도 새벽은 계속해서 후아, 후아 심호흡을 했다.

진정하자, 별거 아니야.

저를 '인사' 시키기 위한 목적으로 진건의 본가에 도착했다. 듣기로는 이미 그녀를 맞이하기 위해 진건의 본가 사람들이 먼저 와 기다리고 있다는데, 이 커다란 저택을 마주하자 괜히 심장이 벌렁거렸다.

저 역시 부족함 없이 자랐던지라 같은 재계 사람들을 봐도 긴장하지 않을 거라 여겼건만.

'을의 입장이라서 그런가…….'

태연할 수 있을 거라 여겼던 가슴이 정신없이 뛴다. 새벽은 미친 듯이 뛰는 왼쪽 가슴 쪽을 문지르며 냉정을 되찾기를 바랐다.

"걱정하지 않아도 돼."

그때였다. 새벽은 바로 옆에서 들려오는 소리에 고개를 돌렸다.

진건이 미동 없는 검은 눈으로 새벽을 뚫어져라 응시했다. 강렬하게 느껴지는 그 눈빛에 새벽이 움찔거렸다. 진건은 놀란 새벽에게 말했다.

"계약이 지속되는 한…… 난 무조건적인 우새벽 씨의 편이 될 거니까."

……뭐?

"그러니까 너무 걱정하지 않아도 돼."

들썩이던 심장이 순식간에 고요해졌다. 새벽은 '내릴까?' 하고 운전석의 문을 여는 그의 뒷모습을 보고 이를 꽉 악물었다.

'왜…….'

새벽은 운전석의 문이 탁 닫히는 소리를 들으며 생각했다.

왠지, 눈물이 날 것 같았다.

❖

"저, 저기요! 저기요, 장진건 씨!"

얼마나 걸음이 빠른지 성큼성큼 앞으로 나아가는 진건의 걸음 속도를 맞추기가 쉽지 않다.

헉헉, 숨을 몰아쉬며 앞서가는 진건을 부르자 그가 겨우 멈춰 섰다. 새벽은 검은 눈을 내리까는 그를 향해 붉은 입술을 움직였다.

"우리, 계획은 세우고 들어가요!"

"계획?"

진건은 갑작스러운 새벽의 말에 고개를 갸웃거렸다. 새벽은 '예!' 라 외친 후 말했다.

"저기 저 안에 들어가면 어떻게 행동해야 할지 말이에요."

"……."

"만만찮은 분들이라 하셨잖아요. 그러니 혹시 우리 관계를 의심하실지도 몰라요."

"……."

"그러니까 일단 대책은 세우고 들어가는 게 좋겠어요. 음, 그래도 최대한 연인처럼 보여야 하니까…… 아!"

새벽은 아무 말 없이 저를 내려다보는 진건에게 싱긋 눈웃음을 그렸다.

"손잡는 것 정도는…… 괜찮을 것 같아요!"

비록 계약으로 이루어진 관계라지만, 진건의 본가 사람들은 그 사실을 알지 못한다. 진건이 새벽의 본가에서 새벽을 위해 취해 준 행동처럼 저 역시 진건의 본가 사람들에게 약간의 연극을 선보일 필요는 있었다. 해서 나름 용기를 내어 말했다.

하지만 어찌 된 셈인지 진건은 말을 한 뒤 그의 답변을 기다리고 있는 새벽을 바라보기만 할 뿐, 입을 열지 않았다. 새벽이 의아한 표정을 지으며 그를 쳐다보자 한 걸음, 그녀에게 다가온 진건이 작게 속삭였다.

"글쎄."

"네?"

"그것만으로는 부족한데?"

"예?"

나지막한 그의 음성이 귓등을 두드렸다. 새벽은 온몸으로 퍼져 가는 그의 목소리에 왠지 모를 짜릿함을 느끼며 그대로 굳어 버렸다. 진건은 딱딱해진 새벽을 내려다보며 말을 이었다.

"상황에 따라서는 손을 잡는 것보다 더한 행위가 나올 수도 있어."

"헉!"

깜짝 놀라 큰 소리를 흘려 버렸다. 정원 한복판을 지나던 그녀의 요란한 되물음에 픽 웃던 진건은 기다란 팔을 뻗어 그녀의 손목을 덥석 잡았다. 그러고는 당황한 새벽을 제게로 끌어당겼다.

"가지."

진건은 그런 새벽을 데리고 멈추었던 발길을 다시 옮기기 시작했다.

잠시 넋을 놓은 사이, 진건을 따라 무거움이 느껴지는 집 안으로 들어온 새벽은 제게 인사하는 몇몇 고용인들을 발견했다. 그들에게 살짝 고개를 까딱여 주고선 거실 쪽으로 걸어갔다.

'……!'

TV나 신문에서 자주 보았던 얼굴들이 새벽의 눈앞에 있었다.

저 역시 우 회장이나 이화를 따라, 그리고 은비를 따라 사교 파티에 참석하면서 재계 사람들을 적잖이 만나 왔었지만, 대외적으로 활동하는 몇몇 이들을 제외한 유단의 오너 일가를 한눈에 보는 것은 처음이었다.

새벽은 제게 꽂히는 수많은 시선에 묘한 압박감을 느꼈다.

"그 아이냐?"

쏟아지는 눈빛을 태연하게 감당해 내려 애쓰던 새벽의 귀로 걸걸한 음성이 들려왔다. 상석의 왼편에 앉아 있던 한 중년 남성이었다. 단번에 그 사람이 유단 그룹의 장은석 부회장이라는 것을 알아차릴 수 있었다. 진건의 아버지이기도 하지만, 그와 철천지원수로 지내고 있다는 사람.

진건은 무뚝뚝하게 들려온 은석의 말에 고개를 까딱였다.

"일단 여기 앉아라. 할아버지께선 곧 나오실 거다."

애정이라곤 없는, 귀찮음이 가득한 차가운 명령에 진건이 새벽을 내려다봤다. 새벽은 알겠다는 듯 그에게 눈빛을 보낸 후 은석이 가리킨 곳으로 걸어갔다.

"저 기억하시죠, 새벽 씨?"

그리고 잔뜩 긴장한 새벽이 소파에 착석하기가 무섭게 정면에서 손이 하나 뻗어 왔다. 흠칫 놀라 고개를 든 새벽의 눈에 생글생글 웃고 있는 긴 생머리의 여자가 보였다. 진건의 이복 여동생인 지혜였다. 지혜는 무엇이 그리 재미있는지, 미소를 잃지 않고 새벽에게 악수를 청했다.

"장지혜예요."

새벽은 잠시 머뭇거리다 미소와 함께 그녀의 손을 맞잡았다.

흔들흔들, 위아래로 악수를 한 새벽을 뚫어져라 응시하는 지혜의 눈빛이 매섭다. 조금 위압적으로 느껴지긴 했으나, 새벽은 그 눈빛을 굳이 피하진 않았다.

「우새벽 씨는 괜찮을 거야.」

마치 주문처럼 머릿속을 맴도는 진건의 목소리가 힘이 되어 주었으니까.

지혜는 제 시선을 마주하고도 태연한 미소를 띠는 새벽을 보고 호오, 콧소리를 흘리더니 말을 이었다.

"새벽 씨와 우리 집에서 다시 만날 줄은 몰랐어요. 그때 본사에서 봤을 땐 단순한 큰오빠의 손님인 줄 알았는데 말이죠. 무려 큰오빠의 신부 될 분이셨다니. 정말 예상 못했다고요!"

호호호, 웃는 지혜의 목소리가 거실을 울렸다. 새벽은 그저 말없이 미소만 지었다. 지혜는 미간을 좁히는 진건을 흘긋거린 뒤 입술을 달싹였다.

"그러고 보니 아버지, 그거 아세요?"

새벽과 인사를 나눈 지혜는 이번엔 새벽과 진건을 못마땅하게 노려보고 있던 은석을 쳐다봤다. 은석이 눈을 가늘게 뜨자, 지혜는 신이 난 듯 말했다.

"새벽 씨, 저랑 같은 학교 나왔어요."

뭐?

"그때 새벽 씨 엄청 유명했다고요. 참하고 예쁜 데다 공부도 잘한다고. 제 주변의 남자 학우들이 새벽 씨를 얼마나 노렸는지 몰라요."

새벽은 전혀 몰랐던 사실을 술술 내뱉고 있는 지혜를 당혹스러운 눈으로 응시했다. 지혜는 멈추지 않았다.

"그런 새벽 씨가 큰오빠의 연인이었을 줄이야. 저 어제 그 사실 듣고 얼마나 충격을 받았는지. 사람 일은 아무도 몰라요. 그렇죠?"

새벽은 제게 눈꼬리를 휘며 묻는 지혜에게 답하지 못했다.

같은 학교라면…… 대학을 말하는 건가.

새벽은 불안한 마음을 가라앉히기 위해 노력해야 했다. 진건이 아무 말도 하지 않고 있는 이상, 저 역시 굳이 애써 말할 필요는 없었다. 테이블 하나를 사이에 두고 진건과 새벽의 앞에 마주 앉아 있는 은석과 그의 자식들, 그리고 진건의 새어머니 간에 묘하게 바람이 일었다.

지혜가 먼저 도발하기는 했으나, 곧 수그러진 분위기는 그 누구 하나

나서 깨뜨리지 않았다. 가족의 대면이라기보다는 적과의 첫 대면을 하는 것 같아 숨이 막혔다.

"누가 왔다고?"

그때였다. 이 딱딱하고 싸늘한 분위기를 깨뜨리는 호쾌한 목소리가 저택 안쪽에서 들려왔다. 새벽은 그 목소리가 들려옴과 동시에 자리에서 일어나는 사람들을 따라 몸을 일으켰다. 그러자 하하, 크게 웃으며 손을 휘휘 내젓고 있는 백발의 노인이 보였다.

개량한복을 입은 채 모두가 기다리는 거실 쪽으로 걸어오고 있는 자는 새벽이 딱 한 번 마주한 적이 있는 사람이었다.

'장태달 회장!'

진건에 의하면 간암 말기 환자라고 하나, 그렇게 보이지 않을 만큼 정정한 모습이었다. 새벽은 환한 미소를 보이며 저와 그리고 진건의 가족들을 향해 다가오는 장 회장을 보며 손을 꽉 움켜쥐었다.

본격적인 연극은 지금부터 시작이었다. 등줄이 오싹해지는 것을 느끼고 있던 새벽은, 갑자기 제 손을 부드럽게 감싸 쥐는 타인의 손길을 느끼며 얼굴을 들었다. 집으로 들어오면서 놓았던 그녀의 손을 어느새 진건이 움켜쥐고 있었다.

새벽은 온몸으로 번져 가는 그의 온기에 정신을 차렸다.

"회장님. 그렇게 뛰어오시면 위험합니다."

"괜찮다, 이 정도는! 부회장, 자네는 날 너무 다 죽어 가는 노인네 취급해. 그나저나 진건이 옆의 아가씨는…… 꽤 낯이 익은데?"

허허 웃으며 저를 부축하는 은석에게 푸념한 장 회장은 슬며시 고개를 들어 진건과, 그리고 진건 옆의 새벽에게로 시선을 꽂았다. 새벽은 그 순간 제 손을 쥐던 진건의 손아귀에 힘이 들어갔다는 것을 인지했다.

"진건아?"

장 회장은 소파의 가장 상석에 자리를 잡자마자 진건을 바라봤다.

진건이 후우, 숨을 흘리는 소리가 곁에서 들렸다. 그리고 새벽이 그를 올려다보려는 순간.

'……!'

새벽은 진건의 손이 그녀의 손이 아닌, 조금 더 위의 곳으로 다가옴을 느끼며 눈을 크게 떴다. 깜짝 놀란 새벽이 탄성을 흘리기도 전에, 그녀의 허리를 끌어안아 제 품으로 끌어당긴 진건은 그의 스스럼없는 행동에 당황한 자신의 본가 사람들을 내려다보며 말했다.

"소개하겠습니다, 회장님. 여기 이 사람은……."

귓가를 간질이는 그의 숨결에 눈앞이 어지러웠다. 새벽은 떨리는 눈으로 진건의 검은 눈을 응시했다. 진건은 부드러운 미소를 지으며 새벽을 내려다보았다. 그러고는 자신과 새벽을 뚫어져라 직시하고 있는 장 회장에게 입술을 달싹였다.

"제가 사랑하는, 제 아내 될 여자. 우새벽 씨입니다."

진건의 입술 밖으로 새어 나온 말에 집 안의 분위기가 싸늘해졌다는 것을, 바보가 아닌 이상 인지할 수 있었다. 그러나 어찌 된 일인지 그런 난처한 상황에 처해 있음에도 제 심장은 장소를 분간하지 못하고 두근거리고 있다.

새벽은 목덜미 근처에서 느껴지는 낯선 타인의 숨결에 침을 꼴깍 삼켰다. 왠지 모르게, 긴장하게 된다.

슬쩍 흘겨보았던 진건의 검은 동공에 흔들림은 존재하지 않는다. 거짓이라고는 없는 진실된 얼굴. 새벽의 눈에 들어온 진건은 마치, 정말로 '사랑하는' 여자를 소개하는 남자 같았다.

대단한 사람인 줄은 알았지만 연기까지 잘할 줄이야.

'대체 못하는 게 뭐야?'

타인의 체온에 제멋대로 벌렁거리는 심장을 가라앉히며 새벽은 속으로 입을 삐죽였다.

다시 상황으로 돌아와, 진건의 폭탄선언에 거실에 앉아 있던 사람들을 살펴보자면 가관이었다는 말이 정확할 것이다.

눈 한 번 깜빡이지 않고 뱉어 낸 진건의 발언에 어이없는 숨을 터뜨리는 장은석 부회장부터 시작하여, 그 옆에 앉아 안절부절못하는 장은석 부회장의 아내이자 진건의 새어머니, 그리고 피식 웃어 버리는 그들의 두 아들딸까지.

짙은 미소를 그리며 진건과 새벽을 번갈아 보는 장태달 회장을 제외하고는 그 누구도 진건의 말을 반기지 않음은 분명했다.

정신 차리자, 우새벽.

새벽은 흐트러지려는 마음을 바로잡았다. 비록 계약이지만, 진건의 아내가 되기로 결심한 이상 자신은 이 살얼음판 위에서 견뎌야 할 의무가 있었다.

"풋."

그때였다. 새벽은 차가워진 공기를 깨뜨리는 웃음소리를 듣고 소리의 진원지를 찾았다. 그러자 곧 지혜가 쿡쿡, 웃으며 손을 휘휘 내젓는 모습이 보였다. 지혜는 새벽과 진건을 묘한 눈으로 응시하더니 중얼거렸다.

"큰오빠, 연기하는 거 아냐?"

하마터면 입 밖으로 숨을 터뜨릴 뻔했다. 가까스로 참아 낸 것은, 새벽의 허리에 얹고 있던 진건의 손에 힘이 들어가는 게 느껴졌기 때문이다. 새벽은 그 말을 듣자마자 진건을 쳐다봤다.

진건은 여전히 무슨 생각을 하는 건지 알 수 없는, 고요한 시선으로 지혜를 내려다보고 있었다.

'지혜야!' 하고, 진건의 새어머니인 옥 여사가 작게 주의를 줬지만 그녀는 어깨를 으쓱이며 말을 이었다.

"아니, 그렇잖아요. 다른 사람도 아니고 무려 큰오빠라고요. 다들 큰오빠가 다른 사람들한테 뭐라고 불리는지 알고 있잖아요? 유단의 기계예요, 기계. 일을 할 때도, 사람을 대할 때도 감정이 없다 해서 기계라 불리는 사람인데…… 사랑?"

지혜는 계속해서 킥킥거렸다.

"저는 큰오빠가 '사랑'이라는 단어를 언급하게 될 날이 올 거라는 건 상상도 못했어요. 우와, 세상이 멸망하려나? 다들 이상하다고 생각 안 해요?"

주위를 둘러보는 지혜의 시선이 날카롭게 빛났다. 새벽은 아무 말 하지 않고 서 있었다. 진건이 반응하지 않았기에 저 역시 반응하지 않은 것이다. 어두워진 진건과 새벽의 얼굴을 주시하던 장태달 회장이 길게 한숨을 내쉬었다.

"어허. 그만해라, 지혜."

"할아버지. 할아버지는 이상하다고 생각 안 하세요? 큰오빠한테 '연인'이 있었다고요. 우리한테는 말 한 번 하지 않던. 그런데……."

"그만."

장 회장은 끊임없이 의문을 제기하는 지혜에게 손을 들었다. 지혜는 그러한 장 회장의 행동에 입을 다물었다. 장 회장은 서늘한 눈으로 지혜를 흘겨보더니 말했다.

"어디 진건이가 제 일을 일일이 떠벌릴 아이냐. 너랑 진건인 다르다."

"어머, 할아버지도 참! 새벽 씨가 들음 오해하겠어요. 제가 입만 가벼운 여자라고요."

호호 웃던 지혜는 새벽에게 눈을 찡긋거리며 '오해하지 마세요.' 하고 입을 삐끔거렸다. 새벽은 어색하게 눈꼬리를 휘어 주며 지혜에게 화답해야 했다.

"저는 약속을 지켰습니다."

두 여자가 주고받는 눈빛을 무심하게 바라보던 진건이 천천히 고개를 돌려 장 회장에게 말했다. 상황과는 어울리지 않는, 너무도 뜬금없는 말인지라 거실 내의 시선들이 모두 장 회장과 진건에게 꽂혔다.

진건은 제게 쏠리는 눈길은 아랑곳 않고 붉은 입술을 달싹였다.

"그러니 이제 회장님께서 약속을 지키실 차례입니다."

"무슨…… 약속이요?"

"회장님. 진건이와 약속을 하셨습니까?"

기이하게 돌아가는 대화에 귀를 기울이던 집안사람들이 하나둘씩 의문을 표했다. 장 회장은 직설적인 진건의 태도에 쯧, 혀를 차면서도 헛기침을 흘리기를 멈추지 않았다.

진건은 제 말을 이어 나갔다.

"결혼식 날짜는 새벽이네 어른들과도 상의를 해 봐야 하니 차차 잡겠습니다만…… 혼인 신고는 내일이라도 바로 할까 합니다."

……뭐?

돌격하는 진건은 결코 멈추지 않았다.

새벽은 물론이거니와 다른 가족들이 반발한 것은 당연했다. 이 이상한 상황의 흐름에 가장 예민한 반응을 보인 것은 지혜였고,

"큰오빠. 무슨 결혼을 그렇게 번갯불에 콩 구워 먹듯이 해? 누가 쫓아

오기라도 하는 거야? 왜 그렇게 바빠?”

“아버님. 대체 무슨 일인 거죠?”

내내 입을 다문 채 진건과 새벽을 살피던 진건의 새어머니, 옥 여사 역시 미간을 좁히며 의문을 던졌다.

‘살벌하네.’

한남동 저택의 거실엔 이젠 눈보라가 치기 시작했다. 새벽은 가족의 정이라고는 전혀 느껴지지 않는, 이 냉정한 현실에 쓴웃음을 흘렸다. 진건은 여전히 장 회장에게서 눈을 떼지 않고 있었다.

“그러니 회장님께서도 약속, 지켜 주셔야겠습니다.”

「가족들은 회장님의 병환에 대해 알지 못해. 회장님께서 알리길 원치 않으셨거든. 회장님께서 쓰러지신 건 단순히 노환 정도로만 생각하고 있지.」

진건의 말을 빌리자면, 장 회장의 증상에 대해서 알고 있는 것은 유단오너 일가 중에선 장 회장 본인과 진건뿐이었다. 때문인지 진건이 뱉어낸 말의 파급력이 더욱 크게 느껴진 건지도. 모든 사실을 알고 있는 새벽조차 장 회장이 내건 ‘약속’이라는 것이 무엇인지 궁금해질 정도였으니까.

“진건아. 얘.”

진건의 친어머니가 불의의 사고로 돌아가신 후 장은석 부회장의 새로운 아내가 된 지 20여 년이 넘어간 후처, 옥 여사는 장 회장만 쳐다보고 있는 진건을 불렀다. 그녀는 입술을 움직이기 시작했다.

“너무…… 빠른 거 아니니? 네가 우리한테 여자가 있다고 말한 게 어제였어. 그런데…… 혼인 신고는 뭐고, 아버님과의 약속은 또 뭐야. 우리가 모르는 뭔가가 있는 거니?"

걱정스럽다는 듯 염려 섞인 표정을 지으며 말하기는 했으나, 새벽을 흘겨보는 옥 여사의 눈빛은 날카롭다. 새벽은 그녀와 허공에서 시선을 부딪쳤지만, 반응하지 않았다. 그들이 뭐라고 하든 진건의 눈동자는 오로지 장 회장에게 꽂혀 있었으니까.

그가 나서지 않는 이상 저 역시 움직이지 않을 생각이다. 그것이 계약 조건이고, 이 전쟁터에서 살아남는 방법일 테니까.

"조용."

소란스러워진 가족들을 다스린 것은 집안의 가장 큰 어른인 장 회장이었다. 지혜, 옥 여사, 그리고 굳은 얼굴로 진건을 노려보는 장 부회장까지. 관망자적인 자세로 입을 닫고 있는 진건의 남동생인 이건을 제외하자면, 진건의 편이라고는 찾아볼 수가 없다.

그런 가족들을 진정시킨 장 회장은 쓰게 웃으며 진건을 직시하다 입을 열었다.

"녀석. 그게 그리도 급한 거였냐?"

진건은 제게 묻는 장 회장에게 대꾸하지 않았다. 장 회장은 후우 길게 한숨을 내쉬더니 해명을 요구하고 있는 가족들을 둘러보며 말했다.

"진건이 말대로, 내가 녀석과 약속을 하긴 했다."

"약속이요?"

"할아버지. 아까부터 대체 무슨 소리를 하고 계시는 거예요?"

"아버님!"

장 회장은 들끓는 분위기를 손을 들어 저지한 후, 제 말을 내뱉었다.

"진건이 녀석에게 결혼할 상대가 생겨 내가 안심할 수 있게 된다면, 그리고 두 사람이 정식으로 결혼식을 치른다면…… 나는 내가 가진 유단의 모든 주식을 녀석에게 증여하기로 했다."

체념한 듯 중얼거리는 장 회장의 발언을 귀담아듣던 진건의 가족들이 자리에서 벌떡 일어났다.

"회장님!"

"큰오빠, 진짜 이딴 식으로 행동하는 게 어디 있어!"

"아버님. 그건 아니죠! 그럼 우리 지혜랑 이건이는요!"

예상했던 대로 거센 반발이 일었다.

새벽은 '절대로 안 됩니다!' 하고 소리치고 있는 진건의 본가 사람들을 말없이 바라봤다.

돈이란 대체 무엇인가.

새벽은 진건을 철저하게 배제한 채, 자신들에 대해서 어필하고 있는 본가 사람들을 응시했다.

진건에게 무슨 다른 꿍꿍이가 있을 거라는 둥, 이렇게 갑자기 결혼을 할 리가 없다는 둥, 장 회장이 속고 있다는 둥.

진건이 두 눈을 뜨고 서 있는 이 상황에서, 그리고 그의 아내라고 소개된 자신이 함께한 자리에서 저리도 서슴없이 말할 수 있다는 게 무섭고 소름 끼친다. 부족함 없이 지내 왔고, 덕분에 남들보다 훨씬 더 편안한 생활을 유지했음에도 불구하고 더 원하고, 추구하게 되는 돈.

새벽 역시 얼마 전까지 그것으로 인해 고통을 겪었던지라 남 일같이 느껴지진 않지만, 그래도…….

'편…….'

적어도 한남동의 이 저택 내에서는 장태달 회장을 제외한 진건의 편은 존재하지 않는 것 같다. 새벽은 어느새 제 옆으로 떨어져 나와 주먹을 꽉 움켜쥐고 있는 진건을 힐끔거렸다. 서늘한 얼굴로는 자신의 감정을 결코 드러내고 있지 않지만, 미세하게 떨리는 주먹의 움직임으로 보아서는 그의 마음이 얼마나 격렬하게 요동치고 있는지 짐작 가능하다.

왠지 가슴이 따끔거렸다.

"아가야."

무엇이라도 해야 하는 걸까.

이 요란한 상황에서, 새벽이 고심하며 서 있을 무렵이었다.

새벽은 아마도 저를 부르는 것이 틀림없는 장 회장의 목소리에 고개를 돌렸다. 장 회장이 미친 듯이 소리치고 있는 사람들을 무시하고선 제게로 눈을 옮기는 것이 보였다. 새벽은 멈칫했다.

"이름이 뭐라고?"

장 회장의 질문에 제 말을 던져 대던 사람들이 일제히 입을 다물었다. 꽤나 웃긴 상황이었지만, 겉으로 드러내진 않았다. 새벽은 부드러운 미소를 그리며 그녀의 대답을 기다리는 장 회장에게 답하려 입술을 열었다.

"우새벽입니다."

"우새벽?"

장 회장은 흐음, 콧소리를 흘리며 중얼거렸다.

"우새벽…… 새벽이라. 어디서 많이 들어 본 이름이군."

"우화 건설 우 회장님의 무남독녀입니다."

가족들이 뭐라 말을 하든 반응하지 않던 진건이 그제야 소리를 내뱉었다. 그 말에 장 회장은 크게 웃음을 터뜨렸다.

"아아! 우 회장! 우 회장, 좋은 사람이었지. 하하하! 그래서 낯이 익은 거였어. 나는 진건이 네가 그때……."

"회장님! 아무리 좋게 생각하려 해도 이건 아닙니다."

장 회장이 뭔가 말하려 할 때, 장 부회장이 화난 목소리를 흘렸다. 장 회장의 미간이 좁아지는 것을 아직 그는 발견하지 못한 모양이었다.

"난데없이 데리고 온 여자가 하필 우화라뇨! 어쩐지. 요즘 저 녀석이 M&A 팀을 만들어서 설쳐 대는 모습이 이상하게……."

"부회장. 내가 말하고 있지 않은가."

장 회장의 싸늘한 음성에 장은석 부회장이 꿀 먹은 벙어리처럼 입을 다물었다. 간암 환자라고는 느껴지지 않는, 힘 있고 강력한 시선이었다. 장 회장은 차가운 눈빛에 고개를 푹 숙이는 장 부회장에게서 눈을 떼고는, 다시 새벽을 불렀다.

"새벽아. 아가야."

콩콩 심장이 뛰는 것을 느끼며 새벽이 공손히 대답했다.

"예, 회장님."

"회장님 말고."

"……할아버님."

"너도 진건이 녀석이랑 같은 생각이니?"

다정한 목소리였다. 어찌나 상냥한지, 순간적으로 움찔해 버릴 만큼.

새벽은 장 부회장에게 지었던 냉랭한 눈빛을 순식간에 지워 내고선 인자한 표정을 지으며 묻는 장 회장을 직시했다. 가슴이 울렁거렸다. 새벽이 알고 있기로는, 장 회장의 앞날은 이제 한 치 앞을 예상할 수 없었다. 그런 사람에게 거짓을 말하는 게 왠지 찝찝했다. 아니, 마치 죄를 짓는 것만 같았다.

하지만…….

'어쩔 수 없어.'

그녀는 장 회장이 아닌 진건과 계약을 맺었고, 그로 인해 우화의 파산 방지를 약속받았다. 그러니 진건과 맺은 계약에 충실히 이행해야 할 도리가 있었으며, 아무리 양심에 찔리는 일을 해야 하더라도 그 사실은 변하지 않는다.

새벽은 유려하게 미소를 지으며 고개를 끄덕였다.

"네."

그녀는 저를 쳐다보고 있는 장 회장에게 대답했다.

"진건 씨와 같은 생각이에요. 그러니 할아버님. 부디 저희의 결혼을 허락해 주세요."

❖

「네 말대로 일단 혼인 신고는 하되, 날짜는 조금 고민해 봐야 할 것 같구나. 네 말대로 새벽 아가네 부모님과도 상의를 해야 할 거고, 나도 조사할 시간은 필요할 테니까. 그래도 대충은 내년 봄쯤 결혼식을 올리는 쪽으로 생각하자꾸나. 그쯤이면 괜찮겠지?」

새벽의 대답을 들은 장 회장은 진건을 향해 자신의 의견을 드러냈다. 주위에서 뭐라고 반발하든 전혀 개의치 않은 장 회장의 말은 거의 선언이나 다름없었다. 때문에 장 부회장 일가가 눈에 띌 정도로 실망한 표정을 지은 것은 피할 수 없는 일이었다.

새벽은 알겠다고 대답하는 진건의 목소리에 씁쓸함이 서려 있음을 인지했다. 폭풍이 휘몰아친 진건의 본가 현관을 나서기가 무섭게, 다리에 힘이 풀렸다. 언제고 들러도 된다고 말하던 장 회장의 말은 들어줄 수가 없을 것 같았다.

무시무시한 곳.

떨어지면 그대로 즉사할 것 같은 낭떠러지 앞에 놓인 기분이었다. 그런 곳에는 자의로는 다시 오고 싶지 않았다.

"속고 있는 거예요."

장 회장과 잠시 대화를 하러 간 진건을 기다리며 현관 앞 계단에 나와 숨을 몰아쉬고 있을 때, 새벽은 등 뒤에서 들리는 목소리에 고개를 들었다. 그러자 분명 닫아 놓았던 현관이 열려 있는 것이 보였다. 새벽은 현관문에 기대어 저를 냉정하게 내려다보고 있는 장지혜를 발견했다.

"예?"

깜짝 놀라 되묻자, 그녀에게 또각또각 구두 소리를 내며 걸어온 지혜가 서늘한 눈을 빛내며 말했다.

"우새벽 씨는 지금 악마에게 속고 있는 거라고요."

새벽은 팔짱을 끼며 말하는 지혜를 보고 눈을 깜빡였다. 지혜가 무슨 소리를 하는 건지 모르겠다. 의아해하는 새벽에게 지혜는 말을 이어 나갔다.

"새벽 씨는 우리 큰오빠라는 인간이 얼마나 추악하고 사악한 사람인 줄 모르죠?"

"……!"

"악의는 없어요. 그저 순전히 새벽 씨가 걱정이 돼서 해 주는 말이니까. 그러니 내 말 귀담아들어요."

"……."

"대체 새벽 씨가 무슨 연유로 이렇게 우리와 얽힌 건지는 모르겠지만, 도망칠 수 있을 때 도망치세요. 우리 큰오빠에게서도, 그리고 여기 유단에서도. 우리 큰오빠, 새벽 씨 생각만큼이나 다정한 사람, 절대 아니에요. 오히려 잔인하면 잔인했지. 그 사람은 자기 어머니도 죽인 사람이라고요.”

온몸의 소름이 오소소 돋아났다. 냉기에 찬 시선을 거두지 않고 말하는 지혜의 말이 무섭게 느껴졌다. 어쩌면 제게 경고하는 지혜의 말이 맞을지도 모른다. 정말로 자신이 걱정이 되어 해 주는 말인 건지도.

하지만 왜일까. 지혜가 뱉어 내는 그 말이, 전부가 아닌 것 같은 것은.

‘불쌍해.’

눈앞의 지혜가 아닌 진건이.

안쓰럽다.

이 넓은 저택에서 장진건이라는 남자는 혼자였다. 아니, 아직은 장 회장이 살아 계셔 그를 보호해 줄 사람이 있을지 몰라도, 장 회장에게 시간이 얼마 남지 않은 것을 생각한다면…….

‘벽을 칠 수밖에 없겠구나.’

새벽은 쓴웃음을 흘렸다. 가족들에게는 절대로 유단을 넘기지 않겠다던 진건의 눈빛이 이제야 이해가 간다. 새벽도 귀는 있었다. 대한민국을 넘어, 세계적인 명성을 유지하고 있는 유단 건설 그룹의 오너 일가에 대한 추잡한 소문 정도를 들을 귀는.

물론 업계에 떠도는 소문이 전부 진실은 아니겠지만, 무언가 있기에 그러한 소문이 나는 거다. 만약 직접 보지 않았더라면 인정하지 않았을 테지. 그러나 새벽은 두 눈으로 똑똑히 보고야 말았다.

“왜 그런 눈으로 나를 보죠?”

지혜가 저를 빤히 바라보고만 있는 새벽에게 물었다. 불쾌하다는 눈빛이었다. 새벽은 인상을 쓰고 있는 지혜에게 옅은 미소를 지으려 입꼬리를 올렸다.

그리고 말했다.

"고맙습니다, 아가씨."

지혜가 새벽의 답변에 고운 미간을 좁혔다. 그녀의 미간 사이에 세로 선이 그려졌다. 새벽은 미소를 잃지 않고 말을 이었다.

"지혜 아가씨께서 해 주신 경고, 잊지 않을게요."

"네?"

"하지만 전 진건 씨를 믿어요."

새벽은 구겨지는 지혜의 얼굴을 보고도 소리를 흘렸다.

"그러니 앞으로 잘 부탁드릴게요."

"하?"

공손히 고개를 숙이는 새벽에게 지혜는 어이없는 숨을 터뜨렸다. 그 정도 말로 위협을 하면 새벽이 물러날 줄 알았던 모양이다. 그러나 새벽에게는 이 자리를 지켜야 할 이유가 있었다.

이기적이라면, 이기적인 거겠지.

새벽은 숙였던 머리를 천천히 들었다. 저를 바라보고 있는 지혜의 경멸에 가까운 눈빛이 스며들었다.

"끼리끼리네."

실소를 터뜨리며 중얼거린 지혜는 대답 않는 새벽에게 경고했다.

"우새벽 씨가 큰오빠랑 무슨 계획을 짜고 있는 건진 모르겠지만…… 좋아요. 난 알아듣게 말했으니까, 앞으로 닥칠 일은 전부 우새벽 씨가 감당해야 할 거예요."

"……."

"혼인 신고까지는 쉬울지 몰라도, 결혼식까지는 쉽지 않을 겁니다. 두 사람이 원하는 대로 일이 진행되도록 두고 보고 있을 생각은 없으니까."

그 말을 뱉어 낸 지혜는 홱 몸을 돌려 새벽에게서 멀어졌다. 마침 현관을 향해 나오던 진건과 그녀가 부딪쳤지만, 지혜는 흥, 하고 콧방귀만 뀌고선 본가 안으로 들어갈 뿐이었다.

진건이 멍하니 지혜의 뒷모습을 바라보고 있던 새벽에게 다가와 괜찮냐고 물었지만, 새벽은 말없이 고개만 끄덕였다.

❖

「그럼 스몰 웨딩은 어때?」

「스몰 웨딩?」

「왜. 요즘 유행하잖아. 가족이나 친지들만 초대해서, 우리끼리 결혼식을 치르는 거지!」

재혁과 결혼식에 대한 이야기를 나누었을 때 새벽의 눈동자는 별처럼 반짝였었다. 재혁은 탐탁잖아 하는 표정이었지만 새벽은 아랑곳 않고 말을 이었다.

「괜히 이 사람, 저 사람 불러 가며 치르는 결혼은 돈만 낭비하고 귀찮을 뿐이야. 그러니까 오빠. 우리 만약 결혼하게 되면, 스몰 웨딩으로 하자. 응?」

「글쎄……. 스몰 웨딩……이라.」

「왜? 회사 사람들이 섭섭해할까 봐?」

「그것도 그렇고…… 굳이 스몰 웨딩을 해야 하나?」

「뭐 어때! 나랑 오빠만 즐거우면 되는 일 아냐? 어차피 결혼은 다른 사람을 위해 하는 게 아니잖아. 오빠랑 나, 우리 둘을 위해 하는 거지.」

「…….」

「오빠아…….」

「풋. 알았어.」

「정말? 정말이지?」

「그래그래, 일단. 일단은.」

재혁의 팔에 팔짱을 끼며 애원에 가까운 눈빛을 쏘아 대니 못 이긴다는 듯 고개를 절레절레 저으며 재혁이 웃음을 터뜨렸다. 새벽은 '일단 말고, 약속해!' 하고 손가락까지 걸기를 요구했다.

결국 재혁이 손가락을 걸어 주고서야 새벽은 하얀 이를 드러냈다.

스몰 웨딩.

요즘 한창 유행하고 있다는 그것은, 새벽의 로망 중 하나였다. 물론 결혼식이라는 것이 저만을 위한 것이 아니라는 것 정도는 충분히 인지하고 있었다. 그간 각종 경조사비로 수많은 지출을 해야 했던 것을 생각해야 했겠지.

하지만 당시는 집안 사정을 알지 못했기에, 그리고 굳이 뿌렸던 돈을 수거해야 할 필요성을 느끼지 못했다. 이 세상에서 가장 행복한 사람이 되는 바로 그 순간만큼은, 돈에 얽매이지 않고 오로지 사랑하는 사람의 옆에 선다는 것에만 집중하고 싶었다.

저를 가장 사랑해 주는 사람들만 초대하여 그들과 함께 그날을 보낸다면 너무나도 기쁠 것 같았다. 그래서인지 스몰 웨딩이라는 것이 하고 싶었고, 요구했다.

새벽은 난처해하지만 끝내 제 요구를 들어준 재혁에게 맑게 미소 지었다. 누군가의 아내가 된다는 것은 정말이지 행복하고 기쁜 일이었다. 그 누군가가 재혁이 될 것이라고는 그와 사귀기 시작한 스무 살 때부터 스물일곱 살 때까지, 단 한 번도 의심해 본 적이 없었다.

웨딩홀이 아닌 자연을 벗 삼아 치르는 결혼식.

재혁과 사귀는 날들이 늘어나면서 새벽은 매일 밤 언젠가 올 그날을 그리며 잠에 들곤 했다.

우새벽이라는 여자가 한 남자의 와이프가 되는 그 순간은, 정말로 행복하겠지.

새벽은 생각만 해도 즐거운 그날에 대해 그렇게 정의했었다.

"다 되셨습니다."

서류를 처리한 구청 직원의 말에 새벽은 현실로 돌아왔다.

축하 인사도 없는, 무미건조한 말.

처리해야 할 일들이 많아 귀찮은 것 같기도 한 그 말투에 새벽은 속으로 쓰게 웃었다.

'다…… 됐구나.'

혼인 신고서를 제출하기 위해 구청으로 온 새벽은 직원의 말을 듣고도 한동안 움직이지 못했다.

'안 가세요?' 하고 저를 빤히 응시하고 있는 직원에게 낮은 탄성을 터뜨린 뒤에야 그녀는 자리에서 일어났다. 1층으로 향하는 중앙 계단을 터벅터벅 걸어가는 새벽의 표정은 어딘가 이상했다. 결혼 적령기에 접어들수록 혼인 신고서를 낼 때에 대한 기분이 어떨지 상상해 봤다.

법적으로 타인의 여자가 되는 거니까, 아마도 심장이 벌렁거리겠지.

터질 듯 뛰겠지.

설레 미칠 것 같겠지.

기뻐 죽을 것 같겠지.

어렴풋이 머릿속으로 그려 보기만 하던 그때는, 그것이 당연할 줄 알았다.

하지만,

'묘하네.'

진건과의 혼인 신고서를 내고 돌아오는 이 길은 어쩐지 설레지도, 떨리지도 않는다.

그저 이상할 뿐.

믿어지지 않을 뿐.

지나칠 정도로 담담할 뿐…….

'장진건 씨의 아내…….'

이제 우새벽은 그와 맺은 계약 기간 동안 진건의 아내가 됐다. 법적으로도 부정할 수 없는, 그의 아내.

"그래. 잘했어."

1층의 중앙 계단 앞 로비로 내려왔을 때, 그 남자가 보였다. 누군가와 통화를 하고 있는 진건의 모습이다.

새벽은 진건의 커다란 등을 바라보며 그에게 걸어갔다. 장진건이라는 남자는 자신이 한 말을 단번에 지키는 사람이었다. 새벽의 본가에 인사를 드리러 간다고 한 그날, 바로 우 회장 내외와 이화를 제 편으로 끌어들였고, 그다음 날엔 자신의 본가에 새벽을 선보였다.

그리고 그다음 날인 오늘.

「나와. 혼인 신고 하러 갈 거야.」

오늘 아침, 학교에 가기 위해 집을 나서던 새벽을 향해 진건이 찾아왔다. 어떻게 제 오피스텔을 알고 찾아왔는지에 대한 물음은 굳이 던질 필요가 없었다. 새벽은 얼떨결에 학교 대신 구청으로 향하게 됐다. 그리고는 깜짝할 사이에 혼인 신고서까지 제출해 버렸다.

"알았어. 그리 전하도록 하지."

화창한 가을날이다. 새벽은 현관 밖으로 보이는 가을 아침의 풍경을 흘긋거리다 다시 진건을 올려다봤다. 진건은 새벽이 다가옴을 인지하고선 슬슬 통화를 마무리하는 듯했다.

'나…… 이젠 진짜 이 남자의 아내구나.'

모든 것은 일주일도 채 되지 않아 이루어졌다. 난생처음 보는 남자인 진건에게서 청혼을 받고, 그다음 날 바로 재혁의 배신을 알게 됐다. 믿었던 20년 지기인 은비와 절교를 했고, 진건과 계약을 맺었다.

그 후 새벽의 본가를 비롯한 진건의 본가에 두 사람의 존재를 각각 알렸으며, 그리고 오늘.

새벽은 진건의 아내가 됐다. 이제는 물릴 수도 없는, 법적 아내.

진건과의 일은 지난 며칠 동안 숨 가쁘게 진행됐다. 꿈인지, 현실인지 구분하지 못할 만큼.

멀뚱히 진건의 옆에 선 새벽은 그의 통화가 끝나기를 기다렸다. 새벽과 함께 직원 앞으로 갔던 진건은 급하게 걸려 온 전화를 받기 위해 먼저 내려온 상태였다.

"서류는?"

새벽이 뒤늦게 제게로 다가오자 통화를 끝낸 진건이 무미건조한 목소리로 물었다. 새벽은 그에게 답했다.

"제출했어요."

"끝난 건가?"

"네."

"잘됐군."

"……."

"그리고 합병 문제는 더 이상 걱정할 필요 없어. 수월하게 진행되는 듯해. 오늘 우화의 관계자들과 만난다고 들었어."

"아…… 네. 고, 고마워요."

새벽 역시 이곳으로 출발하기 직전 이화에게서 전해 들었다. 그로 인해 우 회장 내외가 크게 안도했다는 것도. 새벽은 어색하게 웃었다.

'벌써 정오네.'

급하게 처리했던 서류 제출은 끝이 났다. 그와 함께 천천히 구청을 나오며 새벽은 따가운 가을 햇살을 마주했다. 이곳으로 오기 위해 그간 친하게 지내 온 교수에게 전화를 걸어 사정을 얘기했던 터라 당장 학교로 돌아가지 않아도 된다.

정신없이 몰아친 요 며칠의 일을 되새기기 위해서라도, 오늘은 집에서 휴식을 취할 생각이었다. 새벽은 주차장으로 걸어가고 있는 진건의 뒷모습을 바라보다 '장진건 씨!' 하고 그를 불렀다.

미친 듯이 전화가 걸려 오는 그의 핸드폰으로 짐작하건대, 그에게는 아직 처리하지 못한 일이 많은 게 틀림없다. 유단에서 가장 바쁜 사람이라니 당연할 수밖에.

새벽의 부름에 그녀보다 세 발자국 정도 앞서 있던 진건이 걸음을 멈추어 새벽에게 고개를 돌렸다. 새벽은 싱긋 웃으며 인사했다.

"그럼, 들어가세요."

"……뭐?"

새벽은 어리둥절해하는 진건을 보고 오히려 되물었다.

"회사 들어가실 거 아니세요?"

"……."

"장진건 씨. 오늘도 수고하세요!"

아무 말도 하지 않는 그에게 꾸벅 머리를 숙인 새벽은 몸을 돌렸다.

"거기 서."

그러나 새벽이 움직이기도 전에, 그가 그녀를 멈춰 세웠다. 새벽은 눈을 크게 떴다.

성큼성큼. 그녀의 코앞까지 다가온 진건이 눈을 가늘게 뜨며 물었다.

"어딜 가?"

"네?"

아아. 말 안 했나?

그러고 보니 오늘 학교를 쉴 거라고는 말하지 않았다. 새벽은 미소와 함께 답했다.

"집으로 갈 거예요."

"집?"

"네. 오늘은 푹 쉬고 싶어서요."

"……바래다줄게."

새벽은 손목에 찬 시계를 흘긋거리더니 말하는 진건을 보고 반달 웃음을 그렸다.

"괜찮아요. 저희 집 바로 저긴데요?"

그녀는 강남구청에서도 훤히 보이는 높은 오피스텔을 가리켰다. 슬그머니 고개를 돌린 진건의 동공이 흔들렸다.

"그럼."

다시 한 번 고개를 까딱인 후 새벽은 몸을 돌렸다. 그리고 새벽이 그의 곁을 지나쳐 몇 발자국 걸었을 때, 그녀는 갑자기 제 손목을 덥석 잡는 누군가의 손길을 느꼈다.

악, 하고 놀라 고개를 들자 보이는 것은 다름 아닌 진건이었다. 그것도 미간을 좁히고 있는 진건.

"자, 장진건 씨?"

"우새벽 씨는 바보야?"

새벽은 인상을 쓰는 그의 말에 눈을 동그랗게 떴다. 진건은 황당해하는 새벽에게 쏘아붙였다.

"무슨 소리예요!"

얼굴이 화끈 달아올랐다. 새벽은 그의 손을 뿌리치며 말했다.

"저, 저는 당신이 바쁘신 것 같아서……. 그리고 정말 걸어갈 수 있어요. 굳이 집까지 태워 주지 않으셔도 된다니까요? 여기서 집까진 도보로 고작 5분 거리……."

"순진한 소릴 하고 있군."

새벽은 냉소를 흘리는 그를 보며 멈칫했다. 진건은 입을 다물어 버린 새벽에게 말을 이었다.

"우새벽 씨는 당신과 나를 뭐라고 생각하지? 아니, 처음부터 묻는 게 좋겠군. 우리, 방금 전 뭘 하고 나왔어?"

마치 아무것도 모르는 학생을 가르치는 선생과 같은 눈빛이다. 새벽은 왠지 거부감이 일어 인상을 쓰다가 입을 쭉 내밀며 중얼거렸다.

"뭘 하긴요! 혼인 신고서를 내고…… 왔죠."

"그래. 그러면 당신과 나는 무슨 사이지?"

새벽은 진건의 강렬한 시선에 왠지 심장이 벌렁거리는 것을 느끼며, 나지막하게 중얼거렸다.

"부부……."

진건은 날카로운 눈을 빛내며 물었다.

"그런데, 요즘 부부는 같은 집에서 안 살고, 따로 사나?"

"하? 당연히 아니……!"

대체 무슨 소리를 하는 건지 영문을 몰라 하던 새벽의 심장이 쿵, 내려앉았다.

두근두근!

가슴이 급격하게 요동치기 시작한다. 저는 바쁜 그를 배려하려던 것인데, 어째서 그런 말을 하는 걸까—란 생각은 금세 수그러들었다.

'이 멍청이!'

뒤늦게 그의 말을 이해한 새벽의 귓불에 열기가 감돈다. 진건은 부끄러움에 제대로 대꾸하지 못하는 새벽을 내려다보더니 결정타를 날렸다.

"이제 우새벽 씨의 집은 이쪽이 아니라, 저쪽 방향이야."

새벽의 손목을 움켜쥔 진건이 그녀를 끌어당겼다.

"저, 저기!"

멀리 보이는 차를 향해 걸음을 옮기던 진건이 새벽의 외침에 고개를 돌렸다. 좌불안석인 얼굴로 그의 뒤를 따르고 있던 새벽은 그와 눈이 마주치자 하하, 어색한 미소를 그렸다.

'뭐가 어떻게 돌아가는 거야!'

속을 읽을 수 없는 그 깊은 눈에 순간 아찔해졌다. 그러나 새벽은 이성을 잃어선 안 되었다.

이럴 때일수록 정신을 차려야 해.

새벽은 저를 가만히 내려다보는 진건에게 하하, 옅은 미소를 흘리며 입술을 움직였다.

"잠깐만요, 장진건 씨."

릴렉스.

진건에게 하는 말이 아닌, 저 스스로에게.

새벽은 미친 듯이 쿵쾅거리는 심장의 박동을 진정시키기 위해 속으로 중얼거렸다. 그러고는 제 손목을 잡고 있는 그의 손을 떼어 내며 입꼬리를 올렸다.

"우리, 서두르지 말아요."

부드럽게 타이르는 새벽의 말투에 진건이 눈썹이 꿈틀거렸다. 새벽은 아랑곳 않고 말을 이었다.

"무, 물론 말이죠. 장진건 씨의 말씀이…… 맞아요. 그래요! 어찌 되었든 우린 혼인 신고를 한 부부이니, 남들에게 보여 주기 위해서라도 같이 살아야겠죠. 이제부터 제 집이 저쪽이 아니라는 표현은 틀린 게 없어요. 그런데 말이에요, 장진건 씨. 아직 저기에 제 물건이 그대로 남아 있다고요."

새벽은 제가 선 곳에서도 보이는 자신의 오피스텔을 가리키며 빙긋 웃었다.

"그러니까 제가 제 물건을 정리할 시간도 주셔야……."

"정리?"

"네, 정리요! 챙겨 가야 할 짐은 챙겨 가고, 두어야 할 짐은 두는 정…… 으악!"

호호, 웃으며 말을 잇던 새벽은 그만 자리에 털썩 주저앉을 뻔했다. 새벽의 말을 되물은 진건이 돌연 손에 들고 있던 핸드폰을 만지작거리다 그녀에게 들이밀었기 때문이다.

대체 왜 이러나 싶어 인상을 찌푸리려던 새벽의 눈은 제 시야로 들어온 핸드폰 액정 속 사진을 발견하고선 소스라치게 놀랐다.

'저, 저게 뭐야!'

억지 미소를 그려 보이던 새벽의 얼굴이 휴지 조각처럼 일그러졌다. 그녀는 제 눈으로 보아도 도저히 믿기 힘든 진건의 핸드폰 속 사진을 멍하니 응시하며 입술을 파르르 떨었다. 진건은 경악하는 새벽에게 말했다.

"정리는 이미 다 되어 있어."

자연스럽게.

태연하게.

아무렇지도 않게.

진건의 목소리엔 높이 변화가 없다. 그는 벌어진 입을 다물지 못하는 새벽을 향해 차분히 설명을 덧붙였다.

"조금 전 걸려 온 전화, 기억나나?"

"예?"

"그것과 관련된 거야. 우새벽 씨의 짐, 모두 내 집…… 아니, 우리의 집에 옮겨 놨다고. 참. 오해할까 싶어 알리는 거지만, 집 주소와 비밀번호는 고모님께서 알려 주셨어."

아주 미세하게, 정말로 그를 쳐다보고 있어야지만 알 수 있을 만큼 미세하게 휘어지는 진건의 눈웃음을 포착했다. 그가 뱉어 내는 말들이 귀를 웽웽 울렸다. 물론 새벽의 시선은 여전히 저를 향해 있는 그의 핸드폰에 꽂혀 있었지만.

'고모니이임!'

어쩐지, 진건이 아침부터 어떻게 제 집을 아무렇지 않게 방문했나 싶었다. 예전 그와 처음 만났을 때처럼 저에 대해 조사를 한 줄 알았더니, 무려 이화가 그를 도와주고 있었을 줄이야.

그러나 그런 사실보다 새벽을 당황시킨 것은 따로 있었다.

'으으!'

심장이 쿵쾅거려 미칠 지경이다.

자신의 오피스텔에 아무렇게나 널브러져 있던 수많은 짐들이 차곡차곡 정리되어 아마도 진건의 집으로 보이는 곳에 놓여 있는 건 둘째 치고서라도…….

'저…… 저 망할 브래지어는 왜 튀어나와 있는 거냐고!'

낯선 타인, 아니 이제 막 혼인 신고를 마친 계약 남편의 집에서, 자신이 가장 사랑하는 호피무늬 브래지어가 상자 밖으로 튀어나와 있는 모습을 발견하는 기분이란. 이루 설명할 수 없는 노릇이다.

물론 진건의 눈에는 잘 보이지도 않을 만큼, 브래지어가 상자에서 삐져나온 것은 극히 일부분일 뿐이었다. 그러나 그것의 정체가 무엇인지 너무도 잘 알고 있는 새벽의 당혹감이란 가히 상상을 초월한다.

"하, 하하."

새벽은 울 수도, 웃을 수도 없는 이 기묘한 상황에 이러지도 저러지도 못한 채 그저 핸드폰 액정에서 눈을 떼지 못했다. 진건은 그런 그녀를 무심하게 내려다보며 중얼거렸다.

"만약 지금 돌아가도 우새벽 씨의 집은 텅 비어 있을 텐데……."

그의 건조한 목소리에 새벽의 얼굴은 붉어지다 못해 점점 익어 갔다. 이러다 빨갛게 변색되는 건 아닐지. 진건은 대답하지 않는 새벽에게 물었다.

"그래도 갈 건가?"

"……."

"우새……."

"가요!"

진건이 한 번 더 그녀에게 물을 필요는 없었다. 새벽은 주먹을 불끈 쥐고 소리쳤다. 드디어 진건이 들고 있던 핸드폰에서 시선을 뗀 새벽은 저를 바라보는 진건에게 몇 번이고 외쳤다.

"간다고요! 장진건 씨네 집으로, 지금 당장 갈 거예요! 무조건 갑니다!"

저, 당장 가야 한다고요!

새벽은 온몸을 파르르 떨며 자신의 의견을 피력했다. 그녀가 그렇게 행동한 이유가, 상자 밖으로 튀어나온 저 빌어먹을 호피무늬 브래지어 때문이라는 사실은 굳이 언급할 필요가 없었다.

제3장

너는
모르는 말

⚜

집에서는 눈치가 보여서, 차에서는 진건의 비서라는 남자의 귀에 들어갈까 봐 내내 핸드폰만 붙든 채 주변을 흘긋거리던 새벽은 경영관에 도착하자마자 이화에게 전화를 걸었다.

'우리 새벽이 아냐!' 하고 이전보단 훨씬 밝은 음성으로 그녀를 맞아 준 이화에게 새벽은 다짜고짜 '고모님이 알려 주셨어요?' 하고 물었다. 앞뒤를 다 잘라먹은 새벽의 질문에도 불구하고 이화는 호호 웃으며 대답해 주었다. 눈앞이 캄캄해졌다.

— 당연히 알려 줬지. 못 알려 줄 게 뭐 있어? 어차피 너희들 이제 부부잖아.

두 눈이 퀭하다. 밤새 잠을 이루지 못해서인지, 더욱.

그러한 까닭에서일까. 새벽은 웃음기 섞인 이화의 말에 반박할 수가 없었다. 대꾸할 말도 생각이 나지 않거니와, 이화의 말이 사실이었기 때문이다.

그랬다. 어제부로 새벽은 진건과 법적인 부부 사이가 됐다. 그것도 한 지붕 아래에서 생활을 할 수밖에 없는, 부부. 같은 공간에서 시간을 보내야 하고 좋든 싫든 얼굴을 마주할 수밖에 없는, 부부.

새벽은 입 밖으로 꺼내지 못하는 숨을 삼키며 핸드폰을 붙들고 서 있었다.

— 그나저나 새벽아. 장 본이…… 아니, 장 서방이 행동이 빠르긴 하더라.

"네?"

새벽이 아무 말도 하지 않는 사이, 이화가 조심스레 말을 이었다.

— 어제 사람을 보내서 합병 건을 일사천리로 진행하더라고. 하루 종일 그 일 때문에 시간이 없었어서 오늘 이렇게 전화한 거야. 결론만 말하자면, 잘됐다. 조만간 언론을 통해서 공식 발표가 날 거야. 어찌나 일도 철두철미한지. 혹시 문제 생길 건 미리미리 알려 주면서 대비하라고 한 걸 보면 괜히 유단의 차기 후계라 불리는 건 아닌 것 같았어.

"아."

그랬겠지.

얼마 되지 않았지만, 그간 새벽이 지켜본 진건에게는 틈이 없었다. 눈 깜짝할 사이에 새벽과의 결혼을 추진했고, 정말로 새벽은 그의 아내가 되었다.

우화와의 합병 건도 그렇게 진행되겠지.

진건의 말로는 앞으로 합병이 되더라도, 우화 건설의 이름은 그대로 유지된다고 했다. 물론 유단의 계열사로 들어가게 되는 것을 피할 수는 없겠지만.

낮은 탄성을 터뜨리는 새벽에게 이화는 계속해서 말했다.

— 네 아버지도 많이 안심하고 계신다. 그런 사람이 새벽이 네 남편이 되어서 든든하다고.

"그래요?"

진건이 대체 어떻게 우 회장을 구워삶은 건지 결국 알아내지 못했다. 한 가지 확실한 건 진건의 사람 다루는 수완이, 특히나 같은 경영인들을 대하는 방법이 남다르다, 라는 것밖엔.

제게는 잘 지어 주지 않는 미소를 우 회장에게 보여 주기라도 한 건지, 우 회장뿐 아니라 이화 역시 진건을 마음에 들어 하는 듯했다.

새벽은 쓴웃음을 흘렸다. 만약 그들의 관계가 '거짓' 임을 알게 된다면, 우 회장과 이화가 얼마나 실망할지 상상이 가질 않는다. 그들을 위해서라도 계약 기간 동안은 저 또한 최대한 그를 사랑하는 '척' 연극을 할 수밖에 없다고 생각하고 있을 때, 이화가 다시 새벽을 불렀다.

— 어제는 어땠니?

"어제요?"

-- 얘도 참. 부끄러워서 그래?

이화의 말이 뜬금없다고 생각했다. 무슨 소리를 하는 건지 미간을 좁히고 있을 때, 이화가 호호 웃으며 속삭였다.

— 첫날밤 말이야.

"……!"

— 신혼여행도 못 가고, 집에서 맞이해야 했을 첫날밤인데 잘 치렀는지 모르겠구나. 나는 우리 새벽이가 걱정이 돼. 똑똑한 척하면서도 가끔은 너무 순진해서…….

"고모님!"

— 응?

"저 수, 수업 들어가 봐야 해요!"

— 뭐?

"죄송해요. 나중에 또 연락드릴게요!"

— 얘! 새벽아. 잠깐만. 새…….

황급히 종료 버튼을 눌렀다. 전혀 예상치 못했던 단어가 이화의 입 밖으로 흘러나왔기에 반사적으로 반응하는 심장의 움직임을 막을 수 없었다. 할 수 있는 거라곤 얼른 이화의 전화를 끊는 것뿐.

저를 부르는 이화의 목소리가 들려왔으나, 이미 전화를 끊어 버린 새벽은 핸드폰을 꽉 움켜쥐고 있었다.

쿵쿵. 심장의 떨림은 도통 가라앉질 않는다. 그러고 보니 어제가 첫날밤이었다.

누군가의 아내가 되어, 같은 지붕 아래 함께 살게 된 첫날밤.

겨우 진정시킨 심장이 들썩였다. 새벽은 입술을 살짝 깨물며 어젯밤에 있었던 일을 떠올렸다. 예의 호피무늬 브래지어를 감추기 위해 새벽은 헐레벌떡 진건의 집으로 향했다. 진건의 집에서 풍기는 분위기는 생각했던 것만큼이나 삭막했다. 정말 딱 필요한 물건만 가지런히 놓여 있는 그곳에서 수북이 쌓여 있는 제 물건들을 마주했을 때 느낌이란.

'부끄러웠지.'

이삿짐센터의 사람들이 옮긴 것일까.

정체를 알 수 없는 그들은 요 며칠 제대로 정리하지 못했던 새벽의 오피스텔에서, 침대를 제외한 모든 물건들을 진건의 집 거실에 떡하니 놓아두고 가 버렸다. 이왕이면 속옷 정도는 제대로 집어넣어 주었으면 좋았을 텐데.

새벽은 진건이 잠시 한눈을 판 사이, 얼른 그의 핸드폰에서 보았던 자신의 브래지어를 상자 깊숙이 밀어 넣었다.

「뭐 해?」

「헉!」

「……왜 그리 놀라지?」

예의 브래지어가 안전하게 안쪽으로 들어가는 것을 확인한 순간 들려온 진건의 목소리는 그녀의 심장을 덜컹거리게 만들었다. 새벽은 눈을 가늘게 뜨고 있는 그에게 허허, 살웃음을 흘려야 했다.

왜 불렀냐고 묻자, 진건은 가늘게 뜬 눈으로 그런 그녀를 묵묵히 내려다보며 따라오라고 손짓했다. 마음 같아서는 '싫어요. 이것들을 정리해야 한다고요!' 라고 외치고 싶었지만 집주인의 명령이었기에 거부할 수 없었다.

울며 겨자 먹기로 그의 뒤를 따른 새벽이 도착한 곳은 거실 옆의 침실이었다.

「오늘 하루는 저기서 자.」

진건은 표정 변화 없는 서늘한 얼굴로 커다란 침대를 가리키며 말했다. 새벽은 눈을 휘둥그레 뜨며 되물어야 했다.

「저기서……요?」

「그래. 우새벽 씨의 새 침대는 내일 들여올 예정이야. 적어도 내일 우새벽 씨가 수업을 듣고 올 때까진 처리해 놓을 테니, 걱정 말고.」

두 명이서, 아니 세 명이서 자도 충분해 보이는 킹사이즈 침대를 흘긋거리며 진건이 말을 이었다. 그를 보던 새벽은 대꾸하지 못했다. 진건은 우물쭈물거리는 새벽에게 물었다.

「왜?」

「그럼 장진건 씨는요? 장진건 씨는…… 어디서 자요?」

누가 봐도 이 집에 있는 침대는 그 방의 침대 하나뿐이었다. 만약 제게 침대를 내어 주면, 그는 대체 어디서 자겠는가.

설마!

새벽이 쿵쾅거리는 가슴의 진동을 무시하며 그를 의심스럽게 응시하자 진건이 돌연 픽 웃었다. 새벽은 진건의 대답보다, 그가 미소를 지었다는 사실에 기겁하며 비틀거렸다.

진건은 아주 옅은 눈웃음을 그리며 붉은 입술을 달싹였다.

「왜. 같이 잘까 싶어서?」

「네?」

새벽은 은근한 그의 미소에 받았던 1차 충격보다 더한 충격을 느끼며 그를 올려다봤다. 진건은 그답지 않게 짓궂은 미소를 지으며 물었다.

「같이 잘까. 내일까진 침대도 없는데.」

「……!」

「그럴까…….」

꼴깍. 침이 넘어간 것은 피할 수 없는 신체의 반응이었다.

심장이 터질 것처럼 부풀어 올랐다. 어떻게 그를 봐야 할지, 얼굴은 왜 이렇게 빨개지는 건지 알 수 없었다. 그저 눈앞의 남자가 평소 짓지 않던 눈웃음을 그리며, 제게 의미심장한 눈빛을 쏘아 대고 있었기에 멈칫했던 게 분명했다.

그래. 그랬던 게 틀림없어. 그러지 않고서야…….

"새벽 씨!"

"으악!"

곰곰이 어제의 일을 되짚고 있던 새벽은 하마터면 들고 있던 핸드폰을 바닥으로 떨어뜨릴 뻔했다. '괜찮아?' 하고 그녀의 동기인 태진이 깜짝 놀라 물었다. 자신을 상념의 늪에서 끌어 올린 태진의 반응에 새벽은 하하 웃었다.

"괘, 괜찮아요. 어휴, 하마터면 떨어뜨릴 뻔했네요. 나도 참."

파르르 떨리는 손가락에 힘을 주며, 새벽은 핸드폰을 움켜쥐었다. 당황한 기색이 역력한 그녀를 물끄러미 내려다보던 태진이 다행이라며 부드러운 미소를 지어 보였다.

"그런데 무슨 일이세요?"

새벽이 놀란 이유는 눈앞의 태진 때문이 아니라, 어젯밤 진건의 태도 때문이었다. 그가 했던 말들과 지었던 표정들을 떠올리며 한창 몰입하고 있을 때 태진이 저를 불렀으니까.

세 달 전 그의 아내가 낳은 예쁜 딸아이를 매일같이 자랑하는 팔불출 태진은 어리둥절해하는 새벽을 향해 무언가를 내밀었다.

"아아. 자. 여기!"

"어? 이게…… 뭐예요?"

얼떨결에 태진에게서 예쁘게 포장되어 있는 상자를 건네받게 된 새벽의 눈이 큼지막해졌다. 대한대학교 경영전문대학원 19기 반장을 맡고 있는 태진이 씩 웃으며 외쳤다.

"새벽 씨, 결혼했다며! 교수님한테 들었어. 이건 우리 동기들이 준비한 결혼 축하 선물!"

"아……."

"별거 아니고, 그냥 신혼부부한테 어울리는 선물이야. 잠옷이랑 향초. 신혼이니 분위기 내라는 차원에서. 어제 얘기 들어서 얼마나 급하게 준비했는지 몰라."

고개를 절레절레 저어 가며 태진이 중얼거렸다. 새벽은 얼떨떨한 얼굴로 손에 들린 상자를 내려다보았다.

향초랑…… 잠옷?

'커플 잠옷?'

귀가 붉어진다. 대체 어떤 잠옷일지는 모르겠지만, 동기들이 선물했다는 커플 잠옷을 진건이 입은 모습이 도저히 상상이 가질 않는다.

"그리고 섭섭해!"

왠지 얼굴이 달아오르는 것을 느끼고 있을 때, 태진이 투덜거렸다.

"난 우리 동기들이 아주 끈끈하고, 친한 줄 알았는데 말이야. 그냥 단순히 수업만 듣는 사이였던 거야? 어떻게 새벽 씨 결혼 소식을 교수님께 들어? 몰랐던 건 나뿐 아니라며, 다들 배신감에 절어 있던데?"

장난을 섞어 뱉어 낸 말이겠지만, 괜히 미안해졌다. 좋든 싫든 오랜 기간 함께 얼굴을 보고 인사해 온 사이였던지라 더더욱. 물론 새벽은 학기 내내 은비와 행동했었기에, 그들과 어울릴 기회는 많진 않았다. 그래도 지난 몇 학기 동안 같이 공부하고, 조별 활동을 하고, 실습까지 나갔던 사이였다. 말을 해야 했던 걸까.

새벽은 흐리게 웃으며 답했다.

"죄송해요. 워낙 급하게 진행돼서……. 사실 아직 결혼식도 제대로 치르지 못했어요."

"뭐? 정말?"

"예. 일단은 혼인 신고부터 하게 됐거든요. 만약 정식으로 결혼식 치르게 되면, 반장님을 비롯해서 동기들도 초대할게요."

"약속한 거다?"

새벽은 말없이 웃었다. 태진은 흡족한 표정을 지으며 하얀 이를 드러내다, 돌연 손뼉을 탁 쳤다.

"참. 새벽 씨. 이번 주 주말에 바빠?"

"주말……이요?"

"응. 총학생회에서 경영인의 밤을 열 생각인가 보던데, 곧 졸업반인 우리도 가급적 참가해 달라고 하더라고. 그래서 인원 조사 중이었는데…… 새벽 씨한테 물을 기회가 있어야 말이지. 새벽 씨, 혹시 핸드폰 번호 바뀌었어?"

그녀는 낮게 탄성을 터뜨렸다. 그럴 줄 알았다며 새벽에게 웃으며 손가락질을 하던 태진은 말을 이었다.

"다들 바쁜 사람이니 오래 잡고 있을 생각은 없을 거야. 졸업을 하게 되면 어떻게든 또 보게 될 사람들이고, 그래서 인맥이라도 더 쌓아 두자는 의미에서겠지. 그러니 새벽 씨도 참석하는 게 어때? 아! 이왕이면 거기서 남편도 소개시켜 줘! 부부 동반으로 오는 사람들도 꽤나 있는 모양이더라고. 물론 나도 그럴 거고. 우리 딸도 데려갈 생각이야."

흐흐, 웃으며 브이 자를 그려 보이는 태진은 영락없는 딸 바보다. 새벽은 '그날 오면, 내가 세상에서 가장 사랑하는 우리 딸을 볼 수 있을 거야!' 하고 실실 웃는 태진에게 긍정도, 부정도 할 수 없었다.

'부부 동반…….'

아무래도 어렵겠지.

"그런데 새벽 씨. 혹시…… 은비 씨랑 싸웠어? 껌 딱지처럼 붙어 다니던 두 사람이 떨어져 다니고. 아까 보니 은비 씨 조퇴하는 것 같던데. 무슨 일 있나?"

의아해하는 태진에게 새벽은 대답하지 못했다. 두 사람 사이에 있었던 일을 일일이 늘어놓기도 민망했고, 새벽과 은비는 자신의 집안에 대해 굳이 동기들에게 말하지 않은 상태였었다.

새벽은 '어쨌든 한번 생각해 봐!' 라며 말하는 태진에게 그러겠다고 대답한 후, 다시 오후 수업을 듣기 위해 강의실로 들어갔다.

"다녀왔습니다."

새벽의 논현동 오피스텔도 아니고, 삼성동의 본가도 아닌 잠실에 자리 잡은 유단 건설의 고급 아파트 맨 꼭대기 층.

수업을 마치고, 경영관을 나서자마자 저를 마중하러 나온 진건의 비서, 영우와 함께 펜트하우스를 찾은 새벽은 조심스레 현관문을 열어 주는 영우에게 묵례한 뒤 안으로 들어갔다. 분명히 어젯밤 하루를 보낸 집이건만 아직까지도 적응이 잘 되지 않는 진건의 집으로 발을 내딛으며 새벽은 주위를 살폈다.

'없나?'

인사를 해도 집 안에선 아무런 대답이 들려오질 않았다.

「본부장님께선 안에 계실 겁니다.」

문을 닫아 주던 영우가 말했던 것과는 달리, 집 안은 쥐 죽은 듯 조용했다. 심장이 콩닥거리는 것을 느끼며 사뿐사뿐 걸음을 옮기던 새벽은 거실로 들어서는 순간, 눈을 동그랗게 떴다.

'어?'

천장을 찌를 듯 쌓여 있던 새벽의 짐들이 어디로 가 버렸는지, 보이질 않았다. 주위를 휘휘 살피며 제 물건들을 쫓고 있던 새벽은 '짐 정리가 끝나서 그래. 우새벽 씨 방은 저쪽이야.' 라는 말과 함께 부엌 쪽에서 나오던 진건과 마주쳤다.

"자, 장진건 씨?"

"학교 다녀온 거야?"

"아…… 네!"

"그래. 그럼 피곤할 텐데 쉬어."

매번 맨얼굴의 진건을 보다, 은색 테의 안경을 쓰고 있는 그를 보니 낯설었다. 멍하니 그를 올려다보고 있던 새벽은 서류로 보이는 파일들을 가득 든 채, 커피와 함께 거실의 소파 쪽으로 향하는 그에게 어색하게 웃어 보였다.

'안경도…… 쓰네.'

그의 차가운 인상이 날카롭게 빛나는 안경으로 인해 더욱 매섭게 느껴졌다. 새벽은 소파에 앉아 서류를 들여다보고 있는 진건을 흘끔거리며 생각했다. 그러다 이내 옷을 갈아입기 위해 진건이 가리켰던 자신의 방으로 향했다.

「걱정 마. 나는 소파에서 잘 거니까.」

어젯밤. 당황한 새벽을 말없이 내려다보던 진건은 픽 웃으며 말한 뒤, 몸을 돌려 침실을 나섰다. 저를 놀라게 만든 걸로도 모자라 심장을 자극해 버린 그로 인해 정신이 없어서인지, 새벽은 결국 그의 침대에서 꼬박 밤을 새워야만 했었다.

이제 내 방이 생겼으니 한결 편하겠지?

그들의 결혼 계약에는 '동거' 도 그 조건으로 존재했던지라, 이 일은 당연히 새벽이 감수해야 했다. 혼자 산 적이나 가족들과 함께 산 적은 있어도 외간 남자와 살아 본 적은 없었기에 조심해야 할 일이 한두 가지가 아니겠지만 잘 극복할 수 있을 거다.

새벽은 후우, 숨을 크게 들이마시며 방문의 문고리를 돌렸다.

'……!'

그런 새벽의 눈으로 들어온 새로운 자신의 방은, 생각 이상으로 그녀를 놀라게 만든다. 논현동에 있던 오피스텔의 침실과 전혀 차이가 없는 가구들의 배치란.

어제는 워낙 정신이 없었고, 이곳의 텅 빈 방만 마주했던 그녀에게 있어선 지금 이 모습은 충분히 당혹스럽다.

「어찌나 일도 철두철미한지. 혹시 문제 생길 건 미리미리 알려 주면서 대비하라고 한 걸 보면 괜히 유단의 차기 후계라 불리는 건 아닌 것 같았어.」

불현듯 이화의 말이 떠오르는 것은 왜일까. 새벽은 저를 배려한 것이 틀림없는 진건의 치밀함에 작게 웃더니 가방을 내려놓고는 드레스 룸으로 향했다. 편한 복장으로 옷을 갈아입은 그녀는 집에서도 업무에 매진하는 그를 흘끔거렸다.

잠시 망설이던 그녀는 천천히 소파로 걸어갔다. 그러고는 소파의 오른쪽 끝부분에 앉아 있던 진건의 옆에 살며시 앉았다. 새벽은 자신이 오든 말든, 전혀 신경 쓰지 않는 진건의 얼굴을 힐끔거렸다.

"할 말 있나?"

1초, 2초, 3초, 10초, 30초, 1분.

조용히 그의 옆에 착석한 새벽이 계속해서 자신을 흘긋거리는 것이 느껴졌던 모양이다. 목석같은 진건이 서류를 들여다보며 입술을 열었다. 새벽은 빙긋 웃으며 고개를 내저었다.

"아뇨."

"……."

일말의 망설임도 없이 답했기에, 진건은 더 이상 말하지 않았다. 침묵이 시작되었지만 새벽은 아랑곳 않고 그의 옆얼굴을 뚫어져라 쳐다봤다. 길게 숨을 내쉬는 진건의 모습이 보였다.

"할 말 있지?"

"별로."

"……."

진건은 질문을 하자마자 답하는 새벽의 대꾸에 미간을 좁혔다. 그의 구겨지는 미간의 움직임이 시야로 단번에 들어와 새벽은 속으로 웃음을 삼켰다. 결국 백기를 들어 올린 것은 진건이었다.

새벽은 들고 있던 서류를 툭 내려놓은 진건이 저를 쳐다보는 것을 확인하곤 짙은 미소를 그렸다. 진건은 눈을 가늘게 뜨며 말했다.

"할 말이 뭐야?"

"장진건 씨. 우리, 얘기해 봐요."

서류에서 벗어난 진건이 저를 똑바로 응시한다. 깊이를 가늠할 수 없는 검은 눈동자를 마주하고서도 흔들리지 않던 새벽은 말했다. 진건은 인상을 쓰며 '얘기?' 하고 되물었다. 새벽은 붉은 입술을 달싹였다.

"네. 제가 여기 오는 동안 곰곰이 생각해 봤는데요, 좋든 싫든, 의도하든, 하지 않았든…… 우린 법적으로 부부가 되었잖아요?"

"……그래서?"

진건의 눈동자가 매섭게 휘어졌다. 새벽은 생글거렸다.

"그래서긴요. 일단 부부가 되었으니 서로에 대해 알고는 있어야 할 거 아니에요. 앞으로 협력해야 할 일도 많을 텐데, 상대에 대해 아무것도 알지 못하는 상황에서는 보조를 맞춰 주기 힘들죠. 그렇게 생각 안 해요?"

진건의 동공이 살짝 흔들린다.

동요하고 있군!

새벽은 속으로 웃으며 계속해서 붉은 입술을 달싹였다.

"아무것도 모르는 상태에서 협조하는 건 힘들다고요. 아, 뭐…… 장진건 씨는 저에 대해 대충 알고는 있겠죠?"

그럴 거다. 새벽이 미처 알기도 전, 재혁과 은비의 사이를 알고 있던 남자였으니까.

새벽은 멋쩍게 웃으면서도 휘휘 얼굴을 내저으며 말했다.

"하지만 전 당신에 대해 몰라요. 하나도."

그의 이름이 장진건이고, 유단의 차기 총수가 되려 하고 있고, 엄청나게 딱딱한 사람인 데다, 자신의 계약 남편이 되었다는 것 정도의 표면적인 사실밖에는 알지 못한다. 그가 어떤 생각을 하는지, 그리고 어떤 마음을 품고 이 결혼에 임하고 있는지 새벽은 알 수가 없다.

"그러니까 오늘은 서로에 대해 알아보는 시간을 가지도록 해요. 무조건 말하라고 하면 거부감이 생길 테니, 일단 저에 대해 소개하도록 할게요."

"……."

"안녕하세요. 저는 우새벽이에요. 나이는 스물일곱이고, 어제부로 당신의 아내가 되었습니다. 잘나가는 기업인이 되고 싶어 열심히 공부 중이었는데, 어쩌다 일이 조금 꼬여 버리긴 했지만 꿈을 포기하진 않을 거예요. 좋아하는 색은 검정이고, 좋아하는 계절은 가을이에요. 또……."

재잘재잘.

쉬지 않고 떠드는 새벽을, 그는 그저 가만히 주시하고 있을 뿐이다. 얼굴이 달아오를 만큼 뜨거운 그 시선에 묘한 압박감을 느꼈으나 새벽은 멈추지 않았다. 자신이 어떤 환경에서 자랐고, 누구와 가장 친했으며, 어떤 학교들을 나왔는지부터 시작하여, 좋아하는 숫자라든가, 좋아하는 음식이라든가 하는 것들까지.

아무 말도 하지 않고 저를 바라보고 있는 남자의 앞에서 1시간이 넘게 입을 열기란 쉽지 않다. 그것도 돌보다 더하면 더했지, 결코 변하지 않는 장진건이라는 남자의 앞에서는.

그럼에도 한 번쯤은 헤쳐 나가야 할 관문이었다. 어차피 그와 손을 잡게 된 이상 제가 원하든, 원하지 않든 그가 어떤 사람인지에 대해서는 알고 있어야 했으니까.

"하아."

긴 시간이었다. 얼마 전 자신이 믿었던 사람들에게 배신을 당한 일화까지 읊어 낸 새벽은 호흡을 골랐다. 그녀는 이제 '당신 차례예요.' 라는 눈빛을 보내기 위해 고개를 들었다.

달라진 것이 있다면, 무표정한 태도를 일관하던 진건이 입술을 꽉 깨물며 저를 바라보고 있다는 점이다. 새벽은 흔들리는 그의 눈동자를 직시하며 말했다.

"당신은 어떤 사람이죠, 장진건 씨?"

새벽의 말에 진건은 미간을 좁혔다. 그러다 냉랭한 음성으로 대답했다.

"흔한 이야기야. 들어 봤자 기분 좋을 건 없어."

"흔해도 좋아요. 알아야 하니까. 듣고 싶어요."

진건의 차가운 답변에도 불구하고 새벽은 계속해서 눈을 빛냈다.

난처하군.

학구열에 불타는 학생처럼 시선을 보내고 있는 단발머리 여자의 행동에 쓴웃음이 입안을 맴돌았다. 주저하던 진건의 입이 무의식적으로 벌어졌다.

결국, 끌려가게 되는 건가…….

처음에는 아무것도 가르쳐 줄 생각이 없었다. 저에 대해서는 언급하지 않을 작정이었다.

그러나 종국에는, 입을 열게 된다.

제멋대로.

의지와는 상관 없이.

"나는 한 여자의 아들로 태어났어."

"저기요, 장진건 씨. 너무 당연한 소리를……."

"남편의 사랑을 받지 못하는 여자의 아들이었지."

쯧, 혀를 차려던 새벽의 말이 그의 이어진 말에 멈추었다. 진건은 눈을 아래로 내리깔며 말했다.

"이 세계에선 정말이지 흔한 이야기야. 서로의 필요에 의해 맺어진 관계. 따지고 보면 우새벽 씨와 나도 그런 관계와 비슷하겠어. 다른 점이 있다면, 필요에 의해 맺어진 관계지만 내 어머니 쪽은 살다가 그만 상대에게 흔들려 버렸다는 거군."

"……."

"같은 공간에서 긴 시간을 함께하다 보니 자신을 돌아볼 리 없는 남편을 사랑하게 되었어, 내 어머니는. 아무것도 바라지 않고 시작했던 결혼이지만 날이 갈수록 바라게 됐지. 원하고, 갈망했어. 그러다 집착까지 하게 됐고. 결국은 상대에게 버림까지는 아니더라도 외면을 당해 버렸지. 나는 그런 여자의 아들로 자랐고, 자연스레 많은 것이 결핍된 상태에서 생활해 왔어. 남들이 보기엔 다 가진 걸로 보이겠지만, 정작 중요한 것은 가지지 못한 채."

유단 건설 그룹의 오너 일가에 대해서는 굳이 제 입으로 늘어놓지 않아도 됐다. 이미 그의 어머니와 아버지가 사랑 없는 정략결혼에 의해 맺어졌고, 아버지인 장은석 부회장의 외도를 견디지 못한 그의 어머니가 교통사고를 가장한 자살을 했다는 것은 언론에도 대서특필될 정도로 유명한 일화였으니까.

때문에 새벽이 낮게 중얼거리는 그를 보며 아무 말도 하지 않았던 건지도 모른다.

"사실 결혼이라는 건…… 하고 싶은 생각도, 할 생각도 없었어. 쓸데없는 감정의 소모에 매진할 바엔 차라리 유단의 일에 집중하는 것이 낫다고 생각했지. 하지만 회장님의 병세를 알게 되고, 가만히 있을 수만은 없었어. 돈에 미쳤다고 생각해도 돼. 나 역시 원치 않던 일을 하자고 당신한테 말하기까지 적잖은 결심이 필요했으니."

"……."

"이미 전례가 있기에, 이런 결혼이 얼마나 위험한지 알고 있어. 비록 연극일 뿐이라지만 우새벽 씨를 난처한 상황에 몰고 오게 한 거 미안하게 생각해. 그러니 내년 봄까지, 결혼식을 치르고 회장님께서 결단을 해 주시면…… 굳이 그 후로는 내 곁에 남아 있지 않아도 돼. 유학이든 뭐든 당신이 하고 싶은 대로 내 곁을 떠나도 된다는 소리야."

"……."

"나는 내 아버지라는 작자처럼 마음에도 없는 여자를 오랫동안 붙잡고 괴롭힐 생각 따윈 없어. 증여를 받는 즉시 당신을 자유롭게 만들어 줄게. 그러니 너무 걱정하지 않아도 돼."

가볍게 듣기 시작했을 새벽의 얼굴이 어두워지는 것을 보며 가슴이 욱신거렸다. 하고 싶은 말은 정말로 많았지만 그녀의 마음을 무겁게 만들 생각은 없었다. 진건은 제 말을 듣고 입을 열지 않는 새벽에게서 시선을 떼며 자리에서 일어났다.

"쓸데없는 소리를 너무 했군. 늦었어. 이제 자도록 해. 내일도 학교에 가야 할 거 아냐."

그리고는 도망치듯 몸을 돌려 자신의 침실로 들어갔다. 뒤늦게 소파 앞 테이블에 서류를 두고 왔다는 것이 떠올랐지만 가지러 돌아갈 수는 없었다.

다시 밖으로 나간다면 소파에 덩그러니 앉아 있는 새벽을 마주할 테고, 그때부터는 미주알고주알 제멋대로 입술이 움직여 버릴 테니까.

'부질없어.'

그는 냉정하게 눈을 내리깔았다.

❖

아침이 밝았다.

어제보다 더 굳은 얼굴로 꼬박 밤을 새웠다.

그래도 어제는 가까스로 눈을 붙였는데, 오늘은 끊이질 않고 밀려오는 생각들로 인해 정말 한숨도 자질 못했다. 아무래도 출근을 하게 된다면 1시간 정도는 눈을 붙여야 할지도.

진건은 쓴웃음을 흘리며 출근 준비를 했다.

현재 시각 오전 7시. 침실에 달려 있는 욕실에서 샤워를 마치고, 언제나처럼 블랙 계열의 슈트를 입은 채, 굳게 닫혀 있던 문을 열었다.

"……!"

아마 지금쯤 우새벽이라는 여자는 여전히 잠에서 깨어나지 못하고 있겠지, 라는 생각으로 밖으로 나온 진건은 부엌 쪽에서 들려오는 요란한 소리에 멈칫했다. 그는 무의식적으로 그곳을 향해 걸음을 옮겼다.

"어? 깼어요?"

"뭐…… 하는 거야?"

앞치마를 두른 채 일을 잔뜩 벌여 놓은 단발머리 여자가 시야로 들어왔다. 진건이 미간을 좁힌 것은 순전히 반사적인 일이었다. 새벽은 의아해하는 진건을 향해 씩 웃더니 말했다.

"거기 앉아요."

"……뭐?"

"출근할 거죠? 그럼 아침밥 먹어야죠. 잠깐만요. 거의 다 됐어요."

찰랑거리는 갈색 단발머리의 여자는 방긋 미소를 지으며 제 할 말만 늘어놓고선 다시금 요리에 매진했다. 굳은 얼굴로 그녀의 뒷모습을 쳐다보던 진건은 계속해서 저를 닦달하는 그녀의 외침에 어쩔 수 없이 식탁 앞 의자에 착석했다.

"어서 드셔 보세요. 저 이거 만들려고 새벽 5시에 일어났다고요! 일단 냉장고에 있는 재료들만 이용하려 했는데, 몇 가지 없는 것이 있어서 요 앞 시장까지 다녀왔다니까요?"

"……."

"그러니 제 정성을 생각해서라도 좀 드시죠."

곧 새벽이 진건의 앞에 놓아둔 것들은 그간 진건이 접하지 못했던 밥상이었다.

멸치 볶음, 다시마 무침, 우엉조림, 계란말이 등등과 같은 반찬들부터 시작하여 가사 도우미가 만들어 놓은 김치를 예쁜 접시에 담아 두고, 고슬고슬한 밥, 그리고 그것과 잘 어울리는 비지찌개까지.

「그럼 무슨 요리를 좋아해요?」

「요리?」

「좋아하는 요리 말이에요. 국이라든가, 반찬이라든가. 파스타, 뭐 이런 걸 좋아하시나?」

「…….」

「장진건 씨?」

「찌개를…… 좋아하는 편이긴 하지.」

「찌개? 찌개에도 종류가 있잖아요. 음, 된장찌개를 좋아하시는 거예요?」

「……어머니께서 비지찌개를 가끔 해 주셨어.」

「흐응. 그렇구나.」

고개를 끄덕이는 모습이 묘하다고 생각했다. 진건은 간밤의 일을 떠올리며 움직이지 않았다.

"이건 장진건 씨네 어머니께서 만들어 주셨다던 비지찌개에 미치진 못하겠지만, 그래도 맛은 괜찮을 거예요. 모처럼 솜씨 부려 봤으니까 남기지 말고 다 먹어요. 아침밥은 안 먹는다는 변명은 안 통해요. 어젠 워낙 정신이 없어서 그냥 보냈는데, 저도 밥 먹는 김에 함께 차려 주는 거니까 굳이 사양할 필요는 없고요."

"……."

"뭐 해요? 얼른 숟가락 안 들고?"

눈을 가늘게 뜨며 타박하던 여자는 그의 맞은편에 자리를 잡으며 진건이 숟가락을 들기를 요구했다. 입을 다물고 있던 진건은 못 이기는 척 손을 뻗어 숟가락을 집었다. 그러고는 생글생글 웃는 여자가 콕콕, 가리키고 있는 작은 뚝배기 쪽으로 숟가락을 넣었다.

"어때요? 맛있어요? 맛있죠?"

비지찌개의 맛을 보는 진건을 보며 새벽이 물었다. 그녀는 그가 그렇게 말해 주길 원하는 눈빛이었지만, 진건은 솔직하게 대답했다.

"짜."

"짜, 짜다고요?"

그녀의 눈동자가 동그래졌다. 그녀는 자리에서 벌떡 일어나며 중얼거렸다.

"이상하다. 분명 조절이 됐을 텐데……. 안 되겠어요. 물을 좀 더 넣고 다시 끓여서……."

"됐어."

"……응?"

"그냥 먹을게."

먹을 만하니까.

진건은 그 말을 뱉어 내고선 한 번 더 비지찌개 쪽으로 팔을 뻗었다. 놀란 표정을 짓던 새벽이 풋, 웃으며 자리에 앉는 것이 보였지만 그는 내색하지 않고 식사를 이어 갔다.

"맛있나 보네."

"전혀. 그냥 있으니까 먹는 거야."

"말도 참 곱게 하신다."

투덜거리는 새벽을 향해 진건이 냉랭하게 중얼거렸다.

"그리고 우새벽 씨는 요리를 좀 배우는 게 좋겠군."

"어머? 무슨 소리시죠? 저 요리라면 아주 도가 튼 사람이라고요."

도?

"호텔 주방장한테 직접 개인 레슨까지 받은 몸인데, 요리를 못하는 게 말이 되나요?"

"……."

"게다가 엠티 가서도 제 요리를 칭찬한 동기들이 얼마나 많았는데! 장진건 씨의 입맛에만 안 맞을 뿐, 요리 엄청 잘한다고요. 뭐, 아직 장진건 씨의 입맛이 어떤지 잘 몰라서 이런 시행착오를 겪는 거지만, 알게 되면 아마 제 요리에 껌뻑 죽으실걸요?"

진건은 흥, 콧방귀를 뀌는 새벽을 물끄러미 응시했다. 그녀가 뱉어 낸 수많은 단어들 중 엠티라는 단어가 꽤나 걸렸지만 입 밖으로 꺼내진 않았다. 진건은 물었다.

"동기라면 MBA 동기들?"

"네."

"다들 나이가 꽤 있지 않나?"

"그렇죠! 그러니까 더 대단한 거라고요. 살 만큼 산 사람들한테 인정을 받았으니까!"

단발머리의 여자는 맑게 웃으며 눈썹을 까딱였다. 저도 모르게 웃음을 흘릴 뻔했지만, 진건은 꾹 참아 냈다. 그는 묵묵히 식사를 이어 갔다. 큰 소리를 치던 새벽도 그런 그의 식사를 방해할 생각은 없었는지 더 이상 말을 걸지는 않았다.

바로 집을 나설 생각이었던 진건은 생각보다 훨씬 더 오래 집에 머무르고 있었다. 그가 숟가락을 내려놓은 것은 자신에게 부여된 밥을 모조리 비우고 난 직후였다.

"맛있었죠?"

진건의 밥그릇이 안쪽이 드러날 정도로 비워졌다는 것을 확인한 새벽이 물었다. 그는 검은 눈으로 웃고 있는 여자를 응시했다. 수만 가지의 말들이 입안을 맴돈다.

무슨 말을 해야 할까.

어떻게 말해야 할까.

"장진건 씨?"

대답을 하기는커녕, 저를 빤히 바라보고만 있는 진건이 이상했는지 그녀가 고개를 갸웃거렸다. 가슴이 답답해져 왔다. 진건은 따끔거리는 심장의 통증을 느끼며 후우, 숨을 고르더니 닫혀 있던 입술을 움직였다.

"또……."

"네?"

"또 해 줄 수 있나?"

어렵게, 정말 어렵게 꺼낸 말에 새벽의 눈동자가 요동쳤다.

'젠장.'

놀라는 그녀를 보자니, 아무래도 말을 잘못 꺼낸 것이 아닌가 싶다. 진건은 '됐어.' 라고 말을 덧붙이기 위해 황급히 입을 열려 했다.

"그럼요!"

그러나 그런 그의 말이 채 떨어지기 전에 그녀가 먼저 답했다.

"얼마든지! 그리고 이런 건 그렇게 어렵게 말하지 않아도 돼요, 장진건 씨. 그것도 그럴 것이……."

활짝 웃던 그녀는 저와는 달리 사심 없는 목소리로 말했다.

"전 당신의 아내잖아요."

❖

「우리 진건이, 엄마 없으면 비지찌개 못 먹어서 어떡해?」

초등학교 때의 일이다. 당시엔 무엇 때문인지 알지 못했지만, 어머니는 하루를 달리하며 수척해져 갔다. 그런 그녀가 막 하교한 그를 향해 꺼낸 말에 진건은 눈살을 찌푸렸다.

곧 이어 있을 과외 수업에 매진해도 모자랄 판에, 저를 붙잡은 어머니의 말이 왠지 모르게 짜증스러웠다. 그날따라 어머니의 얼굴이 지나칠 정도로 창백해져 있었지만, 그는 그만 귀찮다고 생각해 버린 것이다.

진건은 씁쓸하게 웃으며 저를 내려다보는 어머니를 향해 대꾸했다.

「왜 못 먹어. 부산 아줌마도 있고, 뭣하면 세영 아줌마도 있잖아.」

「……뭐?」

「엄마 없으면, 그 아줌마들한테 해 달라고 하지 뭐.」

그의 머리를 쓰다듬던 어머니의 손길이 파르르 떨린 것을 알아차리지 못했다. 제 말을 들은 어머니의 얼굴이 왜 그리도 새하얗게 물들었던 건지도.

훗날 진건이 언급했던 그 '세영 아줌마'가 지금의 옥 여사라는 것을 알게 된 후, 진건은 수년 동안 그 말을 했던 것을 후회했다.

그때 어머니의 눈으로 스쳐 지나간 절망감을, 그는 절대 잊지 못한다.

「진건아. 놀라지 말고…… 들어라. 새아기가…… 네 어머니가…….」

진건이 장 회장의 입에서 어머니의 죽음에 대해 들은 것은, 그로부터 한 달 후의 일이었다. 집으로 돌아왔을 때의 분위기가 너무도 이상했다.

귀찮긴 했지만 제가 올 때쯤이면 매일같이 달려 나와 그를 맞이해 주었던 어머니 대신 굳은 얼굴의 할아버지, 장 회장이 자신을 반겼다. 뭔가 잘못되어 간다는 것을, 열한 살의 진건도 눈치를 챘다.

어머니는 많이 연약했다. 부유한 집에서 태어나 남부러울 것 없이 잘 자라서인지 저를 몰아세우는 압박감을 견디지 못했다. 본처를 두고 있으면서도 당당히 자신의 정부를 가사 도우미로 위장시켜 집 안으로 들였던 진건의 아버지 은석으로 인해 매일같이 속을 앓았다.

집안의 가사 도우미가 제 남편의 정부라는 것을 홀로 알고 있었음에도 다른 이들에게 밝히지 않은 것은, 그것이 전부 그의 사랑을 제대로 얻어내지 못한 제 탓이라고 생각했던 탓이겠지.

그래도 그렇지, 스스로 죽어 버리다니.

장 회장은 교통사고라고 했었지만, 그것은 틀림없는 자살이었다.

진건은 차마 두 눈으로 직접 볼 수 없는 처참한 어머니의 모습을 목격하고, 확신했다.

「인사해라. 네 새 어머니다.」

어머니의 죽음이 불과 2주 정도 흘렀을 때, 은석은 결국 도우미를 가장하고 본가에서 지내던 옥 여사를 진건에게 소개했다. 그 후 진건에게는 그동안 한 번도 만나 보지 못했던 동생이 둘씩이나 생겼고, 이 세상에 믿을 만한 사람이란 없다는 사실을 알게 되었다.

한동안은 저를 이 악마 같은 소굴에 홀로 두고 간 어머니를 죽도록 미워했다. 그러나 차츰 나이가 들고, 시간이 흐를수록 그녀의 편이 되어 주지 못했던 자신이 미워졌다.

후회했다. 날이 가면 갈수록, 매일같이.

어째서 자신은 그런 말을 했던 걸까. 만약 '엄마의 비지찌개가 아니면 안 먹을래!' 라는 말 정도만 했더라면…… 그녀의 죽음을 막을 수 있지 않았을까.

비지찌개.

진건의 인생에 있어서 다시는 그 음식을 먹을 일이 없다고 생각했다. 먹고 싶지도 않았고, 먹을 의지조차 없었다. 의식적으로 메뉴를 피하고 외면했다. 그것은 진건이 서른셋이 된 지금까지 이어졌다.

'비지찌개라.'

만약 진건이 그 음식을 먹었다는 것을 장 회장이 알게 된다면, 기함할지도 모르겠다. 진건은 쓰게 웃으며 눈을 내리감았다. 진건의 법적인 아내가 된 새벽은 그 후로 이틀을 더 비지찌개를 만들어 주었다.

맛에 대한 평을 하자면 몹시 괜찮았다. 아니, 사실은 맛있었다. 어머니가 만들어 준 서툴렀던 비지찌개에 비교한다면 훨씬. 그런 어머니의 요리에 익숙해졌고, 또 저 역시 싱거운 것을 좋아하다 보니 그녀가 만들어 준 비지찌개가 짜게 느껴진 것이다.

어머니는 요리를 못했다. 겨우 할 줄 아는 것이 어떻게 된 셈인지 비지찌개였는데, 안타까울 만큼 그것도 잘 만들지 못했다.

그것을 감안했을 때 새벽은 그의 어머니에 비해 매우, 아니 정말로 요리를 잘하는 편이었다. 그녀가 했던 말대로 괜히 호텔 주방장에게 개인레슨을 받은 게 아니겠지.

「장진건 씨, 좀 싱겁게 드시는 편이죠? 드셔 보세요. 이젠 입맛에 좀 맞을 테니.」

「바쁘다는 핑계 대지 말고, 여기 앉아요.」

「내일은 뭐 먹고 싶어요?」

「기브 앤 테이크. 이렇게 매일같이 아침을 차려 주는 이유가 있으니 그러는 거예요. 나중에 저녁 사 달라고 할 거니까, 잔말 말고 드시고 가세요.」

생글생글 웃으며 새벽은 매일 저보다 훨씬 이른 시간에 일어나 아침을 준비했다. 그간 아침은 거르고 회사로 출근했던 진건에게는 꽤나 생소한 광경이었다. 집을 청소해 줄, 그리고 반찬을 만들어 줄 가사 도우미는 있기는 했지만 제게 아침을 만들어 주는 사람은 없었으니까.

이런 건 차라리 도우미 아주머니를 시키면 된다고, 굳이 일찍 일어나 아침 준비를 할 필요가 없다 말해도,

「무슨 소리. 한국 사람들은 아침을 먹고 다녀야 해요. 그래야 힘이 난다고요! 게다가 이렇게 이른 시간부터 아주머니를 수고시킬 필요 있어요? 제가 충분히 할 수 있는데. 어차피 저 먹는 김에 같이 차리는 거라니까요?」

새벽은 커다란 눈을 동그랗게 뜨며 그를 향해 검지를 좌우로 까딱이곤 했다. 아침을 밝히는 새벽은 눈부셨다. 가슴이 따끔거릴 만큼, 은은하게 스며드는 그녀를 마주하면 저도 모르게 입꼬리가 올라갔다.

하지만 그뿐이다. 진건은 반쯤 올라간 입매를 다시 평상시처럼 유지하며 새벽을 마주했다.

'착각해선 안 돼.'

그가 알고 있는 우새벽이라는 여자는 성급한 면이 없잖아 있지만, 태생적으로 밝은 여자였다. 맑고 순진했다. 수많은 사람들에게서 사랑을 받은 티가 났으며, 그로 인해 주변까지 환하게 물들이는 사람이었다. 진심을 다해 웃으며 어서 앉으라는 그녀를 향해 티를 내서는 안 됐다.

그녀가 제게 이토록 상냥하게 대해 주는 것은 '계약'의 일부일 테니까. 오해해서는 안 됐다.

그녀는, 그에게 '그것'을 줄 리 없다.

그러니까 나도—

'착각해선…… 안 돼.'

❖

"억!"

부드럽게 불어오던 바람이 멈춘다.

깊은 상념에서 벗어나 스르륵 눈꺼풀을 올린 진건은 자신의 정면에서 실실 웃고 있는 한 남자와 눈이 마주쳤다. 진건을 보고 돌처럼 굳어 버린 남자는 그의 매섭고 날카로운 시선에 하하, 어색하게 웃으며 고개를 까딱였다.

진건은 서늘한 표정을 지으며 입을 열었다.

"한 비서."

"예?"

"언제 왔지?"

"하, 하하. 좀…… 전에."

진건의 비서로 일하고 있는 영우는 멋쩍은 미소와 함께 뒷머리를 긁었다. 진건은 싸늘하게 코웃음 치며 중얼거렸다.

"왔으면 말을 하지 그랬나."

"하지만 본부장님!"

차가운 진건의 말에 움찔하던 영우는 눈에 힘을 주며 소리쳤다.

"본부장님께서 워낙 행복한 표정을 짓고 계시는데, 비서 된 도리로 어떻게 그걸 깨뜨리겠습니까!"

"……뭐?"

과장된 몸짓과 얼굴로 외치는 영우의 말에 어이가 없어졌다.

'행복한…… 표정?'

진건은 인상을 쓰며 유리 창문을 흘긋거렸다. 햇살이 스며들고 있는 창문에 비친 자신의 딱딱한 모습이 시야로 들어왔다.

'내가 행복한 표정을 짓고 있었다고?'

"무슨 생각을 하신 겁니까?"

영우가 미묘한 얼굴의 진건에게 슬그머니 다가오더니 물었다. 진건은 눈을 가늘게 뜨며 그를 쳐다봤다. 영우는 억울하다는 듯 손을 휘휘 내저으며 외쳤다.

"캐묻는 게 아니라, 순수하게 궁금해서 말입니다!"

"한 비서는 몰라도 돼."

"아아, 본부장니임!"

어디서 앙탈인지. 진건이 입을 쭉 내미는 영우를 냉랭하게 응시하자, 영우의 얼굴에서 웃음기가 사라졌다.

"오늘 읽으셔야 할 것들입니다."

유능한 비서처럼, 들고 있던 파일들을 몽땅 다 건네 버린 영우는 완벽한 사무원의 모습이다. 진건은 일순간에 태도를 변환한 영우를 빤히 응시하다 그가 건넨 서류들을 읽기 시작했다.

"윤 팀장 말로는 다음 주 내로 모든 일이 마무리될 거랍니다."

"우화?"

"예. 그리고 우리 쪽 사람들을 얼마나 보내야 할지 본부장님께 여쭤봐 달라던데요?"

진건은 제 대답을 기다리는 영우에게 답했다.

"말했다시피 우화의 인사에 대해서는 관여하지 않는다. 이름만 합치는 거고, 엄연히 별개의 회사로 키울 거니까."

"아."

"윤 팀장에게도 그렇게 전하도록 해. 유단과 우화가 한 계열사라는 걸

인지할 수 있게 연결 고리가 될 만한 사람 몇 명만 보내 두도록 하고"

"네, 알겠습니다. 그리고……."

그리고?

"혹시 사모님께 못 들으셨습니까?"

사무적인 태도에서 벗어난 영우의 눈동자가 다시금 번뜩였다. 진건은 의심스러운 그의 태도와 이어진 낯선 단어에 멈칫하며 영우를 올려다봤다. 영우가 주위를 두리번거리더니 마치 은밀한 정보라도 건네듯 입가에 손을 대며 속삭였다.

"대한대학교에 다니고 있는 저의 비밀 정보원이 알려 준 바에 의하면 이번 주 주말, 그러니까 토요일 밤 8시에 '자랑스러운 대한 경영인의 밤'이 열릴 예정이랍니다."

"……."

"오늘이 금요일이니, 토요일 밤이면 이제 하루 남았군요!"

영우는 씩 웃었다. 진건은 인상을 썼다.

"그래서?"

"그래서긴요! 거기에 사모님도 참석하신다는 소문이 파다하단 말입니다!"

진건의 눈이 조금 커졌다. 영우는 한숨을 푹 내쉬었다.

"제가 그럴 줄 알았습니다. 완전히 모르고 계셨던 거죠?"

진건은 대답하지 못했다. 영우는 말했다.

"곧 졸업할 19기들뿐 아니라, 이전 기수들까지 모여서 간단한 사교 파티를 열 예정이더라고요. 헌데 문제는…… 그게 부부, 혹은 연인 동반 모임이라는 겁니다."

"……."

"흐음. 정말 소문대로 사모님께서 참석하신다면 누구랑 참석하실 건지…… 아! 그렇게 보지 마십시오. 저는 어디까지나 들은 바를 본부장님께 알려 드리는 것뿐입니다. 결코 다른 의도는……."

"한 비서. 아니, 한영우."

"예?"

영우가 저를 부르는 진건을 발견하고선 흠칫 놀란 표정을 지었다. 진건은 감정이라고는 느껴지지 않는, 서늘하고도 차가운 눈동자로 영우를 응시하더니 붉은 입술을 달싹였다.

"나 몰래 나서는 건 거기까지 해."

"보, 본부장님!"

"행여나 새벽이한테 쓸데없는 소리를 하거나, 쓸데없는 짓을 하다 들키면."

"……."

"나 다시 너 안 본다."

"……!"

"농담 아니야."

진건은 그 말을 뱉어 낸 직후 자리에서 벌떡 일어났다.

"어, 어디 가십니까!"

영우가 울먹이는 목소리를 내며 진건의 뒤를 따랐지만, 그는 대꾸하지 않았다.

❖

"새벽 씨! 그럼 내일, 이든 호텔에서 봐!"

한 주를 마무리 짓는 금요일 수업이 끝나자마자 태진과 19기 동기들이 손을 흔들며 사라졌다. 새벽은 공손히 인사를 한 뒤, 무리를 꾸리며 사라지는 그들의 뒷모습을 한동안 지켜봤다.

'내일…….'

벌써 내일이네.

우물쭈물하는 사이, 시간은 다가왔다. 요 며칠 동안 경영인의 밤에 대한 이야기를 꺼낼 기회는 수도 없이 많았지만 어쩐지 입이 열리질 않았다.

아침식사를 차려 주면서 진건에게 경영인의 밤에 함께 참석해 달라며 요구할 수 있었지만, 그의 냉랭한 얼굴을 마주하면 말이 저절로 안으로 삼켜졌다. 부부라고는 하지만 필요에 의해 맺어진 관계였고, 철저하게 을인 입장인 자신으로서는 진건에게 자신의 사적인 모임에 함께해 달라고 부탁할 수는 없었다.

그렇게 어영부영하다 보니 어느덧 내일, 태진이 말했던 예의 '경영인의 밤'이 찾아온 것이다.

지이잉 울리는 핸드폰의 진동에 새벽은 눈을 아래로 내렸다.

[사모님. 5분 뒤 도착할 것 같습니다.]

진건의 비서로 일하고 있는 영우가 친절하게도 그녀에게 문자를 보내왔다. 아마도 회사에서 진건을 태우고 함께 이곳으로 오고 있을 것이 분명한 그에게 '감사합니다, 한 비서님.' 하고 짧게 답변을 하고 있을 때였다.

"못 보던 핸드폰이다?"

굳이 뒤를 돌아보지 않아도 그 말을 누가 꺼낸 것인지는 충분히 짐작 가능했다. 소름이 오소소 돋아나 뒤를 돌아볼 생각조차 하지 않았다. 새벽은 말없이 그 말을 무시하고는, 영우에게 문자를 전송하는 행위를 이어갔다.

"내 말 안 들리니?"

"……."

"우새벽!"

그녀의 입술 사이로 흘러나오는 제 이름에 소름이 돋는다. 새벽은 얼굴을 찌푸렸다.

"조금 전 반장 오빠가 너한테 한 말. 이든 호텔. 너도 거기 참석하는 거야?"

계속해서 제게 말을 걸어 대는 그녀의 음성에도, 새벽은 여전히 입을 다물었다. 결국 황당하다는 듯 숨을 흘리던 은비가 어느새 새벽의 옆까지 다가왔다. 그녀는 저를 완벽하게 무시하고 있는 새벽에게 말을 거는 것을 주저하지 않았다.

"그리고 어제 나한테 고소장이 도착했던데."

그것은 사실이었다.

"너 정말 나 고소한 거야? 나한테 이렇게까지 하는 거니?"

소장을 받았을 텐데도 이런 소리를 하다니. 참으로 바보 같은 말이었다.

변호사랑 얘기하라고 말하고 싶었지만, 입술을 움직이는 수고를 덜고 싶었다. 새벽은 더 이상 대응을 해야 할 가치를 못 느끼며 그녀에게서 멀어지려 했다.

"우화! 파산 위기 넘긴 거, 정말 유단 때문이지?"

하지만 이어지는 그 말에 그만 걸음을 멈추어 버렸다. 새벽이 동요한다는 것을 깨달은 은비가 호호 웃으며 붉고 탐스러운 입술을 달싹였다.

"나 너 그렇게 안 봤는데, 의외로 영악하다?"

새벽의 눈동자가 요란하게 요동쳤다. 은비는 말했다.

"순진하게 생겨서는 남자 하나는 진짜 잘 문단 말이지."

"……."

"결혼도 평범하게 할 거라며 노래를 불러 대던 네가, 결혼을 하는 데 있어선 사랑만 있어도 된다고 노래를 불러 대던 네가, 우리들 중에서도 가장 깨끗한 척을 하던 네가…… 그런 네가 가장 이 세계다운 결혼을 해 버렸네. 그지?"

"……."

"나한테만 솔직히 말해 봐. 너 그날 처음 장 본 만난 거 아니지? 왜, 너네 고모님이 놔 줬다던 그 다리, 사실은 네가 다 수 써 놓은 거지? 이야, 어떻게 그랬대? 아니 이상하잖아. 내가 알고 있는 유단의 장 본은 여자라고는 쳐다보지도 않는 남잔데, 어떻게 너한테 결혼을 먼저 제안하냐고! 그 남자와 결혼을 하고 싶어서 줄 선 여자들이 얼마나 많은데, 그 남자가 미치지 않은 이상…… 뭐, 뭐야!"

새벽은 저를 자극하려는 것이 분명한 은비를 향해 핸드폰을 들어 보였다. 은비가 흠칫 놀라 뒤로 물러나자, 그녀는 빙긋 웃었다.

"녹음."

"……뭐?"

"폭행죄에 이어 명예훼손죄까지 추가하고 싶지 않으면, 꺼져."

"……!"

"그리고 강은비. 내가 아직 말 안 했니? 안 했다면 이번에 확실하게 말해 줄게. 나 너랑 더 이상 친구 안 하니까 말 걸지 말아 줘. 너랑 대화하면 소름이 돋아서. 이거 봐. 온몸이 너를 거부하잖아."

새벽은 자신의 팔을 콕콕, 가리키며 말했다. '명예훼손죄' 라는 죄목이 추가될지도 몰라서인지 입술만 깨물며 바들바들 떨고 있던 은비가 수치심에 휩싸여 있는 사이, 새벽은 몸을 돌렸다.

'귀찮아.'

한동안 조용하다 싶었는데, 어제부터 다시 학교에 나온 은비 때문에 두통이 인다. 좋든 싫든, 앞으로 두 달하고도 몇 주는 더 그녀를 마주해야 했던 터라 더더욱. 무시할 수밖에 없다.

새벽은 저 멀리 보이는 진건의 차에 안도를 느끼며 손을 들려 했다.

"나…… 나도 참석할 거야!"

은비가 큰 소리로 외쳤다.

"경영인의 밤! 재혁 씨랑 같이!"

결국 듣고 싶지 않았던 소식까지 들어 버렸다. 새벽의 얼굴이 차갑게 굳어졌다. 은비는 소리쳤다.

"듣자하니, 유단의 장 본부장은 자기 회사 경영진들 파티 정도가 아니면 참석을 안 한다던데. 일개 대학원생들 파티에 참석하려나 몰라?"

"……."

"와서 망신당하지 말고, 오지 말라고, 미리 말해 주는 거라고! 잘 생각해. 알았어?"

새벽은 제 말만 내뱉은 후, 흥 하고 가 버리는 은비를 황당하게 응시했다. 뭐 저런 애가 다 있지?

"사모님!"

이윽고 새벽의 앞에 도착한 차에서 영우가 내렸다. 저를 부르는 영우의 외침에 시선을 돌린 새벽은 '무슨 일 있으십니까?' 하고 묻는 영우에게 아무것도 아니라는 듯 옅은 미소를 지어 주었다.

재수 옴 붙었다.

❖

[죄송해요, 반장님. 저 아무래도 참석 못할 것 같아요.]

토요일 오전, 새벽은 태진에게 문자를 보냈다.

[새벽 씨. 혹시 부담스러워서 그래?]

[네?]

[신랑 보여 주는 게 부담스러워서 그러면…… 에이, 좋아! 그냥 새벽 씨 혼자라도 오도록 해! 부부나 연인 동반 모임이긴 하지만, 오늘 파티는 우리 동기들을 위한 파티라고. 교수님들도 오실 거고, 선배들도 올 거야. 새벽 씨가 앞으로 이 세계에서 훌륭하게 성장하려면 오늘 파티에 나와서 인맥을 맺는 것도 중요하단 말이지. 그러니까 가급적 참석해 줬음 좋겠어. 난 새벽 씨를 좋은 선배들한테 소개해 주고 싶단 말이야!]

새벽의 집안에 대해 알지 못하는 태진은 어떻게 해서든 그녀에게 좋은 기회를 만들어 주고자 했다.

작년, 새벽과 함께 조별 활동을 하다 친해져서인지 태진은 저보다 한참은 어린 새벽을 제 동생처럼 예뻐해 주었다. 그의 고마운 마음을 외면할 수도 없었던지라, 결국 새벽은 '알겠어요. 저녁에 뵐게요.' 라고 답을 할 수밖에 없었다.

'하아.'

가끔 찾던 이든 호텔이 왜 이렇게 커다랗게 느껴지는 건지 모르겠다. 파티에 어울릴 만한 드레스가 아닌, 블랙 정장을 입은 채 택시에서 내린 새벽은 환한 불빛이 흘러나오는 로비를 멀뚱히 응시하며 긴 숨을 흘렸다.

'결국 혼자 와 버렸네.'

태진의 말대로 미래의 경영인이 되기 위한 발판으로는 이 모임 만큼 좋은 자리가 없다. 그러나 진건과의 계약이 완료될 때까지는 제 꿈을 펼치기엔 무리가 있었던 자신이, 과연 이곳에 참석해도 되는 건지에 대한 걱정이 든다.

차라리 진건에게 도움을 요청하는 것이 나았을까?

새벽은 아마도 파티에 참석하기 위해 들어가고 있는 듯한 몇몇 사람들을 흘긋거리며 생각했다.

아냐. 그래도…….

'바쁠 테니까.'

진건에게 도움을 요청하는 것에 대해 생각하지 않은 것은 아니었다. 하지만 아무리 생각해도 그에게 이번 일에 대해 말을 꺼내는 것은 너무도 큰 실례처럼 느껴졌다.

진건은 토요일에도 일을 하러 나가는 사람이었다. 아버지인 우 회장이 가정에 충실하면서도, 회사를 운영하기 위해 주말도 마다 않고 나갔던 것을 떠올려 보면 충분히 이해가 갔다.

그는 틀림없이 우 회장보다 더한 워커홀릭이겠지. 그러니 그 자리를 유지했던 거고, 더 큰 자리를 목표로 하는 거다. 그런 사람에게 제 일을 떠넘길 순 없었다.

물론 오늘 아침, 진건이 이해가 되지 않는 말을 하기는 했었지만.

「할 말 없어?」

「무슨 말이요?」

「…….」

「장진건 씨?」

「아니야. 저녁에 보지.」

「아, 저, 저녁에는 약속이 있어서 조금 늦게 들어올 것 같아요. 그러니 기다리지 마시고 먼저 주무세요.」

「……저녁에 봐.」

저녁에 보자는 그 말이 꽤나 신경 쓰였지만, 크게 의미를 두진 않았다. 진건이 이런 사소한 일까지 관심을 가질 일은 없었으니까.

'일단 왔으니까 얼굴만 좀 비치다가 돌아가지 뭐.'

어쩌면 제가 오랫동안 자리를 비우는 것을 원하지 않았기에 그런 말을 한 건지도 모르겠다. 하긴. 갓 결혼한 신부가 홀로 밖에서 파티를 즐기고 있는 모습을 다른 이들이 목격하면 좋게 보일 리는 없지. 새벽은 쉽게 수긍하며 이든 호텔 로비로 걸음을 뗐다.

[우새벽 씨. 어디지?]

진건의 문자가 온 것은, 새벽이 막 로비로 들어선 후 '경영인의 밤' 이 열리는 연회장으로 올라가기 위해 엘리베이터 앞에 서 있을 때였다. 새벽은 그 문자에 답을 하려고 손가락을 움직였다.

"새벽아."

쿵.

가슴이 철렁거린 이유는 간단했다. 그 목소리가 너무 귀에 익었고, 여전히 그녀의 심장을 멈추게 만들었으니까.

사랑이라고는 분명 남지 않았다 생각했는데, 본능적으로 반응해 버렸다. 틀림없이 애정이라곤 없었다. 증오라면 모를까. 저를 배신한 걸로도 모자라 친구까지 앗아 가 버린 자에 대한 원망이 솟구쳐 분노가 치밀어

올랐지만, 새벽은 내색하진 않았다.

이를 악물었다. 만약 흔들린다면 멍청한 거다.

새벽은 4층에 머무르며 도통 내려올 생각을 않는 엘리베이터의 전광판만 뚫어져라 응시했다.

"전화…… 안 받더라."

은비가 말했었다. 재혁과 함께 이 파티에 참석할 거라고. 그러니 그녀의 파트너로서 온 거겠지. 그럼에도 불구하고 뻔뻔하게 제게 말을 걸어대는 이 정신 나간 남자에게서 멀어지고 싶었다. 엘리베이터는 아직 내려올 생각을 않았다.

"새벽아."

제길.

"내 이름 부르지 마."

"……!"

"토할 것 같으니까."

빈말이 아니라, 정말로 구역질이 났다. 역겨운 무언가가 가슴 밑바닥에서부터 올라와 속이 메스꺼워졌다. 새벽은 뒤도 돌아보지 않고 말했다. 마침 엘리베이터가 1층에 도착했다. 새벽은 일말의 망설임도 없이 엘리베이터 안으로 들어가려 했다.

재혁은 그런 새벽의 어깨 위로 손을 덥석 얹었다. 그의 손이 닿은 부위에서 지독한 경멸감이 일어 새벽은 결국 뒤를 돌아봤다.

"뭐야!"

"할 말 있어. 너한테."

짜증을 내는 그녀에게 재혁이 굳은 얼굴로 입을 열었다.

할 말? 우스웠다. 무슨 할 말. 네가 할 말이 뭐가 있는데?

눈앞이 아찔해졌지만, 새벽은 견뎌 냈다. 그녀는 제 어깨를 붙잡은 재혁의 손을 탁, 내리치고선 눈을 부라렸다.

"꺼져."

"……."

"알은척도 하지 마. 너랑 말 섞기도 싫어. 더러워."

"새벽아."

"내 이름 부르지 마. 토할 것 같단 말 못 들었어?"

무엇을 잘했다고 그리도 이름을 불러 대는 건지. 그의 입술 사이로 흘러나오는 제 이름이 더럽게 느껴진 것은 처음이다. 새벽은 주먹을 세게 움켜쥐었다.

"그렇게 보지 마. 나는……!"

"재혁 씨?"

최악의 타이밍.

새벽은 눈을 질끈 내리감았다. 새벽의 눈앞에는 2개의 엘리베이터가 있었는데, 그녀가 막 올라타려던 엘리베이터와 지하 주차장에서 올라오던 엘리베이터가 바로 그것들이었다.

드르륵 열리는 또 다른 엘리베이터 문 사이로, 은비가 나타났다. 재혁에게 반갑게 손을 뻗으려던 은비가, 그의 옆에 서 있는 새벽을 발견하고선 인상을 쓰는 것이 보였다.

새벽은 두 사람을 의심스러운 눈으로 바라보고 있는 은비에게 흥 코웃음을 치며 말했다.

"위에서 알은척하면, 죽여 버릴 거야. 나 한다면 하는 사람인 거 알지?"

새벽은 식칼을 들었던 그날을 떠올리라는 듯, 재혁과 은비에게 번갈아 웃어 주고선 은비가 탄 엘리베이터가 아닌 다른 엘리베이터에 올라탔다.

"재랑 무슨 얘기 했어?"

"……."

"재혁 씨!"

닫히는 엘리베이터 문 사이로 은비가 신경질적인 목소리를 흘리는 게 들렸지만, 새벽은 못 들은 척했다.

'아, 그렇지. 문자.'

밤 8시가 되자마자 화려하게 막을 올린 '자랑스러운 대한 경영인의 밤' 에 도통 집중할 수가 없었다. 저 보란 듯이 재혁의 옆에 철썩 붙어서는 부담스러울 정도로 스킨십을 이어 가고 있는 은비가 신경 쓰이는 것은 둘째 치고서라도, 계속해서 저를 바라보는 재혁의 시선이 느껴져서인지 더욱더.

결국 30분만 더 있다가 태진에게 말해서 집으로 돌아가려던 새벽은 뒤늦게 진건에 대한 일을 떠올렸다. 진건에게 답을 한다는 것을, 하필이면 상종 못할 두 연놈들을 만나는 바람에 까맣게 잊고 있었다. 답을 해야 하는 시간이 무려 1시간이 넘게 지체되었으므로, 아마 많이 기다렸을 것이 분명하다.

'이런.'

얼른 핸드폰을 들고 액정을 내려다보니 부재중 통화가 4통이나 걸려와 있었다. 상대는 진건이었다. 새벽은 쓴웃음이 흘러나오려는 것을 참고선 그에게 전화를 하려 했다.

"왔구나, 새벽 씨!"

타이밍 한번 제대로네.

오늘은 어찌 된 셈인지 제가 하려던 일들이 모두 미묘하게 어긋나 있었다. 진건에게 전화를 하려는 순간 저를 부르는 태진의 목소리에 새벽은 결국 들고 있던 핸드폰을 다시 집어넣어야 했다.

태연해지자.

새벽은 제게로 다가오는 태진을 비롯한 동기들을 발견하고선 싱긋 눈웃음을 그렸다.

"반장님. 언니, 오빠들."

"우리 김 반장이 새벽 씨 안 올지도 모른다고 해서 얼마나 걱정했는데! 시간이 난 거야?"

태진과 함께 새벽과 한 조를 이루었던 선영이 인사를 하는 새벽을 보고 미소를 지었다. 새벽이 '네.' 라고 대답하자, 선영의 곁에 있던 원준이 주위를 두리번거렸다.

"어? 그런데 새벽 씨…… 왜 혼자야?"

"네?"

"신랑은? 신혼 아니었어?"

아.

"설마 혼자 온 거야? 난 오늘 새벽 씨 신랑 만날 수 있을 줄 알았……."

"쉿, 원준 씨!"

의아해하는 원준의 말을 듣던 태진이 입술 위로 검지를 가져다 대며 주의를 줬다. 태진이 미처 말하지 못했다며, 새벽에게 미안해하는 표정을 지어 보였다. 새벽은 옅게 웃으며 괜찮다는 눈빛을 보냈다.

그러나 불행히도 한번 가라앉은 분위기는 쉽게 깨어지지 않았다.

"어머. 다들 모르고 계셨나? 새벽이 남편분은 이런 곳에 오실 분이 아니세요."

그때였을까. 새벽은 침묵을 깨뜨리다 못해 처참하게 무너뜨리는 음성을 듣고선 미간을 좁혔다. 재혁의 팔에 팔짱을 끼고선, 그들을 향해 사뿐사뿐 걸어오고 있던 은비가 낭랑한 목소리를 흘려 댔다. 새벽의 눈이 차갑게 일렁였다.

“그게 무슨 소리야, 은비 씨?”

“아, 그렇지. 은비 씨는 새벽 씨 신랑에 대해서 잘 알겠다. 새벽 씨 신랑, 어떤 분이셔?”

“맞아. 우리 새벽 씨를 갑자기 낚아 갔으니, 틀림없이 괜찮은 남자겠지?”

“착한 새벽 씨, 아무한테 못 주지!”

은비의 말을 들은 동기들이 하나둘씩 그들에게 모여들며 외쳤다. 새벽의 얼굴이 굳어 가는 것을 흘긋거리던 은비가 더욱 크게 웃으며 말했다.

“그러게요. 괜찮은…… 남자. 뭐, 괜찮은 남자겠죠. 너무 바쁜 회사원이라 그렇지. 그래도 그렇지, 바빠도 변호사만큼 바쁠까. 안 그래요, 재혁 씨?”

새벽을 평범한 학생인 줄로만 아는 동기들이 의아한 표정을 지었다. 만약 모든 것이 드러나지 않았더라면, 어쩌면 새벽의 남자 친구로 이곳에 참석했을지 모르는 재혁의 팔을 끌어당기며 은비가 실소를 터뜨렸다.

망할 년. 주변에 식칼이 있다면, 다시 그것을 들고 싶을 정도다.

그러나 우아해져야겠지.

새벽은 들끓는 화를 억지로 억누르며 스스로를 달랬다.

“아, 맞다! 은비 씨 남자 친구분, 변호사라고 하셨죠?”

“두 사람 어떻게 만난 거예요?”

“잘 어울리네!”

간혹 새벽을 데리러 학교에도 찾아온 적이 있었던 재혁이지만, 동기들은 그것을 알아보지 못했다. 왠지 쓴웃음이 났다. 제 남편에 대한 이야기를 저렇게 순식간에 바꾸어, 제게로 화제를 집중시키는 은비의 유도력에 대해서는 박수를 쳐 주고 싶을 정도다.

아무래도 가 봐야겠어. 이대로 있다가는 은비가 재혁을 앞세워 코를 높이는 모습만 보게 될지도 모르겠다.

질투가 나기보다는 제 앞에서 그런 짓을 하는 은비와 재혁의 태도에 경악해서 더는 이곳에 있기가 싫어졌다.

"저기, 반……."

"새벽아."

……어?

"왜 전화를 안 받아. 몇 층인지 몰라서 한참을 찾았잖아."

……어어?

오늘은 놀람의 연속인가.

새벽은 두 눈으로 보고도 쉽게 믿어지지 않는 광경에 입을 쩍 벌렸다. 물론 그것은 새벽뿐만이 아니다.

"자, 장진……!"

제게로 주목된 시선이 새벽을 부른 웬 남자의 등장으로 인해 다시 새벽에게 쏠리자, 얼굴을 구기던 은비의 입술 사이로도 당혹감이 서린 외침이 흘러나왔다. 새벽은 평소 짓지 않던 부드러운 미소와 함께 제 앞으로 걸어오는 남자를 보고 눈을 큼지막하게 떴다.

두근두근. 분노로 부글부글 끓던 심장이 금세 미친 듯이 타올랐다. 이번에는 불쾌감보다는 놀람으로 인해.

"기다렸지?"

넋을 놓아 버린 새벽에게 그가 유려하게 웃었다.

탁. 어느새 새벽의 코앞까지 다가온 진건은, 그의 얼굴에선 도저히 흘러나오지 않을 것 같은 다정한 미소를 지으며 그녀에게 말했다. 새벽은 멍하니 눈만 깜빡거렸다.

이게 꿈인가, 생신가.

아니 그것보다.

"어, 어떻게 오신 거예요!"

새벽은 제 허리를 감싸며 미소 짓는 진건에게 그에게만 들릴 목소리로 외쳤다. 입꼬리를 올린 채 '우새벽 씨 남편, 장진건입니다.' 하고 사람들에게 소개를 하던 진건이 그녀의 귀에 대고 소리를 내뱉었다.

"그건 나중에 설명하도록 하고. 우새벽 씨."

"예?"

"자연스럽게 행동해. 진짜 부부처럼. 그리고…… 저 남자, 너무 쳐다보지 않는 게 좋겠어."

진건은 정확히 은비 옆에 서 있는 재혁을 흘긋거리며 서늘하게 말했다.

"아니. 아예 쳐다보지 마."

"네?"

분명 웃고는 있지만, 불꽃이 튀기는 것 같은 진건의 눈빛에 새벽은 멈칫했다. 그는 눈을 크게 뜨는 새벽에게 말을 이었다.

"농담 아니야."

"자, 장진건 씨?"

"질투하는 거야. 그러니까. 지금 이 순간부터는……."

저를 삼킬 듯 내려다보던 진건이 속삭인다.

"나만 봐."

❖

새벽은 제 옆에 서서는 말없이 사람들을 주시하고 있는 남자를 힐끔거렸다. 그저 가만히 서 있을 뿐이건만, 남다른 분위기를 풍겨 대고 있는 그의 모습이 어쩐지 밝고 가벼운 이곳의 분위기와는 사뭇 달라 보여 괜히 신경 쓰였다.

잠깐 그와 이야기를 하겠다며 이리로 불러냈건만 왜인지 입이 열리지 않아 미칠 지경이다. 자신을 데려와 놓고도 계속 우물쭈물거리는 새벽에게 그는 어떤 말도 하지 않고 있었다.

어휴. 하는 수 없이 숨을 크게 들이마신 새벽은 여전히 검은 눈으로 사람들을 쳐다보고 있는 그를 향해 어렵게 말을 꺼냈다.

"미안……해요."

그제야 아주 서서히 칠흑의 눈동자가 새벽에게 꽂혔다. 차마 얼굴을 들 수 없어 바닥만 보고 중얼거리자 곁에 서 있던 남자가 음성을 흘렸다.

"뭐가."

"말하지…… 않은 거."

"알긴 아는군."

겨우겨우 뱉어 낸 말에 그가 냉담하게 중얼거렸다. 새벽은 쓴웃음을 그렸다.

어떤 표정을 짓고 있을까?

슬며시 고개를 들어 진건이 있는 쪽을 응시하자, 아니나 다를까 미간을 좁히고 있는 그가 보였다. 진건은 새벽에게만 들릴 목소리로 말했다.

"우새벽 씨는 아무래도 똑똑히 인지하고 있는 게 좋겠어. 우새벽 씨가 원한 사람은 아니겠지만, 지금 우새벽 씨의 남편은 나라는 걸 말이지."

틀린 것이 하나 없는 말이었다. 새벽은 긴 한숨을 내쉬며 붉은 입술을 달싹였다.

"하지만 폐를…… 끼치고 싶지 않다고 생각했어요."

"폐?"

"……바쁘실 테니까."

그와 같은 지위를 가진 사람들이 으레 그렇듯, 진건 역시 바쁠 것이라고 저 혼자 결론을 지어 버렸다. 어쩌면 그것이 새벽의 실수였던 건지도.

그녀는 진건이 이렇게 화가 났을 줄은 몰랐다. 생각해 보면 그의 입장도 이해가 간다. 아무리 사랑 없는 부부 사이라지만 남편에게 말하지 않고 이런 모임에 참석을 했으니, 저를 속였다고 생각했던 건지도 모르지.

힐끔. 한 번 더 그를 흘긋거리자 굳은 얼굴로 저를 내려다보고 있는 진건이 시야로 들어왔다. 새벽은 심장이 콩콩 뛰는 것을 느끼며 더더욱 머리를 아래로 숙였다. 그러자 몇 초 지나지 않아 진건의 딱딱한 음성이 귀를 울렸다.

"이런 폐는 괜찮아."

조금 전보다는 훨씬 상냥한 어조다. 새벽은 그의 말에 귀를 기울였다.

"싫다면 내가 먼저 사양할 테니, 이런 일이 있으면 주저 말고 말하도록 해. 단순 모임도 아니고, 부부 동반 모임이야. 나와 우새벽 씨의 결혼을 알고 있는 사람들도 있는데, 내가 우새벽 씨의 곁에 없다면 어떻게 보이겠어? 아니면…… 혹시 우새벽 씨의 눈에는 내가 이런 부탁도 들어주지 않을 사람처럼 보이나?"

'네, 완전.' 이라는 말은 입술 밖으로 새지 않는다. 새벽은 대답 대신 진건을 올려다봤다. 진건은 미간을 좁힌 채 말을 이었다.

"하지만 만약……."

응?

"만약 우새벽 씨가…… 후일을 대비해서 그래서 나와 거리를 두고 싶어 오늘의 모임을 말하지 않은 거라면. 그래서였다면, 좋아. 이번 한 번은 넘어가도록 하지. 그렇지만 다음번에는……."

"그럼 정말 이런 자리에 당신을 불러도 되는 거죠?"

진건은 새벽이 그를 빤히 쳐다보며 묻는 말에 픽 웃어 버렸다. 새벽은 조금 전, 사람들의 앞에서 제게 그려 보였던 그 미소와 약간은 비슷해 보이는 진건의 눈웃음에 깜짝 놀랐다. 진건은 아직 자신이 웃고 있다는 것을 눈치채지 못했는지 고개를 끄덕이며 말했다.

"지금까지 내 말을 무엇으로 들은 거야?"

진건이 그녀의 이마에 손가락을 탁 튕겼다. 예상하지 못했던 그의 행동에 눈을 동그랗게 뜨던 새벽은 이윽고 들려오는 그의 목소리를 캐치했다.

"돼."

"……!"

"난 계약이 끝날 때까진 우새벽 씨의 남편이니까. 무조건적인 당신 편이니, 이런 부탁은 해도 된다고."

얼마든지.

지난 며칠 동안, 어떻게 이 일을 말해야 할까 고민하고 또 고민했다. 그러다 결국 말하지 못했다. 철저히 제가 처리해야 할 일이라고 생각했으니까. 그래서 홀로 왔고, 혼이 나 버렸다.

둘만 있게 되자 저에게 화난 기색을 숨기지 않던 진건은 이제 조금 노기가 가신 것 같다. 새벽은 빙긋 웃으며 '앞으론 하나도 안 숨길게요!' 하고 외친 뒤, 문득 생각 난 것이 있어 입술을 달싹였다.

"그런데 장진건 씨."

"왜."

"제가 여기 있는 건…… 어떻게 알았어요?"

"뭐?"

"저, 장진건 씨한테 오늘 일에 대해 말한 기억이 없는데."

진건의 성격상 그녀의 핸드폰을 몰래 봤다든가 하는 짓은 결코 할 리 없다. 그렇다고 자신이 은연중에 모임이 있다고 말을 한 적도 없었고. 그런데 대체 어떻게 여기에, 그가 그리도 그림처럼 나타난 거지?

새벽은 스치는 의구심에 눈을 깜빡이며 진건의 대답을 기다렸다. 진건의 냉막한 얼굴에 아주 살짝 당혹의 그림자가 스쳤다. 새벽이 눈을 말똥말똥 뜨며 그의 입술만 뚫어져라 응시하자, 미간을 꿈틀거리며 헛기침을 하던 그는 이내 아무렇지도 않은 태연한 얼굴로 답했다.

"우새벽 씨는 날 바보로 아나?"

"네?"

"내게는 유능한 귀가 있어. 당신이 언제, 어디서 무엇을 한다는 것 정도는 어렵지 않게 듣는다고."

"……아."

하긴. 그는 저보다 먼저 재혁과 은비 사이를 눈치챈 사람이었다. 그러고 보니 그러네. 혹 저를 따라왔나 싶어 진건을 바라보던 새벽의 얼굴에 어색한 미소가 걸렸다.

진건은 흥 콧방귀를 뀌더니 말을 덧붙였다.

"그리고 나는 도저히 이해가 안 가."

은근슬쩍 화제를 돌리는 진건을 바라보며 새벽은 고개를 갸웃거렸다. 그가 몹시 불쾌하다는 표정을 지으며 서 있는 것이 보인다. 진건은 의아해하는 새벽에게 그들이 있는 곳과 멀찍이 떨어진 곳에서 하하호호 웃고 있는 한 쌍의 바퀴벌레를 고갯짓했다.

"왜 우새벽 씨는 저 여자를 그냥 두고만 보고 있는 거지?"

누구를 가리키나 싶어 그의 시선을 따라 눈길을 돌리던 새벽은 탄성을 삼켰다. 진건은 인상을 쓰며 말을 이었다.

"가관도 아니더군. 내가 왜 이런 곳에 올 사람이 아니라고 장담하는 건지. 나에 대해 얼마나 안다고."

"보고…… 계셨어요?"

진건이 몸을 움찔거렸다. 새벽은 픽 웃으며 속으로 생각했다.

보고 있었네.

'그럼 조금 빨리 도와주지.'

살짝 서운한 감이 스칠 뻔했지만, 결과적으로 가장 적절한 타이밍에 등장했으니 크게 화가 나지는 않는다. 새벽이 입꼬리를 씰룩이자 진건은 더욱 얼굴을 일그러뜨리며 중얼거렸다.

"난 저 여자처럼 파렴치한 여자는 본 적이…… 어쨌든, 우새벽 씨는 왜 그때처럼 대응하지 않는 거지?"

그때?

진건이 무슨 소리를 하는가 싶던 새벽은 그를 직시했다. 이해가 되지 않는다며 싸늘한 얼굴을 더욱 차갑게 굳히고 있는 그는, 틀림없이 경찰서에서의 제 모습을 떠올리는 것이 분명하다. 새벽은 짓궂은 미소를 지으며 한동안 진건을 쳐다보다 물었다.

"그래도 되는 거예요?"

"안 될 건 뭐야."

"장진건 씨는 제가 당신의 우아한 아내가 되길 바라셨잖아요."

"……!"

"어휴, 만약 성질대로라면 전 재 머리에 꽂혀 있는 저 긴 머리카락을 다 뽑아 버리고 남았다고요. 그리고 지금쯤 구치소에 있겠죠. 하지만 최선을 다해 참은 건 전부……."

당신 때문이란 말이야.

입안을 맴도는 말을 굳이 밖으로 꺼내지 않아도 괜찮았다. 눈빛만으로도 전달되는 그녀의 마음이 진건에게 닿았을 테니까.

새벽의 대답에 미묘한 표정을 짓던 진건은 한동안 말을 하지 않다가 입을 열었다.

"그렇다고 멍청하게 당하고 있으라고 한 적은 없어. 특히나 저 여자에겐."

재혁의 곁에 철썩 붙어선 다른 사람들을 향해 미소를 짓고 있는 은비를 흘긋거리며 진건이 말했다. 귓가로 흘러 들어온 그의 목소리가 왠지 화가 난 것 같아, 새벽은 옅게 웃었다.

무조건적인 새벽의 편이라 주장했던 남자의 말대로, 정말 그는 새벽의 편에 서서 화를 내고 있는 것 같았다. 괜스레 다운되었던 기분이 좋아졌다.

"좋아요."

새벽은 진건에게 윙크를 한 번 해 준 후 작게 속삭였다.

"그럼 어디 자그마한 복수라도 하러 가 볼까요?"

"복수?"

"잠자코 참았으니, 이젠 그에 대응하는 반격 정도는 해 줘야죠."

"……."

"물론 그때처럼 폭력적이진 않게. 나름 우아하게 행동하도록 노력할 테니, 장진건 씨도 협조해 주세요."

새벽은 진건에게 손을 내밀며 씩 웃었다. 빛나는 새벽의 갈색 눈동자를 말없이 응시하다 커다란 손을 그녀의 위로 겹쳤다. 준비됐냐는 표정으로 한 번 더 그에게 눈길을 보내던 새벽은 후우 심호흡을 한 채 모여 있는 사람들에게로, 진건과 함께 걸어갔다.

"어어, 저기 온다!"

진건의 갑작스러운 등장으로 인해 부부에게 질문을 하던 사람들에게 양해를 구해 자리를 피했었다. 대체 무슨 대화를 하는 건지, 계속해서 모여 있던 사람들이 새벽과 진건을 흘긋거렸지만, 개의치 않으며 둘만의 대화를 나누던 새벽 부부가 다시금 저들에게 다가오자 태진이 손을 들어 반가운 티를 냈다.

새벽은 진건과 잡고 있던 손을 풀며, 이번엔 그의 팔에 팔짱을 꼈다. 그녀의 자연스러운 행동에 진건이 놀라 내려다보는 것이 느껴졌으나 새벽은 태연하게 사람들에게로 시선을 고정시킨 상태였다.

"왜 이렇게 오래 걸렸어? 5분만 더 있으면 내가 직접 가 보려고 했다니까?"

발을 맞추어 함께 걸어간 새벽과 진건은 그들을 반기는 이들 앞에 섰다. 태진은 꽤나 긴 시간 동안 자신들과 떨어져 있던 새벽에게 아쉬움을 성토하며 툴툴거렸다. 새벽은 빙긋 웃으며 말했다.

"죄송해요. 사실 저는 오늘 신랑이…… 진건 씨가 여기 오지 못할 줄 알았어요. 그런데 갑자기 나타나서 얼마나 놀랐는지. 바쁜 사람인데 여기까지 와 줘서 고맙다고 말한다는 게, 시간이 조금 걸려 버렸네요. 제가 홍을 깨뜨린 건 아닌지 모르겠어요."

새벽이 미안하다는 기색을 숨기지 않자 태진이 두 손을 휘휘 저어 가며 외쳤다.

"어어? 무슨 소리! 오히려 딱 적절한 타이밍에 와 줬어. 마침 우린 새벽 씨랑 새벽 씨 남편, 그러니까 진건 씨라고 했지? 두 사람이 어떻게 그리 만나게 된 건지 은비 씨한테 듣고 있었으니까! 안 그래, 은비 씨?"

새벽은 제게 보란 듯이 재혁과 팔짱을 끼고 서 있던 은비의 입꼬리가 올라가는 것을 발견했다.

이 사람들에게 무슨 말을 한 건지.

은비는 '어디 해 볼 테면 해 봐.' 라는 표정을 지으며 새벽과 진건을 바라보는 중이다. 동요할 뻔했지만 흔들리진 않았다. 새벽은 웃었다.

"그래요? 은비가 뭐라고 했는데요?"

빙그레 미소 짓는 새벽을 보며 은비의 미간이 미세하게 좁아졌지만, 단지 그뿐.

새벽과 은비의 보이지 않는 신경전을 눈치채지 못한 사람들은 대수롭지 않게 제 말을 이어 갔다.

"두 사람, 눈 깜짝할 사이에 결혼했다고 하더라고!"

"맞아. 번갯불에 콩 구워 먹듯이 일 치렀다며?"

"처음에는 난데없이 결혼했대서 은비 씨도 못 믿었다고……."

"하긴. 우리도 새벽 씨가 난데없이 유부녀가 됐다는 얘길 듣고 귀를 의심했으니까! 은비 씨는 얼마나 놀랐겠어?"

"그런데 맞선으로 그렇게 빨리 결혼을 할 수가 있나? 아무리 빨라도 맞선 보고 결혼까진 적어도 두 달, 아니 세 달은 걸리던데. 일주일 만에 결혼이라니……. 두 사람, 많이 급했어?"

새벽과 진건이 오기만을 기다렸는지, 그녀의 동기들은 쉴 새 없이 질문을 던져 댔다. 일주일 만에 결혼까지 한 새벽의 이야기를 아무렇지도 않게 다른 사람들에게 해 버린 은비를 보자니 기함할 정도다.

새벽은 코웃음 치며 제가 어떻게 나올 것인지 지켜보고 있는 은비를 냉랭하게 바라봤다. 그러고는 다시 그녀의 대답을 기다리고 있는 사람들을 향해 짙은 미소를 그려 주며 말했다.

"이번에 느낀 거지만, 사랑에 빠지는 데 시간이라는 건 중요하지 않은 것 같아요."

새벽은 고개를 옆으로 돌려 제 곁에 서 있는 진건을 올려다봤다. 부드럽게 휘어지는 새벽의 눈동자에 진건의 검은 동공이 꽂혔다. 새벽은 부드러운 미소를 머금으며 말했다.

"이 사람을 처음 보는 순간…… 제 운명이라는 걸 느꼈어요. 그래서."

새벽은 은비, 그리고 그녀 곁의 재혁을 주시했다.

"다른 사람이 아닌…… 진건 씨와 함께하기로 한 거예요. ……굳이 길게 생각할 필요는 없었죠."

그녀의 말을 들은 재혁의 눈썹이 꿈틀거리는 게 보였다. 새벽은 제 시선을 피해 버리는 재혁의 모습에 흥 콧방귀를 삼켰다.

"어머?"

"새벽 씨, 너무 로맨틱하다!"

"이야. 나는 새벽 씨가 누군가에게 첫눈에 반하리라고는 생각 못했어!"

그런 새벽의 대답을 들은 동기들이 부러움을 담은 말을 한 마디씩 던졌다. 새벽은 쑥스럽다는 듯 수줍은 미소로 화답했다.

"장진건 씨는요?"

이제 막 하나가 된 부부에게 너 나 할 것 없이 덕담을 던지는 와중이었다. 눈치가 없는 건지, 아니면 일부러였는지, 은비가 비소를 흘리며 진건에게 말을 걸었다. 새벽은 눈을 반으로 접고 있는 은비를 노려봤지만, 은비는 아랑곳 않았다.

"장진건 씨도 우리 새벽이에게 첫눈에 반하셨나요?"

새벽은 제게로 쏟아지던 시선이 진건에게 쏠림을 인지하고선 다시 진건을 응시했다.

협조. 지금 이 상황에서 필요한 것은 진건의 '협조'다. 과연 그가 자신을 어떤 식으로 도와줄지 아주 살짝, 정말 살짝 불안해졌다. 가슴이 콩콩 뛰어 입술을 잘근 깨물던 새벽은 은비를 주시하는 그의 목소리에 귀를 기울였다.

"글쎄요. 새벽이와는 달리…… 불행히도 저는 그녀에게 첫눈에 반하지 않았습니다."

뭐?

그녀가 그에게 협조를 하는 만큼, 진건 역시 자신을 도와줄 것이라 생각했다. 그래서인지 이윽고 들려온 진건의 대답에 새벽은 두 눈을 동그랗게 떴다.

'어머!' 하고, 진건의 무뚝뚝한 대답을 들은 은비가 실소를 흘렸다. 새벽은 예기치 못한 상황에 당혹감을 감추지 못했다.

'이건…… 협조랑 거리가 멀잖아!'

다른 이도 아니고, 은비의 앞에서 눈꺼풀이 파르르 떨리는 모습을 보여 주고 싶지는 않았다. 적어도 저 여자의 앞에서 만큼은 우새벽은 태연해야 했으며, 당당해야 했다. 그러나 저도 모르게 동요를 해 버렸다.

새벽은 휴지 조각처럼 얼굴을 구길 뻔했다.

"만약."

이어지는 그의 말이 없었다면, 일그러진 안면을 펴지 못했겠지.

진건은 놀라는 새벽에게 다정한 눈웃음을 그려 주더니, 이내 좌중을 둘러보며 붉은 입술을 달싹였다.

"만약 제가 새벽이에게 첫눈에 반했다면…… 범죄였겠네요."

"예? 범죄요?"

놀라는 태진에게 진건은 옅은 미소를 머금었다.

"네. 제가 우리 새벽이를 보게 된 건 지금으로부터 20년도 전의 일이니까."

어?

순간 진건이 무슨 말을 했는지 이해하지 못한 새벽이 눈을 깜빡거렸다.

진건은 말을 이었다.

"새벽이에게는 말하지 않았습니다. 아니, 못했죠. 그러니 이 자리에서 처음으로 밝히게 되는 거군요. 제가 아주 오래전부터 그녀를 마음에 두었다는 걸 말입니다."

새벽은 깜짝 놀라 진건을 응시했다. 유단의 전략본부장은 세상에서 가장 상냥한 남편의 눈으로 새벽을 쳐다보더니 미소를 지어 보였다.

"제가 이 여자를 얻어 내려고, 얼마나 많은 것을 다짐하고 또 얼마나 힘들게 결심했는지…… 아무도 모를 겁니다. 그렇게 겨우, 부부가 되었죠. 새벽인 첫눈에 제게 반했다 했지만, 저는 이미 오래전부터 그녀의 노예가 되었으니…… 제게 넘어와 준 새벽이에게 제 평생을 다 바쳐서 행복하게 만들어 줘야죠."

……아.

"그 누구보다 행복하게 해 줄게, 새벽아."

반달과 같이 휘어지는 그의 눈꼬리가 과연 현실인지 꿈인지 구분이 되지 않는다. 새벽은 그에게 홀린 사람처럼 멍하니 진건을 바라봤다.

뒤늦게 정신을 차려 주변을 둘러보니, 주위 사람들 역시 새벽과 비슷한 표정을 짓고 있었다. 부러움과 흐뭇함이 공존한 시선으로 새벽과 진건을 쳐다보는 사람들과는 달리, 처참하게 인상을 쓰고 있는 은비도 있었지만.

콩닥콩닥.

내색하지는 않았지만 심장이 벌렁거렸다. 새벽은 침을 꼴깍 삼키며 흔들리려던 마음을 다잡았다.

'하…… 하마터면 넘어갈 뻔했잖아.'

제게 속삭이듯 말하던 진건의 음성이 정말로 사실처럼 느껴졌다. 가슴이 멋대로 뜀박질하고, 또 두근거려 귓불이 빨갛게 익어 버릴 정도였으니까.

'정신 차려, 우새벽!'

작게 일렁이던 심장의 박동이 조금 더 크게 뛰려는 것을 새벽은 제어하려 노력했다. '새벽 씨, 사랑받고 있네!' 하고 그녀에게 작게 속삭여 주는 태진의 말을 한 귀로 듣고, 다른 한 귀로 흘리면서 새벽은 낮게 웃었다.

새벽은 잘 알고 있었다. 그가 보내는 눈빛, 그가 지어 주는 미소, 그리고 그가 뱉어 내는 말 전부가…….

'거짓이야.'

하나부터 열까지, 그들의 '계약'에 의거한 행동에 불과하다. 진건이 이렇게 갑작스럽게 나타나 그녀의 편을 들어 주는 것도, 그녀에게 다정하고 아찔한 말을 속삭여 주는 것도, 전부 거짓.

'거짓말도 아주 수준급이야.'

이전에도 느꼈지만, 사람들의 앞에서 행동하는 진건의 모습을 보자니 감탄이 흘러나온다. 만일 진건이 기업인이 아니었더라면, 정말 잘나가는 연기자가 되었을지도 모르겠다.

새벽은 그녀가 부탁했던 '협조'를 너무도 잘 수행해 준 그를 올려다봤다. 허공에서 마주한 진건의 검은 눈동자에 자신이 짓고 있던 짙은 미소가 비친다.

'참.'

한동안 그와 시선을 교환하고 있던 새벽은 문득 떠오른 생각에 정면을 응시했다. 그러고는 저를 발견하고 움찔거리는 은비를 향해 한 걸음 다가갔다.

"그러니 은비야."

새벽은 생글거리던 얼굴에서 순식간에 미소를 지워 버리고선 차갑고, 서늘한 눈빛을 그녀에게 쏟았다.

"이제는 더 이상 우리 부부에 대해 뜬소문을 퍼뜨리지 말아 줄래?"

은비는 훈훈하게 번져 가는 분위기를 깨뜨리는 새벽을 보고 짐짓 놀란 표정을 지었다.

"무, 무슨 말이야!"

조금 당황했는지, 버럭 소리치는 그녀를 보고도 새벽은 흔들리지 않았다.

"못 들었니?"

새벽은 은비의 두 눈이 요동치는 것을 보며, 진건의 팔을 더욱 굳건하게 끌어당겼다. 그러고는 돌변한 자신의 태도에 의아해하는 사람들의 시선 따윈 아랑곳 않고 입술을 달싹였다.

“나랑 사귀었던 남자를 뺏어서 절교까지 당한 주제에. 자꾸 친한 척하지 말아 줬으면 한다고.”

❖

부드득 이를 가는 은비의 얼굴엔 노기가 가득하다. 은비는 조금 전 경영인의 밤이 열리는 연회장에서 있었던 일을 떠올리며 입술을 잘근 짓눌렀다.

「사귀던 남자를…… 뺏다니? 그, 그게 무슨 소리야?」

「절교?」

「그럼 저기 저 남자가 설마……?」

설마하니 우새벽이 그런 공식적인 자리에서 ‘그 이야기’를 꺼낼 줄은 예상하지 못했다. 남편이라는 그 남자의 체면을 생각해서라도 함구하고 있을 줄 알았는데.

대체 무슨 생각에서인지, 새벽은 당황한 동기들을 향해 미소까지 그리며 설명을 덧붙여 주었다.

「아, 아직 은비한테 못 들으셨구나? 저랑 은비, 절교했어요. 그것도 남자 하나 때문에 말이죠. 은비 옆에 서 있는 저 남자가 제 옛 남자 친구예요. 그것도 은비랑 바람이 나서 헤어진.」

「뭐……라고?」

「호호, 다들 놀라셨죠? 하긴. 저도 처음엔 몹시 놀랐어요. 저를 사이에 두고 둘이 붙어먹을 줄이야. 그런데 돌이켜 보면, 참 잘된 일이죠. 덕분에 저는 우리 진건 씨를 만났고…… 두 번 다시 만나기 힘든 인연을 맺게 되었으니 말이죠. 어머. 그러고 보니 내가 이 말을 안 했네?」

「……!」

「고마워, 은비야. 그리고 재혁 씨도. 두 사람 덕분에, 나 아주 잘 먹고 잘 살고 있어. 너무 고마워!」

푸른 새벽을 천천히 밝히는 태양처럼, 환하게 물드는 그녀의 얼굴이 눈앞에서 가시질 않는다. 결국 우뚝 멈추어 선 은비는 욕설을 담은 외침을 흘렸다.

"우, 웃기는 계집애 같으니! 팔려 간 주제에, 누구 앞에서!"

그러자 그녀의 뒤를 조심스럽게 따라오던 재혁의 걸음 역시 멎는다. 분을 참지 못한 은비는 홱 고개를 돌려 멈칫한 재혁을 노려봤다.

"재혁 씨도, 그렇게 당하고 있으면 어떡해!"

"……아."

"아? 내가 그런 탄성이나 흘리라고 당신한테 그 비싼 정장을 사 준 줄 알아?"

"……."

"고목나무도 아니고, 왜 거기서 목석처럼 서 있기만 한 거냐고!"

저를 보호해 주어야 할 남자는 새벽의 웃음에 어쩔 줄 몰라 하기만 할 뿐, 대응하지 못했다. 창백하게 질린 얼굴로 제 팔을 잡아끌기만 하던 몇 분 전의 재혁을 떠올리며, 은비는 얼굴을 구겼다.

'그 남자랑 달라도 너무 다르잖아!'

은비는 이를 악물었다.

그 남자. 여자에게 냉랭하다는 세간의 평가와는 달리, 적어도 겉으로 보기에 우새벽의 남편이 된 유단 건설 그룹의 전략본부장은 생각 이상으로 다정했다. 그 모습에 제가 왠지 모를 질투심을 느낄 정도였으니, 말 다 했지. 그리고 제게 보란 듯이 그의 옆에 철썩 붙어서 미소를 흘리고 있는 우새벽의 모습이란.

'빌어먹을!'

짜증스러운 그녀의 태도에 노기가 가라앉지를 않는다. 씩씩거리고 있는 자신을 보며 재혁이 난처한 표정을 지으며 다가왔지만, 은비는 그의 팔을 뿌리치기만 할 뿐이었다.

'가만 안 둬!'

팔려 간 주제에. 우화의 파산을 막고자, 그 남자에게 팔려 간 주제에!

저보다 훨씬 당당하게 미소 짓고 있는 새벽의 모습을 떠올리며 은비는 화를 삭이지 못했다.

'당하고만 있을 줄 알고?'

새벽의 전 남자 친구를 빼앗았다는 이야기를 듣자마자, 돌변하던 동기들의 눈빛이 잊히질 않는다. 얼굴이 화끈거리는 것을 느끼며 도망치듯 연회장을 빠져나와야 했기에 더욱더.

은비는 주먹을 꽉 움켜쥐었다.

'이 모욕은 반드시 갚아 주겠어, 우새벽!'

그녀는 아마도 새벽이 있을 연회장 쪽을 흘긋거리더니 홱 몸을 돌렸다.

"가, 같이 가, 은비야!"

로비 한가운데 멈춰 있던 재혁은 다시금 걸음 하는 은비의 뒤를 강아지처럼 졸래졸래 쫓았다.

❖

"다 끝났네."

한 자, 한 자 힘을 싣기는 했지만 제 팔을 붙잡고 있던 손끝은 떨렸다. 진건은 깊은 한숨과 함께 중얼거리는 새벽을 말없이 내려다보았다.

"정말…… 다 끝났어."

다른 사람들 앞에서 20년 된 친구의 치부를 드러내는 것만큼이나 가슴 아픈 일은 없을 거다. 게다가 믿었던 사람의 배신을 그렇게 낱낱이 공개하는 것도, 또 절교를 한 번 더 선언하는 일도 결코 흔한 일은 아니겠지.

진건은 새벽의 노골적인 발언에 얼굴을 화르륵 붉히며, 피하듯 연회장을 떠나 버린 두 남녀를 떠올렸다. 그리고 그런 그들을 바라보며 낮게 중얼거리던 새벽의 말 역시.

「새벽 씨. 은비 씨랑 그렇게 사이 안 좋았어?」

「어, 어떡해. 우린 그것도 모르고……!」

「어쩐지! 은비 씨가 요즘 새벽 씨에 대해 이상한 소리만 하더라니!」

「미안해. 만약 알았더라면…… 후우. 솔직히 말해서, 난 은비 씨 마음에 안 들었어! 사실 예전에도 은비 씨가 새벽 씨에 대해 안 좋은 소리를 하더라고. 그냥 푸념 정도로만 생각했었는데, 못된 사람이었잖아?」

새벽과 은비를 둘러싼 여론이 바뀌는 것은, 정말이지 순식간이었다. 은비와 함께 온 파트너가 새벽의 전 남자 친구라는 것이 만천하에 드러나고, 은비가 새벽을 농락했다는 것이 밝혀지자 새벽의 동기들은 은비를 향한 눈빛을 달리했다.

하나둘씩 새벽을 위로하는 동기들에게 그녀는 괜찮다는 표정을 지었지만, 적어도 진건은 그 말을 뱉어 내는 새벽의 눈동자가 차분하게 가라앉았음을 알아차렸다.

"장진건 씨."

'경영인의 밤' 은 은비의 퇴장 이후 1시간 더 지속되다 끝이 났다. 새벽의 동기들과 인사를 나눈 후, 집으로 돌아가려는 길에 새벽이 저를 부르자 진건이 그녀를 쳐다봤다. 새벽은 배시시 웃으며 말했다.

"밤공기도 좋은데…… 우리 조금 걸을까요?"

곧바로 주차장으로 가려 했던 진건은 그녀의 제안에 고개를 끄덕였다. 진건의 허락이 떨어지자, 새벽은 쓰린 미소를 지으며 이든 호텔 앞의 길을 터벅터벅 걸어갔다.

은비에게 거침없이 말을 쏘아붙이던 여자는 대체 어딜 가 버렸는지. 왠지 모르게 축 처져 있는 그녀를 뒤편에서 지켜보던 진건은 말없이 핸드폰을 꺼내 들었다. 분위기를 보아하니, 아무래도 주차장의 차를 가지러 갈 수는 없을 것 같았다.

내일 영우에게 저 대신 차를 가져와 달라고 부탁할 생각으로 문자를 보내던 그는 '장진건 씨, 장진건 씨!' 하고 외치는 새벽의 음성에 고개를 들었다. 그가 얼굴을 갸웃거리자 새벽이 씩 웃으며 외쳤다.

"우리 저기서 한잔해요!"

진건은 저를 부르는 새벽이 빨간색 포장마차를 가리키는 것을 발견했다.

"잠……."

"이모!"

잠깐만 기다리라고 대꾸하려고 했으나, 재빠른 새벽은 이미 포장마차 안으로 들어가 외치는 중이다.

"여기 소주 두 병이랑 골뱅이무침이요!"

그는 자신이 말릴 사이도 없이 이미 착석까지 마친 새벽을 발견했다.

"뭐 해요? 얼른 안 오고?"

눈 깜짝할 사이에 주문과 착석을 마친 새벽은 그를 향해 손을 흔들며 웃고 있었다. 제게는 어떻게든 티를 내지 않으려는 그녀의 의지가 보여, 진건은 한숨만 흘렸다. 미묘한 표정을 짓던 그는 천천히 걸음을 옮겨 그녀의 맞은편에 착석했다.

"크으. 술맛 좋다!"

너무…… 많이 마시는 것 같은데.

한 잔, 두 잔, 그리고 세 잔.

포장마차의 주인이 음식과 술을 테이블 위에 내려놓기가 무섭게, 새벽이 손을 뻗었다. 진건은 순식간에 병을 따고선 제 앞에서 연거푸 세 잔이나 입안으로 털어 넣은 새벽을 보며 속으로 생각했다.

그런 그의 마음을 알지 못하는 새벽은 하아아, 길게 한숨을 내쉬며 중얼거렸다.

"장진건 씨가 아는지는 모르겠지만, 나는요…… 얼마 전까지는 스스로가 꽤 행복하다고 자부하는 사람이었어요!"

다음 네 잔째는 기필코 막아야겠다고 다짐하던 진건은 입술을 꽉 물더니 다시금 술잔으로 손을 뻗는 그녀를 바라보았다. 어느새 발그레해진 뺨을 슥슥 비비던 새벽은 깊은 탄식을 흘리며 말을 이었다.

"그 행복 이면에 엄청난 불행이 다가와 있다는 걸…… 바보같이 눈치채지 못했죠. 믿어서…… 정말 약간의 의심조차 없이 믿어서, 그 배신감이 더 크게 느껴지나 봐요. 하하.”

씁쓸함이 감도는 얼굴. 진건은 헛웃음을 흘리는 그녀를 향해 아무 말도 하지 않았다. 가만히 제 이야기를 들어 주기만 하는 진건을 흘끔거리던 새벽이 말을 이었다.

“멍청하게 당해 놓고선, 되짚어 볼 생각은 하지 않았죠. 아니, 못했어요. 틀림없이…… 아플 테니까.”

……!

“지독하게 쓰릴 테니까. 힘들어질 테니까. 곰곰이 생각하면 더 화가 날 테니까.”

“우새벽 씨.”

“게다가 연이은 악재로 그들에 대해 생각할 시간이 없었어요.”

“…….”

“하지만 오늘…… 오늘에서야 알겠더라고요. 나, 정말로, 배신당했었구나. 그 인간들한테 아주 철저하게 배신이라는 걸 당해 버렸구나, 라는 걸 말이죠!”

“이제 그만 마……!”

진건은 거의 절반쯤 비워 버린 술병을 들고 콸콸, 잔을 향해 붓는 새벽을 말리려 했다. 그러나 그의 행동은 곧 멈춘다. 그녀의 눈에서 후드득 떨어지는 무언가를 발견한 후, 반사적으로.

“어떻게…….”

“…….”

“어떻게…… 인간으로서 그럴 수가 있죠?”

그녀의 커다란 눈동자 근처에 그렁그렁 투명한 눈물방울이 맺혔다. 진건은 입을 열지 못했다. 아니, 열 수 없었다. 새벽은 후드득 눈물방울을 떨구며 소리쳤다.

"악마야!"

"……."

"진정 악마가 아니고서야 그렇게까지 하지는 못할 거예요. 장진건 씨도 그렇게 생각하죠?"

진건은 제게 눈을 부라리는 새벽의 시선에 멈칫했다. 새벽은 울분을 담아 소리쳤다.

"내 앞에서 그렇게 웃을 수 있다니. 그 남자도…… 그 남자도 정말 나쁘지만, 은비 걔는…… 걔는 진짜 나빠요."

"……."

"나 정말 고소 취하할 생각 전혀 없고, 취하해 주지도 않을 거예요. 못된 계집애. 친구라는 년이…… 어떻게…… 대체 어떻게 그럴 수가 있어!"

이를 가는 새벽이 펑펑 눈물을 흘리며 소주잔을 집어 들었다. 진건은 조금의 망설임도 없이, 주저하지 않고 입속으로 쓴 알코올을 들이붓는 새벽을 말없이 주시했다.

새벽은 '망할 년. 진짜 나쁜 년이야!' 라는 상스러운 언행을 이어 가며, 계속해서 술을 마셔 댔다. 그녀의 붉은 입술 사이로 투명한 액체가 흘러 들어갈수록, 그의 얼굴 역시 냉랭하게 굳어 갔다.

"나쁜…… 계집애……."

"……."

"흐흐."

"……."

"헤헤. 장진건 씨."

쉬지 않고 씩씩거리며 온몸을 부들부들 떨던 새벽이 진건의 이름을 부른 것은 이미 병 하나를 비우고, 다른 병의 뚜껑을 땄을 때였다. 화를 내다가, 울다가, 다시 웃다가 울기를 반복하던 새벽은 철푸덕, 테이블 위에 얼굴을 들이박고선 진건을 올려다봤다.

진건은 빨갛게 상기된 새벽을 말없이 내려다봤다. 잔뜩 달아오른 새벽은 눈물이 고여 촉촉해진 눈으로 진건을 쳐다보고선 배시시 웃었다.

"고마……워요."

"뭐?"

"흐흐."

"……."

"진짜, 고마워요. 장진건 씨……."

게슴츠레 진건을 응시하던 새벽이 중얼거렸다.

"하아아."

"……."

"나 오늘 장진건 씨가 아니었더라면…… 완전히 망신당할 뻔했어요."

알고는 있군.

진건은 속으로 코웃음 쳤다. 새벽은 계속해서 입술을 움직였다.

"장진건 씨가…… 당신이 그렇게 적절한 상황에서 나타나 준 거, 그리고 날 도와준 거…… 너무 감사하게 생각해요."

"……."

"얼마나 실감 났는지 알아요? 하마터면 나까지 속을 뻔했다고요. 연기가 아닌 줄 알았다니까요?"

하하 웃는 새벽을 보며 진건은 대답하지 않았다.

"정말 고마워요. 진짜. 완전. 너무 고맙……다고요. 그러니까 장진건 씨. 만약에…… 만약에 당신이 힘이 들면, 힘이 들면…… 당신도 언제든지 말해요. 그럼 내가, 당신한테, 힘이 되어 줄게요!"

"……!"

「아저씨!」

"나…… 아니 저! 저 정말 괜찮은, 너무 괜찮은 당신의 아내가 될 수 있도록 노력할 거예요! 맞아. 틀림없이 그럴 거니까……."

「왜 여기 쪼그리고 앉아 있어? 쫓겨나기라도 했어?」

"힘든 일 있으면…… 당신도 감당하기 어려운 일이 생긴다면, 언제든지 말해요."

「아니면 가출?」

「꺼져.」

「우와. 진짜 재수 없게 말한다! 우리 반 예진이 같아!」

「…….」

「힘이 없어 보이네. 우울한 일이라도 있나 보구나, 아저씨?」

「아저……씨?」

「우리 엄마가, 아빠랑 같은 옷 입고 있는 사람은 다 아저씨랬어. 아저씨, 우리 아빠랑 똑같은 양복 입고 있잖아?」

「…….」

「히히.」

「뭐 하는…… 거야?」

「뭐 하기는! 아저씨가 우울해 보여서!」

「뭐?」

「아저씨. 내가 힘 나는 노래 불러 줄까? 나 얼마 전에 유치원에서 되게 기분 좋은 노래 배웠거든? 만화 주제곡인데, 이 노래 들으면 엄청 힘 난다? 잘 들어 봐. 흠흠!」

"어이고, 이 아가씨, 잠들었네?"

상념에서 헤어 나온 것은, 어느새 곁으로 다가온 포장마차 주인아주머니의 말을 들은 직후였다. 진건은 서비스라며 우동을 들고 온 그녀에게 흐리게 미소를 지어 주더니 자리에서 일어났다.

"어어, 가게?"

"예. 도와주시겠습니까?"

주인 여자는 테이블에 머리를 박고 쿨쿨 자고 있는 새벽과 서 있는 진건을 번갈아 응시하며 눈을 가늘게 떴다.

"총각이 업게?"

"네."

"……."

"왜 그러십니까?"

"아, 그, 그게. 흠흠. 저기, 미안하지만 이 아가씨랑 무슨 사인지 물어봐도 돼?"

"예?"

"악의는 없어! 그냥. 요즘 세상이 좀…… 그렇잖아."

진건은 쓰게 웃으며 그녀를 쳐다보다, 대답했다.

“제 아내입니다.”

이윽고 진건이 혹시나 할 경우를 대비하여 새벽과 찍어 두었던 사진을 하나 보여 주자 ‘어머!’ 하고 탄성을 흘린 주인 여자가 미안하다고 말하며, 새벽이 진건의 등에 업히도록 도와주었다.

진건은 고맙다는 고갯짓을 한 뒤, 계산을 치르고 포장마차를 벗어났다.

「아저씨! 또 보네?」

바람 한 점 불지 않는 한밤중의 거리엔 가로등만이 은은하게 불을 밝히고 있다. 진건은 제 등에 얼굴을 대고 깊은 잠에 빠져든 여자를 업은 채 한동안 말없이 걸음을 옮겼다.

「꺼지라니까.」

「와, 저번에도 느꼈지만…… 아저씨 말투 진짜 재수 없다! 히히. 그나저나, 내가 아저씨한테 불러 주려고 우리 선생님한테서 노래 또 배워 왔거든? 들어 봐!」

「……미치겠군.」

아직 중학생도 되지 않은 소년에게, 무려 아저씨라고 꼬박꼬박 불러 대던 하얀 얼굴의 유치원생은 또래 아이들이 구사하기 힘든 말투로 그의 옆에 털썩 앉았었다.

기분이 좋아질 거라며 부르는 노래는 어찌 그리 박자와 음정이 맞지 않는 건지. 고역이나 다름없는 일들을 몇 번이고 겪으면서도, 웬일인지 진건은 그 꼬맹이의 곁을 떠나지 않았다.

왜였을까.

대체, 왜.

고작 정장을 입었다는 사실 하나만으로 제게 아저씨라고 불러 댔던 발칙한 꼬맹이.

하얀 눈처럼 뽀얀 얼굴에 까만 단발, 그리고 커다란 눈동자를 지녔던 그 꼬맹이는 현재 진건의 등에 업혀 있다.

'…….'

두렵다.

아무리 막으려 해도, 도통 제어가 되지 않는 이 마음이.

수없이 갈망하고, 바라도 이루어지지 않을 이 마음이.

이 세상엔 결코 해피엔딩만 있는 것이 아니니까.

내게는 행복이란 존재하지 않으니까.

사랑하는 사람들을 불행하게 만드는 나니까.

그래서 무섭다. 무슨 생각을 하는지 알 수 없는 네가 자꾸만 틈을 보이는 것이.

그래서 다가가고 싶은 것이.

아무것도 모르기에 천진난만하게 웃을 수 있고, 아무것도 모르기에 그런 호의를 베풀 수 있는 거겠지.

그러나 모든 사실을 알게 되면, 그런 날에도 과연 네가…… 내게 웃어 줄까?

「나는 우새벽 씨에게 사랑 따윈 줄 수 없으니까, 내게 애정을 요구하지는 말았으면 좋겠군.」

돌아오지 않을 답이라는 걸 알고 있기에, 차라리 무(無)에서 시작했다. 좋아해 주지 않을 거라는 것을 알았으므로, 나 역시 좋아하지 않을 거라고 말해야 했다.

하지만 그럼에도 불구하고……

네게 끌려가.

"새벽아."

속절없이.

"우새벽."

들을까.

"우새벽."

아니. 아마 듣지 못하겠지.

너는 분명히 해 주지 않을 말.

그러니…… 겨우 할 수 있는 말.

"사랑해."

대체 너를, 어찌해야 할까.

제4장

그 남자의
유리 구두

⚜

"아."

인생의 일부였던 인연이 완전히 떨어져 나간 날의 아침은 놀라우리만큼 고요하다. 새벽은 스르륵 올린 눈꺼풀 사이로 빛이 스며들자 살짝 미간을 좁혔다.

길고 긴 인연이었다. 한 사람은 장장 10년, 그리고 또 한 사람은 그 배인 20년. 두 사람 다 평생을 함께할 거라 생각했고, 그랬기에 믿었다. 그런 사람들에게 배신을 당한 충격, 분노, 좌절감을 뒤로하고 인연을 끊어낸다면 틀림없이 몇 날 며칠을 앓아누울 거라고 생각했는데 말이지.

'평온해.'

어찌 된 영문인지 지금은 분노도, 좌절도, 충격도 더 이상 남아 있지 않다. 내내 태연한 척 굴었지만 아침만 되면 매번 몇 번씩 화가 치밀어 오르던 일도, 오늘은 일어나지 않는다.

어젯밤. 연회장에서 씩씩거리며 가 버리던 은비와 자꾸만 저를 뒤돌아 보던 재혁의 모습을 떠올려도 아무렇지도 않았다.

사람의 마음이란 이상하지. 어떻게 완벽하게 끊어 내기로 결심하자마자 이토록 태연해질 수 있는 걸까.

'이젠 아무것도 아닌 사람들이야.'

우새벽의 인생에서 두 남녀는 완벽하게 사라졌다. 그들과의 접점이 여전히 남아 있기는 하나, 더는 이어 가고 싶지 않다. 계속 상기할 필요도 없다.

새벽은 쓰게 웃으며 고개를 내저었다.

"윽."

눈을 뜬 직후부터 몇 분 동안 평안한 마음에 대해 생각하느라 몸을 일으키지 않았다. 깨어난 지 정확히 4분 정도가 흐른 뒤에야 겨우 상체를 든 새벽은 체중이 앞으로 실림과 동시에 지끈거리는 머리의 두통을 느끼며 인상을 썼다.

왜 이렇게 머리가 아픈가 싶었더니, 술잔을 집어 들었던 기억이 났다.

새벽은 한숨을 내쉬었다.

"대체 얼마나 마신…… 헉!"

무심코 이불을 거두어 침대 밖으로 나가려던 새벽의 얼굴이 백지장처럼 창백하게 질려 갔다. 그녀는 브래지어와 속옷만 입은 채 침대 밖으로 다리를 뻗고 있는 자신을 발견하고선 눈을 휘둥그레 떴다.

'어, 어떻게 된 거야!'

쿵쾅쿵쾅. 심장이 미친 듯이 뛰기 시작했다.

불과 조금 전 그 두 남녀를 떠올릴 때는 아무렇지도 않았던 가슴이 이렇게 거침없이 들썩인 까닭은, 현재 자신이 잠에서 깨어난 이곳이 자신의 집이 아닌 '그 남자'와 함께 지내는 집이었기 때문이다.

파리하게 질린 얼굴로 아래를 내려다보던 새벽은 얼른 침대 위의 이불로 온몸을 돌돌 감았다. 그러고는 달칵 문을 열고 밖으로 나간다.

'그, 그러니까…….'

어제가 토요일이었으니, 오늘은 일요일. 새벽이 알고 있기로는 오늘 진건은 회사로 출근을 하지 않는다. 아무리 워커홀릭이라도 제 밑에서 일하는 직원들에게 휴식 정도는 줘야 할 테니까. 게다가 새벽이 눈을 뜬 시간은 아침 6시였던지라 어젯밤의 일도 있고 해서, 당연히 진건이 일어나지 않았을 거라 생각했다.

'……어어?'

두근거리는 마음으로 밖으로 나간 새벽은 부엌 쪽에서 들려오는 인기척에 무언가에 홀린 듯 그곳으로 걸어갔다. 곧 새벽의 갈색 눈동자 속에 부엌과는 잘 어울리지 않는 한 남자가 들어왔다. 큰 키에 검정 머리카락을 지니고 있는, 넓은 등의 남자였다.

진건은 이불로 몸을 가린 채 그에게 다가가는 새벽을 분명 인지했음에도 불구하고 뒤를 돌아보지 않고 있었다. 새벽은 뭔가에 열중하고 있는 진건에게 다가가기를 멈추지 않았다.

'이거…… 혀, 현실이야?'

새벽은 제 눈으로 똑똑히 보고도 믿어지지 않는 상황에 저도 모르게 입을 벌렸다. 지금 새벽이 보고 있는 장진건이라는 남자는 무려, 요리를 하고 있었다!

현재 시각, 아침 6시.

평소 새벽이 관찰했던 진건은 아침 7시쯤에 기계적으로 일어나 샤워를 하고 침실 밖을 나왔건만. 그러나 어찌 된 셈인지 그는 현재 모든 준비를 마친 채, 요 며칠 새벽이 하던 일을 대신하고 있었다.

새벽은 문득 가슴이 철렁거리는 것을 느끼며 이불로 돌돌 감은 제 몸을 내려다보더니, 다시 진건을 응시했다. 그녀는 스치는 불안감에 경악하며 외쳤다.

"서, 설마!"

"아냐."

"……네?"

새벽이 뒷걸음질 치며 소리친 것을 들었는지, 그가 뒤도 돌아보지 않고 답했다. 그녀가 눈을 동그랗게 뜨며 되묻자 진건은 특유의 건조한 목소리를 흘렸다.

"아니라고."

진건은 자신이 무슨 말을 꺼낼지 이미 예상하고 있었던 걸까?

그녀가 슬그머니 다가왔음에도 불구하고 제 일에만 매진하던 진건은 놀란 새벽에게 말한 뒤, 가스레인지로 다가갔다. 새벽은 그의 뒤를 물끄러미 바라보다 슬금슬금 그에게 걸어갔다.

"왜."

"아."

"할 말 있어?"

팔을 걷어붙이고선 냄비를 올려 둔 가스레인지에 불이 붙는 것을 확인한 진건이 제 옆에 선 새벽을 내려다보며 입술을 달싹였다. 눈을 가늘게 뜨며 진건의 모든 행동 하나하나를 살피던 새벽은 말했다.

"진짜…… 아니에요?"

그의 검은 동공에는 아무런 변화가 없다. 새벽은 제 몸을 감싼 이불을 더욱 끌어안으며 의심스러운 눈길을 보냈다. 진건은 '그래.' 라고 짧게 대답한 후, 흥 코웃음 치는 새벽을 향해 중얼거렸다.

"실망한 얼굴이군."

뭐?

"제, 제가 언제요!"

그냥. 그냥 말로는 믿어지지 않아서!

"우새벽 씨가 뭘 상상하는 건지 알겠지만, 아니야."

"흐응……."

"우새벽 씨의 꼴이 왜 그런 건지에 대해 묻는다면, 나도 변명할 게 있긴 하지."

"예?"

"식탁 위에 내 핸드폰이 있어. 거기 갤러리를 보도록 해."

갤……러리?

새벽은 진건을 예사롭지 않은 눈초리로 흘겨보면서도 그의 말대로 식탁을 향해 움직였다. 그가 시키는 대로 행동하는 것이 마음에 들지 않았지만, 일단은 진건의 뜻대로 움직여 주던 새벽의 눈동자가 큼지막해졌다.

"헉!"

진건이 말했던 핸드폰 갤러리에는 웬 동영상이 하나 녹화되어 있었는데, 그 동영상 속에는 틀림없이 자신이 있었다.

그리고…….

『우새벽 씨, 정신 차려.』

『흐흐, 괜찮아요. 괜찮아!』

『저리…… 가.』

『헤헤, 진짜 괜찮다니까요?』

『…….』

『이거 봐요! 저 안전한 사람이라고요. 보세요, 이렇게 벗어도……!』

『……!』

『장진건 씨는 저한테 하나도 안 끌리잖아요! 보세요. 우리, 얼마나 안전해요?』

『마지막으로 부탁할게. 아니, 이건 명령이야. 그러니까…… 제발 저리 가.』

『어머, 왜요? 겁나요?』

『뭐?』

『호호. 그 표정은 뭐죠? 설마 제가 장진건 씨를 덮치기라도 할까 봐요?』

『……!』

『흐응……. 그러고 보니, 기분도 별론데…… 그냥 확 덮칠까? 맞아. 그냥 덮쳐 버려야…….』

"죄송합니다, 장진건 씨."

눈꺼풀을 파르르 떨며 눈을 아래로 내리깔고 있던 새벽은 잠시의 주저도 없이 얼른 동영상을 종료시켰다. 그러고는 그를 향해 고개를 숙였다.

새벽이 뭐라 하든, 냄비 속의 뭔가가 펄펄 끓는 것에만 집중하던 진건은 그녀를 바라보지 않고 대답했다.

"알았으니 다행이야."

제길. 술에 취해 그의 앞에서 옷을 훌훌 벗어 던진 것으로도 모자라, 저를 건드리지 말라던 진건을 덮치겠다며 선언까지 했으니. 눈앞의 남자를 볼 낯이 없다.

'어쩌자고 그런 거야!'

새벽은 얼굴이 붉어지는 것을 느끼며 입술을 깨물었다.

"신고를 당하면 곤란하니까 나도 증거를 남겼어야 했어. 이제 우새벽 씨가 본 걸 확인했으니 그 동영상은 지워도 돼."

차마 얼굴을 들지 못하는 새벽에게 그가 무심하게 중얼거렸다. 새벽은 핑, 눈물이 도는 것을 참았다. 그녀는 이내 울분을 담아 그를 향해 외쳤다.

"오, 옷이나 입혀 주시지!"

"큰일 날 소리를 하는군. 그랬다간 우새벽 씨가 날 덮칠 가능성이 있는데, 어떻게 그래?"

"어, 어머! 저 그렇게 이상한 사람 아니거든요!"

"어젠 조금…… 이상했어."

투덜거리며 대꾸하려던 새벽은 차분한 그의 대꾸에 꿀 먹은 벙어리가 됐다.

'내가 미쳤었지!'

속옷만 입고 깨어났다는 사실 하나만으로, 이 무뚝뚝한 남자와 술김에 하룻밤을 보냈을 것이라 생각하다니. 술에 취해 그를 덮치겠다고 달려들던 저를 억지로 떼어 내고선, 제 침실 문까지 잠가 버린 그는 제게 관심이라곤 하나도 없다.

하긴. 그는 제게 사랑은 바라지 말라던 남자 아니었던가.

저를 의심하던 새벽을 진건이 어떤 마음으로 지켜보았을지 왠지 상상이 되어, 괜히 낯이 뜨거워졌다.

"우새벽 씨."

"예?"

"그렇게 서 있지 말고 앉아."

"네?"

"해장은 해야 할 거 아냐."

"아! 네, 네!"

차오르는 부끄러움에 입술만 앙다물고 있던 새벽에게 그가 손짓했다. 새벽은 얼른 옷을 갈아입고 오겠다며 말을 한 뒤, 제 침실로 달려갔다. 온몸을 가리던 이불을 걷어 내고 일상복을 입는 새벽의 심장은 도저히 가라앉을 기미가 보이지 않았다.

"우와…… 맛있어요!"

몇 분 후.

다시 식탁으로 돌아온 새벽은 제 앞에 놓인 붉은색 해장국을 한 숟가락 뜬 뒤 맞은편의 진건을 향해 소리쳤다. 진건이 '그래?' 하고 되묻자 새벽은 힘껏 고개를 끄덕였다. 그러고는 물었다.

"어디서 사셨어요?"

"……뭘?"

"이 근처에 24시간 해장국 집이 있었나? 장진건 씨, 저 때문에 일부러 새벽부터 사 오신 거예요?"

"……."

"왜요?"

"내가 만든 거야."

새벽은 귀를 의심했다. 내가 지금 무슨 소리를 들은 거야?

그녀는 인상을 쓰며 진건을 응시하다 의심스러운 눈으로 그를 쳐다봤다.

"이, 이걸 전부 장진건 씨가…… 직접 만드셨다고요?"

"그래."

"밥도 직접 하셨고, 해장국도 직접 만드신 거라고요?"

"그래."

"하, 하지만 장진건 씨는……."

"요리를 못한다고 한 적은 없는 것 같은데."

진건이 요리를 못한다고 생각하여 아침밥을 차려 주었던 지난 며칠간의 일들이 눈앞을 스쳐 지나갔다. 새벽은 부르르 떨리는 입술 사이로 말을 하다 멈칫했다.

'그러고 보니…….'

그는 딱히 아침을 챙겨 먹을 필요는 없다고 했을 뿐, 요리를 못한다고 하지 않았었다.

'속았어!'

새벽은 '뭐 해? 먹지 않고.' 라 말하며 태연하게 숟가락을 드는 그를 보며 입을 쭉 내밀었다.

"전 장진건 씨가 요리엔 젬병인 줄 알았다고요!"

진건은 대수롭지 않게 대꾸했다.

"그건 우새벽 씨 혼자만의 생각이었지. 게다가 난 자취 경력 13년 차야. 웬만한 음식은 가소로워."

"그런데도 제 아침을 드셨네요?"

"해 준다고 했으니까. 호의는 사양하지 않는 게 내 철칙이야."

……얄미워.

"완전 속았어. 속았다고요!"

"……그래서. 안 먹을 건가?"

……쳇.

"맛있으니까 먹기는 먹을 거예요!"

빌어먹게도, 진건이 해 준 콩나물 해장국은 음식점에서 파는 해장국만큼이나 맛이 있다. 새벽의 까탈스러운 입맛에도 들어맞을 만큼.

그녀는 '장진건 씨에 대해 아는 것이 전혀 없어.' 하고 속으로 툴툴거리면서도 눈물 나게 맛있는 해장국을 열심히 비워 나갔다. 진건은 그녀를 한 번 흘끔거리더니 식사를 시작했다.

'혹시…… 실수한 게 있을까?'

한 숟가락, 두 숟가락. 정신없이 아침 식사를 시작하던 새벽은 불현듯 스치는 생각에 행동을 멈추고, 진건을 물끄러미 응시했다. 새벽이 저를 보든 말든 식사를 이어 나가던 진건은 여느 때와 마찬가지로 냉랭한 얼굴을 유지하고 있다.

어젯밤, 그의 앞에서 속옷 쇼를 벌였으니 그 전에도 뭔가 실수한 것이 있었을지도 모른다. 동기들과 함께했던 '경영인의 밤'을 끝낸 후, 포장마차에 진건과 함께 들어갔던 것은 기억하는데 말이지.

새벽은 곰곰이 기억을 더듬다 눈을 크게 떴다.

「……랑해.」

……어?

「새벽아. 사랑해.」

귓가를 맴도는 목소리가 새벽의 얼굴을 경직시켰다.

'사랑?'

툭. 들고 있던 숟가락이 테이블 위로 떨어졌다.

"우새벽 씨?"

갑작스러운 새벽의 행동에 놀란 진건이 그녀를 바라봤다.

"우새벽 씨."

"……."

"우새벽 씨!"

아.

"뭐 하는 거야?"

새벽은 밥을 먹다 말고 멍한 표정을 짓는 저를 보고, 진건이 미간을 좁히자 낮게 탄성을 흘렸다. 그녀는 어색하게 웃으며 얼른 숟가락을 다시 집어 들었다.

"미, 미안해요. 갑자기…… 손에 힘이 풀려서."

"괜찮아?"

"네네! 괜찮아요."

괜찮아요. 아무 문제 없어.

새벽은 목구멍까지 차오른 다음 말을 내뱉지 못했다. 싱글거리던 새벽의 얼굴에서 미소가 사라지자 그녀를 빤히 쳐다보던 진건이 중얼거렸다.

"……만일 정말 문제가 있는 거라면 병원에 가는 게 좋겠어. 손목 같은 경우는 사소한 문제로 취급하면서 놓치기 쉬우니까. 지금 당장이라도……."

"하하. 괜찮아요, 진짜. 신경 쓰지 마시고 어서 드세요!"

새벽은 두 손을 휘휘 내저으며 밝게 외치고는, 밥을 먹자며 숟가락을 힘차게 휘둘렀다. 진건은 과장된 행동을 이어 가는 새벽을 한동안 직시하다, 곧 시선을 거두며 남은 식사를 마저 했다.

'바보 같은…… 생각이야.'

이윽고 찾아온 침묵은 새벽의 들썩이는 마음을 가라앉히는 데 도움을 줬다. 그녀는 스스로를 진정시키며 중얼거렸다.

'그럴 리 없잖아?'

다른 사람도 아니고 저 사람이…… 천하의 장진건이 제게 그런 말을 할 리가 없다.

그런데도 불구하고,

'참 생생한 꿈이네.'

새벽은 피식 웃었다.

"왜."

"별거 아녜요. 아무래도 제가 어제 술을 많이 마시긴 한 것 같아서요."

새벽은 제 시선을 느낀 진건에게 웃으며 말했다. 진건이 미간을 꿈틀거리더니 입술을 열었다.

"그건 맞긴 해. 아주 고삐 풀린 짐승이더군."

"……!"

"우새벽 씨. 설마 다른 사람 앞에서도 그렇게 마시는 건 아니겠지?"

새벽은 눈을 동그랗게 뜨며 고개를 저었다.

"그, 그럴 리가요! 저 그렇게 술꾼 아니거든요?"

"흐응."

"정말이에요! 어, 어제는…… 어젠 기분이…… 별로 안 좋았으니까. 그래서 그런 거라고요!"

"……."

"어쨌든 앞으로 그럴 일은 없을 거예요! 이젠 완전히 극복했거든요! 다시는 그런 추태 없을 테니 걱정 마세요, 장진건 씨!"

새벽은 말을 한 뒤, 눈앞에 놓인 국그릇을 집어 들었다. 속이 쓰린 와중 해장국을 얼큰하게 들이켜면 묵었던 체증이 쑥 내려갈 거다. 거침없이 손을 뻗던 그녀의 귓가로 진건의 목소리가 들려왔다.

"밥 먹고 회장님을 뵈러 갈 거야."

"읍!"

순간 호로록 들이마셨던 해장국이 코에서 걸리는 느낌이었다. 진건은 눈에 띄게 동요하는 그녀에게 말을 이었다.

"본가로 가는 거 아니니까, 그렇게 걱정 안 해도 돼."

이어지는 그의 말을 듣고서야 새벽은 내심 안도할 수 있었다.

❖

진건과 아침 식사를 마친 새벽이 향한 곳은 서울시 외곽에 위치한 한 종합 병원이었다. 왜 도심에 자리 잡은 종합 병원이 아닌, 이곳에 온 건지 이해가 되지는 않았지만 '회장님의 뜻이었어.' 라고 말하는 진건에게 더는 묻지 않았다.

병원의 상층부에 자리 잡은 VVIP 전용 병동.

장태달 회장의 이름이 아닌, 장태석이라는 가명으로 병실을 사용 중인 노년의 사내가 문을 열고 들어오는 새벽과 진건을 반겼다. 한남동 본가에 인사를 드리고 혼인 신고를 한 이후 처음으로 장 회장을 만나는 자리여서인지, 살짝 긴장했던 새벽은 제게 부드러운 눈빛을 보내는 장 회장에게 미소로 화답했다.

장 회장은 새벽에게 낯간지러울 정도로 다정한 '아가' 라는 호칭을 붙여 주면서 그녀에게 가까이 오라는 듯 손짓했다.

"아가야. 어떠니. 저 돌덩어리가 네게 잘해 주기는 하는 거야?"

돌덩어리. 그 말이 딱 어울리는 진건은, 장 회장의 말에도 그저 서늘한 얼굴로 서 있을 뿐이다.

좀 웃지.

새벽은 이곳 병실에 그녀와 장 회장, 그리고 자신밖에 없으면서도 도통 입꼬리를 올릴 생각을 않는 진건을 힐끔거리며 장 회장을 바라봤다.

"네. 얼마나 잘해 주시는지, 오늘은 아침도 차려 주셨어요."

"아침을? 저 녀석이?"

어라?

"할아버님께선 모르셨어요? 진건 씨, 본인이 요리 잘한다고 엄청 자랑하던데."

새벽이 말하자 진건이 미간을 좁혔다. 설마 새벽이 그 말을 장 회장의 앞에서 할 줄은 몰랐다는 표정이다. 새벽은 아랑곳 않고 허허, 웃는 장 회장을 직시했다.

장 회장은 도통 믿어지지 않는다는 듯 진건과 새벽을 번갈아 쳐다보더니 중얼거렸다.

"세상 오래 살고 볼 일이군. 저 녀석이 누군가를 위해 요리를 하다니."

쯧쯧, 혀를 차는 것을 보니 진건은 장 회장에게도 요리를 해 준 적이 없나 보다. 새벽은 빙긋 웃으며 '제가 숙취가 좀 있어서요. 걱정이 됐었나 봐요.' 라고 말하려다 말았다. 어른들께 술을 마셨다는 이야기는 굳이 할 필요는 없으니까.

검진이 있었는지 환자복을 입고 있던 장 회장은 그 후로 진건과의 결혼 생활이 어떤지, 불편함은 없는지, 진건이 꼬박꼬박 들어오는지 등을 묻기 시작했다. 새벽은 침착하게 있는 그대로 답을 하기 위해 노력하면서도, 그와 몹시 행복한 생활을 보내고 있는 척 말해야 했다.

"장진건."

"예."

"네 녀석, 정말이지 아가를 아끼고 있나 보구나."

재잘재잘 답하는 새벽에게 옅은 미소를 지어 보이던 장 회장이 진건을 쳐다봤다.

"소중하게 생각하고 있습니다."

……!

'소, 속지 말자.'

그녀를 내려다보며 붉은 입술을 움직이는 진건의 말엔 마치 진심이 담겨 있는 것 같았다. 진건의 차분한 눈동자가 저를 향하자 묘한 감각에 움찔하던 새벽은 곧 속으로 부정했다. 저렇게 다정하고, 상냥하게 말해도 모든 것은 '거짓' 이다.

상 회장의 앞에서 그의 주식을 증여받기 위해 진건이 꾸미고 있는 연극.

물론, 그것이 진짜 같아서 저도 깜빡 속을 지경이지만…….

'진심으로, 나중에 배우 오디션을 보는 게 어떻겠냐고 권해 볼까?'

새벽은 장 회장의 앞에서 제게 웃어 주는 진건을 바라보며 속으로 생각했다.

"콜록콜록!"

그때 돌연 어깨를 들썩이며 장 회장이 크게 기침을 했다. 환자 같지 않은 태연한 모습으로 저를 반겼기에, 장 회장의 병세에 대해 잠시 잊고 있던 새벽이 화들짝 놀랐다.

"하, 할아버님! 괜찮으세요?"

"콜록콜록, 후우, 후우우. 아, 괜찮다. 괜찮아."

새벽이 장 회장에게 서둘러 물을 건네며 묻자, 손사래를 치던 장 회장은 진건을 올려다봤다.

"나가 보거라."

"……저 말씀이십니까?"

"그럼 내가 누굴 보고 있는 걸로 보이냐?"

새벽은 진건에게 축객령을 내리는 장 회장을 발견했다. 망설이던 진건이 새벽과 장 회장, 둘만을 남겨 둔 채 병실을 나서자 장 회장이 그가 나간 것을 확인하며 말라 버린 입술을 움직였다.

"아가. 내가 아가 너를 새벽이라고 불러도 되겠니?"

"물론이죠, 할아버님!"

새벽이 웃자 장 회장의 입매가 휘어진다. 장 회장이 무슨 말을 하려길래 진건까지 쫓아내는 건지. 영문을 몰라 하던 새벽은 길게 한숨을 내쉬는 장 회장의 다음 말을 기다렸다.

"새벽아. 나는 말이다…… 떠날 땐 떠나더라도 너랑 진건이, 너희 두 사람의 결혼식은 보고…… 떠나고 싶구나."

아.

"하지만 그게 내 마음대로 될지는 모르겠어. 이 몸이…… 버틸 수 있을지……."

"할아버님……."

"살 만큼 산 노인네의 마지막 바람인데 말이다. 허허. 그게 내 뜻대로 될까……."

살날이 얼마 남지 않았음을 직감한 걸까. 장태달 회장의 안색이 급격하게 어두워졌다.

왠지 할아버지의 임종 때가 떠올라 덩달아 심각해진 새벽이 앙상한 장 회장의 손 위로 제 손을 덮었다. 그러고는 그의 손을 꽉 움켜쥐며 눈을 빛냈다.

"그게 무슨 소리세요, 할아버님! 오래오래 사셔야죠!"

"아가."

"꼭! 꼭 보실 수 있을 거예요, 할아버님! 저와 진건 씨가 결혼식도 치르고, 잘 사는 모습을 오랫동안 보셔야죠!"

"……."

"빈말 아니에요!"

새벽이 하얀 이를 드러내며 말하자, 흐리게 웃던 장 회장이 그녀의 손등을 톡톡 두드려 주었다.

"고맙구나."

"……."

"정말…… 정말 고마워."

본가에서 보았을 때와는 달리, 병원에서 마주한 장태달 회장의 모습은 늠름하기보단 쇠약해 보인다. 안쓰러움이 복받쳐 새벽은 그를 진심으로 위로했다.

'오래 사셨으면 좋겠어.'

만약 그렇게 된다면 자신과 진건의 계약에 여러 가지 문제가 생길뿐더러, 계약 기간도 길어지겠지만…… 그럼에도 불구하고, 새벽은 장 회장이 세상을 떠나는 것을 원치 않는다. 현재 유단의 오너가에는 장 회장을 제외한 진건의 편은 존재하지 않으니까.

만약 장 회장이 없다면…… 진건은 과연 어떻게 될까.

"힘들게 자라 온 아이야."

생각만 해도 마음이 불편해져 한숨을 참아 내던 새벽의 귓가로, 장 회장의 목소리가 들려왔다.

"그렇게 많은 상처가 있을 줄은, 나조차도 모르고 있었어. 뒤늦게 알았을 때는…… 이미 모든 게 틀어져 버린 뒤였지."

작게 읊조리는 장 회장의 고요한 음성이 병실 안을 메웠다. 새벽은 말없이 그 말을 듣고 있었다.

"진건이가, 녀석이 널 알게 되어서…… 이 할아비는 얼마나 다행인지 모른다. 새벽아. 아가. 네가…… 네가 우리 진건이의 힘이 되어 주면 좋겠구나. 그러면 이 할아비도 편하게 떠날 수 있을 것 같아."

간절함을 가득 담은 장 회장의 말에 속이 쓰렸다. 정말로 그의 바람을 이루어 주고 싶지만, 장 회장의 앞에서 거짓된 연극을 해야만 하는 새벽에겐 양심의 가책만이 일 뿐이다.

그러나 그를 위해서. 그리고 저와, 진건을 위해서 새벽은 말을 할 수밖에 없다.

"염려 마세요, 할아버님. 제가 진건 씨 곁에 꼭 붙어 있을게요!"

새벽은 맑게 웃으며 저만 믿으라는 듯 가슴을 탕탕 두드렸다. 장 회장은 그런 새벽을 보며 옅은 미소를 그렸다.

새벽은 장 회장과 30여 분 정도 더 이야기를 나눈 뒤, 병실을 빠져나왔다. 그녀를 기다리느라 복도에서 대기하고 있던 진건이 '저 왔어요!' 하고 외치는 새벽을 향해 건조한 음성을 흘렸다.

"돌아가지."

"잠깐만요, 장진건 씨!"

새벽은 그런 진건을 불러 세우고는 의아해하는 진건에게 말했다.

"오늘 일요일이죠?"

진건이 몰랐냐는 표정을 지으며 고개를 끄덕였다. 새벽은 씩 웃으며 말했다.

"그럼 장진건 씨의 남은 시간은 비어 있겠네요?"

"무슨 소리를 하고 싶은 거지?"

말을 돌리며 묻는 새벽을 진건이 가느다래진 눈으로 내려다봤다. 새벽은 어깨를 으쓱였다.

"아니 뭐, 별건 아니고요."

"……."

"어제 제 한탄을 들어 주신 것도 고맙고…… 그에 대해 감사를 표하는 의미에서, 장진건 씨를 제 아지트로 초대하고 싶은데."

"아지트?"

다른 이유는 없다. 그저 그도 제게 호의를 베풀었으니, 저 역시 그에게 호의를 베푸는 거다.

맞아. 그런 간단한 이유라고.

새벽은 떨떠름한 표정을 짓는 진건의 팔을 덥석 잡으며 외쳤다.

"글쎄, 따라와 보시라니까요?"

❖

"우새벽 씨는…… 내가 이런 곳과 어울린다고 생각하나?"

새벽의 맞은편에 앉아 있던 진건이 잘생긴 얼굴을 일그러뜨리며 황당한 목소리를 뱉어 냈다. 진건과 함께 '이곳'으로 들어온 이후, 자연스레 자리를 잡고 책을 펼쳐 내용을 독파 중이던 새벽이 깜짝 놀라 고개를 들었다.

"네? 그게 무……."

아!

머뭇거리던 그의 팔을 잡아당기고선 무작정 안으로 들어왔다. 멈칫하는 그를 내버려 둔 채, 앞으로 읽을 책들을 고르느라 정신이 없었기에 차마 그를 살피지 못했다.

새벽은 뒤늦게 그의 상황을 파악하고선 풋 웃음을 터뜨렸다. 새벽의 행동에 진건의 미간이 좁아지는 게 시야로 들어온다.

'확실히 미스매치네.'

깔끔한 슈트를 입고선 제 앞에 앉아 있는 진건은 이곳의 분위기와는 전혀 어울리지 않는다. 비교적 편안한 트레이닝복 차림의 이곳의 다른 고객들과 비교했을 땐 더더욱.

새벽이 진건을 데려온 아지트는 그녀가 살았던 동네에서 유일하게 존재하던 만화방이었다. 최신식 시설을 갖춘 근래의 만화 카페들과는 달리, 어쩐지 미묘한 기운마저도 풍기는 만화방 입구에서 진건이 자꾸만 망설이던 것이 생각났다.

「여기……야?」

지금 이 상황이 너무도 편했던 새벽은 그의 말을 미처 파악하지 못했다. 새벽은 불편한 얼굴로 저를 빤히 응시하는 진건을 향해 배시시 웃었다.

"별로……예요?"

굳이 진건의 답변을 듣지 않아도, 그의 얼굴에 그려진 표정만으로도 충분히 답은 짐작 가능했다. 새벽은 하얀 이를 드러내며 씨익 웃더니, 그의 앞에 놓여 있는 수북한 만화책들을 가리켰다.

"에이. 장진건 씨!"

"……."

"장진건 씨도 그렇게 팔짱만 끼고 앉아 있지 말고…… 거기 그 책들 한 번 읽어 봐요! 그것들, 제가 여기서 읽었던 것들 중 가장 재미있는 것만 골라 온 거라니까요?"

"……."

"어서요!"

"우새벽 씨."

"네?"

"여기가 우새벽 씨의 아지트라고 했었나?"

새벽은 조금의 망설임도 없이 고개를 끄덕였다. 그러자 차가운 눈빛으로 주위를 둘러보던 그가 나지막하게 중얼거렸다.

"그럼 여기에 자주 오는 거야?"

마치 누군가를 경계하는 듯, 눈가에 힘을 주는 진건의 모습이 의아스럽다. 새벽은 그가 왜 그런 표정을 짓는지 전혀 이해하지 못했지만, 성실히 답을 하기 위해 입술을 열었다.

"네! 저 여기 단골이에요!"

"단골?"

"음. 그러니까…… 본가에서 나온 이후로 이곳을 발견하고 계속 다녔으니…… 한 5년 정도 됐나?"

"……."

"왜 그러세요?"

찜찜한 표정의 그가 걸려 조심스레 물었더니, 그가 낮게 말을 덧붙였다.

"여자보다…… 남자가 많군."

"예?"

"……아무것도 아니야."

"……."

"그런데 왜 여기가 우새벽 씨의 아지트가 된 거지?"

좋은 질문이다. 새벽은 기다렸다는 듯 대답했다.

"여기 앉아서 이렇게 책을 보는 거 말이에요. 은근히 스트레스 풀 때 제격이에요!"

"제격?"

"뭐랄까……. 가만히 앉아 만화책을 보고 있으면 마치 다른 세상에 있는 것같이 느껴진달까?"

좁아지는 그의 미간을 보며 새벽은 생글거렸다.

"뭐, 어찌 보면 현실 도피이긴 한데…… 그래도 그 순간만큼은 기분이 좋으니까요! 기분 나쁘게 했던 모든 것들을 잊고, 그곳에 빠져들 수 있으니까. 그래서 자주 찾다 보니 아지트가 됐고, 여기 주인아저씨랑도 엄청 친해요! 저한테 서비스가 아주 팍팍이라니까요?"

새벽은 짙은 미소를 지으며 멀리서 저와 진건을 바라보는 만화방의 주인에게 손을 흔들어 주었다. 그러자 진건은 새벽에게 화답하기 위해 손을 들어 올리는 만화방의 주인을 매섭게 노려보더니, 다시금 새벽을 응시했다.

새벽은 주위를 두리번거리다 고개를 숙여 진건에게만 속삭였다.

"장진건 씨. 혹시 그거 알아요?"

"뭘."

그가 퉁명스럽게 대답했지만 새벽은 굴하지 않았다.

"저 어릴 적부터 완전 만화광이었어요."

"……."

"TV에 나오는 웬만한 만화영화 주제곡은 다 외우고 다녔다니까요? 거기서 제일 좋아하는 노래가……."

"신데렐라?"

어?

"어떻게…… 아세요? 설마 장진건 씨도 그 만화 봤어요?"

새벽은 두 눈을 크게 부라리며 그에게 되물었다. 그러자 잠시 멈칫하던 진건이 눈동자를 반짝반짝 빛내고 있던 새벽을 향해 태연하게 대꾸해 주었다.

"짐작."

아…….

"뭐야. 동지인 줄 알았는데."

"……."

"어쨌든 제가 그 만화영화를 좋아했던 이유가 있어요."

"그게 뭐지?"

"그 만화영화의 주제곡 때문이에요! 대체 왜 그런지는 모르겠지만, 그 주제곡을 부르고 있으면 이상하게 기분이 좋아지더라고요! 힘도 나고!"

"그래?"

"네! 자기가 기분이 좋다는 걸 반복하는 노랜데, 같은 말을 반복하다 보면 세뇌가 되나 봐요. 저도 모르게 자꾸 웃음이 나고, 기분이 좋아져서…… 아마도 그 영향 때문인지 그 이후로 만화를 좋아하게 됐어요. 학창시절 땐 공부 안 하고 만화만 본다고 어머니한테 많이 혼나기도 했지만…… 뭐 어쨌든, 그래서 장진건 씨를 데려오고 싶었어요."

"나를? 이 만화방에?"

"네!"

새벽은 맑게 미소 지었다.

"장진건 씨한테도 여유가 필요해 보였으니까."

새벽의 말에 귀를 기울이던 진건의 검은 동공이 흔들렸다. 새벽은 웃었다.

"제가 여기서 느끼는 평온을, 당신에게도 느끼게 해 주고 싶었어요. 사실 아무에게도 알리지 않은 저만의 장소지만, 어제 장진건 씨가 저를 많이 위로해 주기도 했고……."

"……."

"하, 하지만 이곳에 있기 불편하다면 일어나요. 생각해 보니 제가 너무 제멋대로 굴긴 했네요. 장진건 씨는 저처럼 한가한 사람이 아닌데. 집에 가서 쉬는 것도 나쁘진 않……."

"괜찮아."

벌떡 일어나는 새벽의 손목을 덥석 잡은 진건은 고개를 저었다. 그러고는 담담하게 말했다.

"그대로 있어."

진건은 새벽을 붙잡은 손아귀에서 스르륵 힘을 풀었다. 그는 이내 제 앞에 놓인 만화책 한 권을 덥석 집어 들며, 소리를 내뱉었다.

"한번 느껴 보도록 하지."

"……!"

"우새벽 씨가 느끼는 그 평온이라는 거."

퉁명스러운 말투기는 하나, 결코 따갑게 느껴지진 않는다. 새벽은 체념했다는 표현이 더 옳은 것 같은 진건의 행동에 입꼬리가 씰룩거리는 걸 꾹 참아 냈다. 싫은 티를 풍겨도 결국은 제가 원하는 대로 들어주는 그가 꽤 고맙기도 하고, 귀엽기도…….

멋대로 올라가는 입꼬리에 새벽은 흠칫 놀랐다.

'내, 내가 무슨 생각을!'

눈앞의 남자에게 도움을 받고, 그의 앞에서 추한 모습을 보이기도 했으며, 울기도 했던 터라 아무래도 방심했던 모양이다. 새벽은 무심코 든 생각을 훌훌 털어 내기 위해 머리를 흔들었다.

'미쳤나 봐.'

새벽은 제멋대로 벌렁거리는 심장의 박동을 낮추기 위해 들고 있던 책으로 시선을 꽂았다.

"저기……."

얼마나 지났을까. 진건이 고요한 만화방의 분위기에 슬슬 익숙해지는 모습을 보일 때쯤이었다. 새벽은 끝내 참지 못하고 입술을 움직였다.

회사의 앞날을 결정할 심각한 서류라도 보는 것처럼, 새벽이 좋아하는 코믹 만화를 읽고 있던 진건이 슬며시 고개를 들었다. 새벽은 허공에서 부딪친 그의 검은 눈동자를 보며 적잖이 고민했다.

이 말을 해야 하나, 말아야 하나…….

"제가 한참을 생각해 봤는데요, 장진건 씨. 우리…… 호칭 정리를 좀 해야 할 것 같지 않아요?"

"호칭?"

불쑥 꺼낸 새벽의 발언에 진건이 미간을 좁혔다. 갑작스러운 그녀의 말이 의외였던 모양이다. 그럴 만도 하지. 새벽은 내심 수긍하면서도 요며칠간 내내 생각했던 말을 이어 갔다.

"네. 아무래도 현재 우리의 관계와는 달리…… 서로를 너무 거리감 있게 부르는 것 같아서요."

"……."

"무, 물론! 다른 사람들 앞에선 달라진다지만…… 그래도 둘만 있을 땐 자꾸 성을 부르는 것이 마음에 걸려요."

새벽은 어색하게 웃었다.

"만약 여기에 익숙해지면 혹시나 다른 사람들의 앞에서도 그렇게 부를까 봐 조금…… 걱정도 되고."

"……."

"그래서 말인데요! 그냥…… 서로를 부를 때 성을 떼도 되지 않을까 싶은데 말이죠. 아, 뭐, 부, 불편하다면 어쩔 수 없죠. 강요할 생각은……."

"새벽아."

……!

쿵.

심장이 낭떠러지로 떨어졌다. 새벽은 제 말이 채 끝나기도 전에 들려온 음성에 눈을 크게 떴다. 헉, 숨을 들이마시며 진건을 바라보는 갈색 동공이 요란하게 들썩였다.

"새벽아."

깜짝 놀란 그녀에게 보란 듯이 진건은 한 번 더 그녀의 이름을 불러 주었다.

두근두근!

다른 사람들의 앞에서 들었을 때와는 달리, 이 고요한 공간에서 제 이름을 부드럽게 내뱉는 그를 보자니 얼굴이 화끈거렸다.

'이, 이상하네.'

결코 저를 이리도 다정하게 불러 줄 리 없던 그가, 자신을 쉬지 않고 되뇌자 침이 꼴깍 넘어갔다.

「새벽아. 사랑해.」

"새벽아."

"그, 그만하세요!"

아마도 꿈인 것이 분명한 그 목소리와 진건의 목소리가 겹쳐졌다. 한 번 시작된 가슴의 통증이 도통 끊이질 않아, 새벽은 얼굴을 찡그렸다. 그녀는 고개를 푹 숙이며 중얼거렸다.

"그만……하세요."

왜 이렇게 동요하는 건지, 스스로도 잘 모르겠다. 고작 이름을 부르는 그의 목소리가 귀를 간질여 호흡이 어지러워졌다.

'나…… 왜 이렇게 떨리니?'

냉기만 폴폴 풍기던 남자가 제 이름을 이리 다정하게 불러서 그런 건가……. 새벽은 미묘해지는 감각에 경직된 미소를 지으며 자리에서 일어났다.

"제가 너무 성급했나 봐요. 호칭 정리는 조금 더 생각을……."

"조심해요!"

진건 쪽을 응시하고 있느라, 마침 제 뒤편에서 트레이를 들고 오던 아르바이트생을 발견하지 못했다.

'윽!'

트레이를 들고 있던 아르바이트생이 갑작스럽게 일어난 새벽과 쿵 부딪쳤다. 아르바이트생이 들고 있던 트레이 위에 펄펄 끓는 라면을 담은 냄비가 놓여 있다는 것을, 새벽은 눈치챘다.

그녀와의 부딪침으로 인해 트레이 위의 냄비가 공중으로 뒤집어지는 것은 굳이 상상하지 않아도 되었다. 그리고 냄비 속의 뜨거운 국물이 그녀의 어깨 위로 쏟아지는 것 또한 불 보듯 뻔한 일이었다.

차마 뒤를 살피지 못한 제 실수였다. 아무리 당황했더라도 그렇게 섣불리 일어나는 것이 아니었는데.

느릿하게 흘러가는 시간 동안, 새벽은 저도 모르게 눈을 질끈 감으며 다가올 고통에 대비하려 했다.

'어……라?'

그러나 어떻게 된 일일까. 차륵, 무언가 쏟아지는 소리가 들렸음에도 몸을 살짝 웅크린 새벽에게는 그 어떤 고통도 느껴지지 않았다. 그녀는 오히려 무언가가 저를 누르고 있다는 것을 인지하고선 감았던 눈꺼풀을 슬며시 들어 올렸다.

"……!"

"괘, 괜찮으세요?"

아르바이트생의 시선이 향한 곳은 제 쪽이 아니다.

두근두근!

새벽은 어느새 그녀의 머리를 소중하게 감싼 채, 그녀를 제 품으로 있는 힘껏 끌어당긴 누군가의 목소리를 들을 수 있었다.

"괜찮……습니다."

"드, 등이 다 젖으셨는데…… 데신 거 아니에요?"

"괜찮습니다. 그런데…… 혹시 수건 같은 게 있습니까?"

"아, 예! 자, 잠깐만 기다리세요!"

놀란 아르바이트생은 힘껏 외치며 카운터로 달려갔다. 제 것인지, 아니면 제 귀와 닿아 있는 상대의 것인지 도통 출처를 알 수 없는 심장 박동 소리가 그녀의 귓전을 두드렸다.

'…….'

새벽은 바닥에 처참하게 나뒹굴고 있는 트레이와 냄비, 주홍빛 국물 그리고 꼬들꼬들한 면들을 넋 놓고 응시하다, 슬그머니 고개를 들었다.

"자…… 장진건 씨……."

입술이 파르르 떨려 말을 잇기가 힘들다. 어떻게 된 일인지, 자신이 뒤집어써야 했을 라면 국물이 진건의 등을 적시고 있었다. 진건은 새하얗게 질린 얼굴로 그를 올려다보는 새벽에게 입을 열어 주었다.

"괜찮아."

"하지만……."

"그나저나."

그러고는 오히려 어쩔 줄 몰라 하는 새벽에게 물었다.

"우새벽 씨는? 다친 데 없어?"

❖

"크윽……."

"아프긴 아프냐?"

진건은 등 뒤에서 들려오는 날카로운 음성에 쓴물을 삼켰다.

당연히 아프지.

입안을 맴도는 말은 한두 마디가 아니나, 그가 말할 틈을 주지 않고 소독을 이어 가고 있는 상대에게 대꾸할 여력 따위는 없다.

꾹꾹, 진건의 상처를 치료하고 있던 남자는 퉁명스러운 목소리로 중얼거렸다.

"대체 어디서 이런 멍청한 짓을 당하고 온 거야?"

"……."

"그것도 장진건이. 인마. 내가 연락받고 정말 기겁하는 줄 알았다. 안 그래도 바쁜 외과의를 응급실까지 부른 녀석이 다름 아닌 네 녀석이라서. 웬만하면 응급실 애들한테 맡기지, 굳이 나를 불러야 했어?"

쯧쯧, 혀를 차며 투덜거리는 상대의 입은 도통 멎지 않는다. 진건은 툴툴 입을 삐죽이면서도 드레싱까지 완벽하게 마쳐 준 흰 가운의 사내가 '다 됐어, 인마.' 하고 말하자 뒤를 돌아봤다. 흐린 미소를 머금던 진건의 얼굴에 상대를 향한 미안함이 내려앉았다.

"미안해."

"알긴 알아?"

진건은 말을 덧붙였다.

"몰래 치료를 해 줄 사람이…… 형밖에 없어서."

"왜 몰래 치료를 해. 화상 입은 게 뭐 큰 대수…… 뭐, 대수긴 하겠네. 차기 총수가 몸이 성치 않다고 온갖 지랄을 할지도 모르겠군. 너희 집 사람들이라면."

대답하지 않았다. 아니, 하지 못했다.

진건은 차가운 코웃음을 흘리는 흰 가운의 사내, 승원을 보며 아무 말도 하지 않았다. 한국대학병원 소속 외과의, 승원은 길게 한숨을 내쉬더니 말을 이었다.

"그나마 2도 화상 중에서도 심재성이 아니라 표재성이라는 걸 다행으로 여겨. 열흘에서 보름 정도만 치료 잘 받으면, 흉터도 안 남을 수 있을 거다. 내가 입 무거운 성형외과 녀석한테 미리 말해 놓을 테니, 그 녀석한테 꼬박꼬박 치료받으러 다니고."

"고마워."

"그런데."

흐리게 웃는 진건을 싸늘하게 내려다보던 승원의 눈동자가 굳게 닫혀 있는 진료실 밖을 향했다.

"아까 복도에 있던 거. 그건 대체 뭐냐?"

진건의 눈동자가 동그래졌다. 승원은 의아해하는 진건에게 덧붙였다.

"갈색 단발."

아.

"엄청 안절부절못하더라? 누가 보면 네가 죽는 줄 알겠어."

진건은 웬 이상한 여자를 봤다며 중얼거리는 승원을 바라봤다.

"형은 알 거 없어."

"왜. 누군데?"

"그냥 아는 여자."

"그냥 아는 여자가 아니던데? 솔직히 말해 봐. 누구야? 뭐야?"

승원은 집요했다. 진건은 짜증스럽다는 표정만 짓고선 대답하지 않았다.

"잠……깐."

진건을 가만히 바라보던 승원의 눈동자가 급격하게 떨렸다.

"설마 너 저거랑 그렇고 그런 사이야?"

저거라니.

진건은 승원의 외침에 인상을 썼다.

"내 보물이니 그런 표현은 삼갔으면 해."

승원은 귀를 의심했다.

"내, 내가 지금 무슨 소릴 들은 거냐?"

그는 두 눈을 동그랗게 뜨며 진건을 쳐다봤다.

세상이 드디어 멸망하는가!

다른 사람도 아니고, 천하의 장진건의 입에서 도통 나올 리 없는 말이 흘러나오자 승원은 저도 모르게 입을 쩍 벌렸다.

"보물……이라고?"

진건은 얼떨떨해하는 승원을 냉랭하게 쳐다보며 대꾸했다.

"그래. 내 보물."

그저 바라보고만 있어도 기분이 좋아지는…… 그런 내 보물.

"보물이라."

"눈독 들이지 마. 형이라고 안 봐줄…… 형."

"왜."

"뭐 하는 거야?"

낮게 쿡쿡거리던 진건은 고개를 들어 제 이마에 손을 대고 있는 남자를 올려다봤다.

"열은 없는 것 같다고 생각 중이다."

"……."

"미친놈. 내가 네 녀석의 '보물'을 탐낼 거라고 생각하는 거냐? 탐 안 내. 관심도 없어!"

얼굴을 일그러뜨리던 승원은 미심쩍은 표정을 지으며 외쳤다. 그러고는 픽 웃는 진건을 내려다보며 떨떠름하게 말했다.

"진짜 세상이 멸망할 일이군. 돈이랑 일 말고 네게도 보물이라는 표현을 사용하는 '사람' 이 존재하다니. 난 네게 그런 보물이 존재할 줄은 꿈에도 생각 못했다. 인마, 장진건. 아무리 인생의 첫 여자 친구라지만 보물이라고 하기에는 정도가 조금 지나…… 잠깐!"

믿어지지 않는다는 듯, 신랄한 말을 이어 가던 승원의 눈동자가 큼지막해졌다. 진건은 무언가 눈치챈 것이 틀림없는 승원에게 대답하지 않았다.

진건은 한숨을 내쉬었다. 승원은 눈치가 빠른 편이기에 그녀의 존재가 단순한 여자 친구가 아니라는 것 정도는 알아차렸을 것이다. 한참이나 눈을 깜빡이던 승원이 이번엔 온몸을 덜덜 떨며 되물었다.

"유리…… 구두?"

"……"

"설마 저거, 저거 유리 구두야? 그 유리 구두?"

기겁하는 승원을 보며 진건은 눈에 힘을 줬다.

"조용히 해. 소리가 너무 커."

"네, 네가 이떻게 유리 구두랑 같이 있어?"

승원은 믿어지지 않는다는 표정이다. 그럴 만도 하다. 영우를 제외하고는, 진건과 가장 가깝다고도 할 수 있는 그의 대학 선배는 진건에게 의문을 쏟아 냈다.

왜 진건이 '유리 구두' 와 함께 있느냐부터 시작하여, 두 사람이 무슨 사이냐, 아까 '유리 구두' 가 제발 살려 달라고 울면서 나한테 달려들던데, 제정신이긴 한 거냐 등등.

진건은 쉬지 않고 물음을 던져 대는 승원에게 차분하게 지금까지의 일을 설명해 주었다.

"……미쳤군."

가만히 진건의 말을 듣고 있던 승원이 툭 소리를 내뱉었다. 그는 후우 숨을 가쁘게 내뱉더니, 이내 셔츠를 입으려 드는 진건에게 말했다.

"너 제정신이긴 한 거야?"

"……."

"대체 무슨 생각으로 결혼까지 했어? 한집에서 같이 사는데, 그걸 견딜 수 있겠어?"

"형도 견뎠잖아."

"인마, 나는 어쩔 수 없는 사정이……."

"나도 견딜 수 있어."

"……!"

"견딜 거야."

마치 다짐과도 같은 진건의 말에 승원이 입을 꾹 다물었다. 남자 둘만 존재하는 진료실 내에 잠깐 동안의 침묵이 흘렀다. 승원은 '젠장!' 하고 욕설을 흘렸다. 승원이 매서운 눈빛으로 진건에게 말했다.

"바라볼 수밖에 없어."

알고 있어.

"건드리지도 못한다고."

"그럴 생각도, 할 마음도 없어."

"……."

"내가 건드려서는 안 돼. 건드리면…… 틀림없이 다칠 테니까. 그러니 그럴 일은 절대 없을 거야."

진건의 음성을 듣고 있던 승원이 실소를 터뜨렸다.

"황당하네. 네 녀석이 무슨 가시라도 되냐?"

"……."

"도 닦는 것도 아니고, 좋아하는 여자가 코앞에 있는데 손도 못 대? 그것도 혼인 신고까지 마친 와이프를?"

"이해…… 못하겠지. 형이 이해해 주기를 바라지는 않아."

진건은 어이없는 숨을 터뜨리는 승원을 무시하며 라면 국물로 젖어 버린 슈트 상의가 아닌, 영우가 가져온 새로운 슈트 상의를 집어 들었다. 승원은 자조 섞인 목소리를 흘리며 조용히 상의를 걸치는 진건을 바라봤다.

진건은 완벽하게 옷을 갈아입고선 승원을 직시했다.

"지금이 좋아."

"……."

"언젠간 놓아주어야겠지만…… 그래도, 지금이. 예전과는 달리 그저 가까이 있을 수 있는 지금이 좋아."

평생 가까워지지 않을 것만 같던 거리가 이 정도로 좁아진 것으로 충분히 만족한다. 만약 주어진 계약 기간이 끝난다면 더 이상 함께할 수 없겠지만, 아주 잠깐이라도 함께할 수 있었던 것으로 만족할 수 있을 테니까.

바라는 것이 있다면, 지금 이상으로 가까워지지 않았으면 한다는 것.

"어이가 없군."

벅벅, 머리를 긁는 승원의 중얼거림이 귀를 두드렸다.

"네 말대로 나는 널 이해 못하겠다."

그러며 어색하게 웃는 진건에게서 몸을 돌린 승원은 닫혀 있던 진료실의 문을 열고 나가 버렸다.

"장진건 환자 보호자분?"

"형!"

"아, 네! 저, 저예요!"

진건은 문을 열고 나가기가 무섭게 새벽을 부르는 승원을 발견하곤 크게 소리쳤다. 불안한 표정을 지으며 영우와 함께 진료실 복도 앞을 서성이던 새벽이, 문을 열고 나오는 흰 가운의 승원의 부름에 달려오는 것이 보였다.

'제길.'

진건은 얼굴을 구겼다.

"장진건 씨! 괜찮아요?"

새벽은 승원의 뒤를 이어 다급히 나오는 진건을 발견하고선 소리를 높였다. 진건은 미간을 좁히는 자신과 안절부절못하는 새벽을 번갈아 쳐다보더니 빙긋 웃는 승원에게 눈을 부라렸다.

승원은 개의치 않으며 새벽을 향해 흠흠 헛기침을 흘렸다.

"장진건 환자 보호자분이시라고요?"

"네!"

"그렇군요. 그럼 각설하고 본론부터 얘기하도록 하죠."

진건에게 신랄한 말을 쏟아 낼 때와는 달리, 승원은 근엄한 의사처럼 입술을 달싹였다.

"현재 장진건 환자는 뜨거운 물에 화상을 입었으니, 아마 한동안은 혼자 거동하기 힘들 겁니다. 그러니 보호자의 열렬한 관심이 요구되죠."

"아!"

"장진건 환자 본인이 괜찮다고 해도, 보호자분께서 많이 관심을 가지셔야겠습니다. 만약 그렇지 않다면 등에 아주 커다란! 정말 너무도 커다란! 매우 흉측한 흉터 자국이 남을 거거든요."

"휴, 흉터요?"

일부러 '커다란' 이란 단어에 악센트를 준 승원으로 인해 새벽의 얼굴이 사색이 됐다. 그녀는 정말이지 세상이 무너진 듯한 표정을 지으며 입술을 파르르 떨었다.

'제길.'

진건이 승원에게 인상을 썼지만, 승원은 그의 시선 따위는 깔끔하게 외면하고선 새벽에게 싱긋 웃음을 그렸다.

"예. 그러니까 보호자분께서 환자를 잘 도와주셔야 할 것 같습니다. 그러실 수 있겠습니까?"

❖

「걱정 마요, 장진건 씨! 제가 당신의 손과 발이 되어 드릴게요! 무엇이든 저한테 맡기세요! 의사 선생님도 그러셨잖아요. 보호자의 관심이 필요하다고!」

의사 가운을 입고 있는 주승원의 말 한마디가 새벽에게 강력하게 다가왔음은 틀림없다. 진건이 홀로 셔츠를 입을 수 있다 해도, 홀로 머리를 감을 수 있다 해도, 홀로 양말이나 구두 정도는 신을 수 있다 해도 새벽은 귀신같이 나타나선 그를 도왔다.

저는 정말 괜찮다고 말을 해 주어도, '의사 선생님이 그러셨잖아요!' 라 되풀이하는 그녀로 인해 결국 백기를 든 것은 진건이었다. 통원 치료를 한 지 열흘째 되는 날인 오늘 아침에도 그랬다.

「저기…… 장진건 씨.」

그가 셔츠 입는 것을 돕던 새벽이 진건의 등 뒤를 흘긋거리며 조심스레 입을 열었다.

「우리 파티 할래요?」

「파티?」

「네. 주 선생님한테 듣기로는 오늘 장진건 씨 치료 마지막이라던데. 치료 끝난 기념으로 집에서 작게 파티라도 해요!」

「…….」

「요, 요리는 한가한 제가 다 만들게요. 그러니까…….」

「그래.」

「네?」

「하자고. 파티.」

무엇을 말하려기에 그리 뜸을 들이나 했더니 붉은 입술 사이로 흘러나온 말이 예상 밖이었다. 제가 허락하지 않을 것이라 여긴 건지, 알겠다고 대답하자 금세 밝아지는 표정이란.

진건은 '그럼 안녕히 다녀오세요!' 하고 먼저 출근을 하러 나가는 그에게 외치던 새벽을 떠올리며 픗 웃음을 터뜨렸다.

'화를 내려 했었는데…….'

진건이 모르는 사이, 승원과 진건의 등에 대해 연락을 주고받는 것이 틀림없다. 하루에도 몇 번씩.

'주 선생님'이 말했다며 화상 치료에 대한 정보들을 언급하던 새벽이 그의 곁을 졸래졸래 쫓자 주의를 주려 했다. 하지만 제게 손을 들며 맑게 웃는 그녀를 보자니 그 마음이 눈 녹듯 사라져 버렸다.

대신,

'더 이상의 문자는 안 돼.'

승원이 무슨 소리를 할지 몰랐기에 새벽과 연락을 주고받는 건 위험했다. 진건은 순식간에 얼굴을 굳혔다. 그러다 문득 누군가 저를 바라보고 있다는 것을 인지하고선 멈칫했다.

슬며시 고개를 들자, 방글방글 웃으며 그를 응시하고 있는 영우가 시야로 들어왔다. 진건은 얼굴에서 미소를 완벽하게 거두어들였다.

"한 비서."

"예, 본부장님!"

"언제…… 온 거지?"

"하하, 저요? 전 조금 전에 왔습니다!"

씩 웃는 영우에게선 악의는 느껴지지 않는다. 진건은 인기척도 내지 않고 본부장실로 들어온 영우의 입가에 걸린 웃음에, 싸늘한 눈빛을 흘렸다.

"그런데 왜 그런 표정이지?"

"아무것도 아닙니다."

"한영우."

"사실 별건 아니고, 그저 본부장님이 밝게 웃으시는 걸 보니 제 기분이 좋아져서 그러는 겁니다!"

밝게…… 웃어?

"내가?"

무엇이 그리 즐거운지 연신 생글거리는 영우의 모습이 거슬렸다. 진건은 '예!' 라고 외친 후 입꼬리를 올리는 그에게서 시선을 돌렸다. 계속 대화를 이어 나갔다가는, 본심을 드러낼 것만 같았으니까.

애써 서류들을 향해 눈을 돌린 진건이 무심하게 물었다.

"장지혜랑 장이건 쪽은?"

그러자 '아!' 하고 탄성을 터뜨린 영우가 서둘러 대답했다.

"아시다시피…… 장이건 1팀장 쪽은 조용합니다. 부회장님 라인에 계시긴 하지만, 1팀장은 사실 회사엔 큰 관심이 없지 않습니까. 요즘 회사도 잘 나오지 않는다고 합니다."

진건은 고개를 주억였다. 그의 이복 남동생은 확실히 그런 경향이 있었다. 유단을 향한 야욕을 드러내는 이복 여동생과는 달리, 지금껏 한 걸음 뒤로 물러나 상황을 지켜보기만 해 왔으니까. 생각을 읽을 수 있는 지혜보다 그런 이건이 더욱 위험하게 느껴지기는 하다.

'당장의 위협은 없다…… 이건가.'

진건은 쓴웃음을 흘렸다. 생각하던 진건에게 영우는 말을 덧붙였다.

"하지만 장지혜 2팀장 쪽이 근래 들어 활발하게 움직이는 것 같습니다."

"……장지혜가?"

"네. 아마도 만약의 경우를 대비해서 제 쪽으로 끌어들일 수 있는 주주들을 모으는 것 같더군요."

진건은 코웃음 쳤다.

어쩐지. 가만히 있을 사람들이 아니지.

특히나 지혜 쪽은 어떻게 해서든 저를 밖으로 내몰기로 마음먹은 상태라, 곧 다가올 불안감을 떨쳐 내려 애쓰고 있을 거다. 새벽의 일로 잠시 뒷전에 두었던 일들을 슬슬 처리해야 했다.

"지혜가 만나는 사람들이 누군지 알아봐."

"안 그래도 그렇게 지시하실 것 같아서 은밀히 움직이는 중입니다."

"그리고."

진건은 미소 짓는 영우에게 눈을 고정시켰다.

"……화인 코스메틱스. 그쪽과 관련된 정보가 있다면 무엇이든 수집하도록 해."

"화인…… 코스메틱스요?"

진건은 살짝 고개를 끄덕였다. 영우는 알겠다고 대답하며 진건에게 가볍게 묵례를 한 뒤 몸을 돌렸다.

"……!"

그가 본부장실을 나갈 것이라 여긴 진건은 시선을 아래로 내렸다. 영우와 잠시 대화를 하는 사이, 마침 새벽에게서 문자가 도착해 있었다. 오늘 무엇을 먹고 싶냐는 질문이었다.

진건은 피식 웃음을 흘렸다.

"당근 볶음밥."

"예?"

무심코 생각하던 것을 입술 밖으로 내뱉었다. 본부장실의 문고리를 잡아 돌리던 영우가 난데없는 진건의 음성에 깜짝 놀라 그를 쳐다보고 있었다. 진건은 눈썹을 꿈틀거리며 물었다.

"들……었어?"

"예. 똑똑히."

"잊어."

"그래야 할까요?"

"한영우."

"안 그래도 사모님께서 본부장님이 몇 시에 퇴근하실 예정인지 여쭈어 보시던데…… 하하. 사모님께서 본부장님을 위해 당근 볶음밥을 해 주실 모양입니다?"

영우는 정곡을 찔렀다. 진건은 '요즘 사모님과의 사이가 아주 좋으시지요?' 하고 눈을 반쯤 휘는 영우의 말을 애써 외면해야 했다.

❖

[당근]

……당근?

오전 수업을 마치고 난 후. 다행히 오후 수업이 없었기에 곧바로 학교를 나섰다. 그리고 간단한 짐만 챙겨 집 근처 시장에 장을 보러 나온 새벽의 눈동자가 휘둥그레졌다. 틀림없이 발신인은 진건이건만, 웬일인지 그가 보내온 답장의 내용은 도통 이해할 수 없다.

대체 자신이 어떤 문자를 보냈길래 진건이 이러한 답을 해 온 걸까.

새벽은 의아해하며 이전의 문자 내용을 살펴봤다. 되짚어 보니 그녀가 그를 향해 오늘은 어떤 음식이 먹고 싶냐는 문자를 보낸 것이 보인다.

'당근…….'

당근이라. 당근을 넣는 음식을 해 달라는 걸까, 아니면 그냥 당근이 먹고 싶다는 걸까.

'아마도 전자 쪽이겠지?'

새벽은 두 글자의 답변을 보내온 진건의 문자를 떠올리며 한참 동안 고심하다, 결국 마음을 먹었다.

'아무래도 전화를 해 봐야겠어.'

오늘은 진건을 위해 요리를 하는 날이니, 그가 먹고 싶어 하는 음식을 해 주려 했다. 더군다나 저로 인해 지난 열흘 동안 고생했던 남자였으니

더욱더.

새벽은 마음을 먹고는 통화 버튼을 누르려 했다.

"……!"

그러나 마침 걸려 온 전화가 새벽의 행동을 멈추게 만들었다.

'누구지?'

처음 보는 전화번호다. 핸드폰을 바꾼 지 얼마 되지 않아, 낯선 번호가 너무도 많이 걸려 오고 있었다. 받을까 말까 주저하던 새벽은 조금 망설이다 통화 버튼을 눌렀다.

— 새벽 씨?

이윽고 핸드폰 너머에서 들려오는 목소리에 새벽의 걸음이 뚝 멈추었다.

"새벽 씨, 여기예요!"

아.

저를 부르는 귀 익은 음성에, 새벽은 소리가 들려오는 진원지를 쳐다봤다. 긴 머리카락을 예쁘게 늘어뜨린 채 빙긋 웃고 있는 여자가 시야로 들어온다. 새벽은 침을 꼴깍 삼켰다.

「우새벽 씨 핸드폰, 아닌가요?」

귀 익은 음성. 그러니까 어디선가 들어 본 목소리의 주인공은 다름 아닌 장지혜였다. 워낙 강렬한 인상으로 다가왔기에 목소리 역시 도통 잊을 수가 없었다. 어떻게 이 번호를 알았냐고 묻기 전에, 만날 수 없냐고 상대가 먼저 말했으므로 차마 그 말을 뱉어 내진 못했다.

처음엔 거절을 하려 했다. 해야 할 일이 산더미 같은데, 당신을 만날 시간 따윈 없다고. 하지만 그러지 못했다. 오지 않겠다면 집 근처까지 찾아오겠다는 그 말에 새벽은 지혜와의 만남을 받아들였다.

'만나게 하고 싶지 않아.'

지혜를 껄끄럽게 생각하는 진건이 생각났다. 그녀가 진건의 집에 아무렇지 않게 앉아 있는 모습을 그에게 보여 주고 싶지 않아졌다. 본가에 있을 때, 차갑게 굳어 가던 진건의 얼굴을 떠올리면 왠지 가슴이 아파서였을까.

"안녕하세요."

진건이 돌아오기까지는 시간이 조금 남아 있었다. 그랬기에 잠깐만 얼굴을 보자고 통사정을 하는 지혜의 말을 완벽하게 무시할 수는 없었다. 결국 그녀가 있다는 곳으로 도착한 새벽은 '어서 와요.' 하고 자신을 반기는 지혜에게 인사했다.

지혜는 살갑게 웃으며 새벽에게 말했다.

"여기 앉아요, 새벽 씨. 아. 이젠…… 새언니라 불러야 하나?"

싱긋 웃으며 그녀를 향해 자리를 권하는 지혜는 새벽이 알고 있기로 자신보다 한 살이 어렸다.

"새벽 씨? 앉지 않고 뭐 해요?"

싸늘하게 굳어진 얼굴로 경계를 늦추지 않고 있는 새벽을 향해 지혜가 물었다. 새벽은 후우, 한숨을 내쉬더니 지혜를 응시하며 입술을 달싹였다.

"급한 일이 뭔가요?"

"호호. 거기 서 있지 말고, 우리 앉아서 얘기하도록 해요."

"……."

"앉지 않을 거예요?"

짙은 미소를 그리는 지혜에겐 다른 꿍꿍이가 있어 보인다. 새벽은 처음 이 자리에 발을 디뎠을 때보다 훨씬 더 냉랭한 태도로 대답했다.

"전 시각을 다투는 급한 일이 있다기에 달려왔습니다만……."

그러고는 지혜 주변에 앉아 있던 낯선 여자들을 차례로 흘겨보고는 미간을 좁혔다.

"크게 급한 일은 아닌 것 같네요."

「중요한 일이에요. 새벽 씨를 꼭 만났으면 하는데, 시간을 내줄 수 있나요? 급해서 그래요.」

아무리 척을 진 사이라고는 하나, 그래도 진건의 본가에 속한 사람이었다. 어쩔 수 없이 진건과 계약 결혼을 유지하고는 있지만 계약이 이행되는 동안은 그에게 충실해야 했으니까. 가족들을 만나는 일 정도도 당연히 감당해야 하는 거겠지.

그렇게 생각하며 달려왔다. 특히나 '급한 일'이라는 표현을 써서, 아마 장 회장의 건강과 관련된 문제일 것이라 여겼다. 그러나 약속 장소에 도착한 지혜의 모습은 새벽의 생각과는 거리가 있었다. 여유를 부리는 그녀의 행동들은 새벽이 품고 있던 조급함과는 차원이 달랐다.

"돌아가겠습니다."

이곳에 더 있어야 할 이유가 없었다. 회의에 들어갔다며, 연락이 되지 않는 진건에게 미처 제대로 보고도 하지 못했는데. 괜한 논란거리를 만들 필요는 없다고 결론 내린 새벽은 등을 돌렸다.

"잠깐만요, 새언니."

그런 새벽을, 지혜가 막아 세웠다. 지혜는 낮게 웃더니 자리에서 슬며시 일어나 제 주변을 내려다보며 말했다.

"갈 땐 가더라도, 여기까지 왔는데 적어도 이 사람들이 누군지는 듣고 가야 하지 않겠어요?"

맞장구를…… 쳐 주어야 하는 걸까?

애초에 이곳으로 온 것이 잘못이었다. 새벽은 한숨을 흘리며 지혜 주변에 앉아 있던 여자들을 쳐다봤다.

"저분들이 누구신데요?"

"궁금증이 생기시나요?"

아니. 당신이 이리 묻길 원했잖아.

목구멍까지 차오른 말이 있었지만, 새벽은 대꾸하지 않았다. 훗, 하고 실소를 터뜨리던 지혜가 눈썹을 까딱이더니 은근한 미소를 짓고 있는 여자들을 하나둘씩 가리켰다.

"어렵게 모신 분들이에요. 새언니가 이분들을 꼭 뵈었으면 해서 자리를 마련했거든요."

"……."

"그럼 소개할게요, 새언니. 오늘 이 자리에 나와 주신 분들은 큰오빠의 옛 연인들이에요."

……뭐?

새벽은 황당한 표정을 지으며 지혜를 직시했다. 지혜는 미소를 잃지 않았다.

"물론 이미 혼인 신고를 해 버렸단 이야기를 듣긴 했지만…… 아직 다른 사람은 모르는 일이잖아요? 새언니가 큰오빠와 정식을 결혼식을 치러서, 정말로 악의 구렁텅이에 빠지기 전에…… 그런 불상사가 일어나기 전에, 제가 새언니를 구제해 주려고 이분들을 모셨어요."

지혜는 황당한 숨을 흘리는 새벽에게 말을 이어 갔다.

"뭐 하고 계세요, 어서 인사하지 않고. 아. 놀라셔서 그러시는구나. 그럼 제가 직접 알려 드릴게요. 먼저 저기 왼쪽 끝에 앉아 계신 분은 큰오빠의 첫 번째 연인으로 예루 물산 사장님의 무남독녀이신 유세경 씨고, 그 옆은 환희 전자의 부사장 따님이신 이미연 씨, 그리고 가운데에 계신 분은……."

"잠깐만요."

딱딱하게 얼굴이 굳은 새벽에게 지혜는 입술을 움직이는 걸 멈추지 않았다. 잠시 충격에 받은 표정을 짓고 있던 새벽은 뒤늦게 정신을 차려 말을 잇는 지혜를 막았다.

"새언니?"

입꼬리를 휘며 말하던 지혜의 눈동자가 새벽에게 꽂힌다.

'진짜 황당하네.'

대체 왜 제 말을 끊느냐는 듯 미간까지 좁히는 지혜를 보자니 어이가 없어졌다. 새벽은 픽, 비소를 흘리며 제 앞에 앉아 있던 여섯 명의 여자들을 일일이 소개해 주려 하는 지혜에게 빙긋 미소를 그렸다.

"아가씨."

갑자기 돌변한 새벽의 태도에 지혜의 눈동자가 미세하게 떨렸다. 새벽은 말했다.

"아가씨께서 왜 이런 일을 벌이신 건지 충분히 알겠어요."

새벽은 말하지 않는 지혜에게 눈웃음을 지어 보였다.

"아마도 불안하시겠죠. 만약 제가 진건 씨와 정말로 결혼식까지 치르게 된다면 유단을 완전히 빼앗겨 버릴까 봐."

정곡을 찔린 지혜가 입술을 악물었다.

“그래서 이런 유치한 짓을 저지르시면서 어떻게든 저와 진건 씨 사이를 방해하시려는 것 같은데…… 어쩌나.”

새벽은 어느새 차분한 얼굴로 저를 노려보는 지혜에게 말했다.

“죄송하지만 이런 짓궂은 수법은 통하지 않아요.”

“새언니.”

“설령 아가씨께서 진건 씨의 과거 여자들을 한 트럭 데려온다 해도…… 아무렇지 않습니다. 결국 진건 씨와 함께하는 건 저고, 그의 아내가 된 사람은 저니까.”

새벽은 제 말 한 마디, 한 마디에 얼굴을 처참하게 구기는 지혜에게서 시선을 떼고는, 그녀 주변에 앉아 있는 여자들을 무심하게 내려다봤다.

“여러분들도 아가씨의 요구에 어울려 주시느라 수고가 많으시네요. 보아하니 아가씨와 잘 어울리시는 분들 같은데, 이런 하찮은 일에도 쪼르르 달려오시는 걸 보니 많이 한가하신 것 같기도 하고. 하지만 애석하게도, 저는 여러분들과는 달리 꽤 바쁜 몸인지라 더는 이곳에 있을 시간이 없네요. 부디 먼저 일어나는 저를 양해해 주시길 바랍니다. 그리고 지혜 아가씨.”

“…….”

“앞으로 ‘시각을 다투는 급한 일’이란 표현은, 정말로 시각을 다툴 때 사용해 주시길 부탁드릴게요. 그럼.”

말을 마친 새벽은 약간의 주저 없이 몸을 돌렸다.

“거기 서요!”

새벽을 막기 위한 지혜의 외침이 들려왔지만, 새벽은 멈추지 않았다.

“흐응. 안 넘어오네.”

쾅 닫히는 문을 물끄러미 응시하던 지혜의 입꼬리가 꿈틀거렸다.

'하긴.'

이런 조잡한 연극으로 금이 갈 사이였다면, 혼인 신고까지 하진 않았겠지.

진건이 본가에 인사를 하러 온 다음 날, 혼인 신고까지 마쳤다는 사실에 기함했다. 원래 그녀의 큰오빠는 제가 뱉어 낸 말들을 모두 실행하고 마는 사람이긴 했으나, 그렇게까지 재빨리 움직일 줄이야. 단순히 제 가족을 압박하기 위해 '그녀'를 데려온 줄로만 알았는데.

'만만찮아.'

대체 어떻게 구워삶은 거지?

검은 눈으로 닫힌 문을 바라보던 지혜가 피식 실소를 흘렸다. 그녀는 싸해진 분위기에 제 눈치만 살피고 있는 주변을 흘긋거리며 자리에서 일어났다. 그러고는 자신을 바라보는 여자들을 향해 미소 지었다.

"다들 협조해 줘서 고마워. 시간 내기 어려웠을 텐데."

예상했던 반응이라는 듯, 이미 사라져 버린 새벽에 대한 생각 따윈 하지 않는 지혜의 반응에 테이블 앞에 앉아 있던 여자들이 하나둘씩 대꾸하기 시작했다.

"뭘. 그 장 본이 유부남이 되었다길래, 대체 어떤 여자가 낚아챘는지 궁금했는데…… 내 눈으로 직접 봐서 나름 재미있었어."

새벽이 저들을 향해 뱉어 내던 강한 멘트들을 떠올리며 연분홍빛 정장의 여자가 중얼거렸다. 갈색 웨이브 머리를 어깨까지 늘어뜨린 그녀는 예루 물산의 세경이었다.

"아까 그 여자, 우화 건설의 외동딸이랬지?"

"성격 장난 아니라는 거 듣긴 했지만…… 소문 이상인데?"

"지혜 씨, 자기가 고생 좀 하겠다."

세경의 말에 동조한 몇몇 여자들이 말을 덧붙였다. 현재 지혜에게 호출을 받고 이 자리에 나와 있는 사람들은 평소 지혜와 같은 모임에 소속되어 있는 회원들이었다. 지혜와 함께 자라 오면서 그녀와 여행을 다니고, 쇼핑을 하며, 같은 여가 활동을 보내 왔던.

그리고 하나같이 지혜의 큰오빠인 진건에게 대시를 했다가 처참한 결과를 마주했던 여자들이기도 했다. 지혜는 그녀에게 '힘내.' 라고 위로의 말을 전하면서도 결코 걱정스러운 표정은 짓지 않는 그녀들의 반응에 속으로 코웃음 쳤다.

"그런데 지혜 씨."

그때였다. 말없이 상황을 주시하고 있던 환희 전자의 미연이 깔깔거리는 분위기를 깨뜨리며 진지한 목소리를 꺼냈다. 지혜를 비롯한 여인들의 시선이 그녀에게 꽂혔다.

"이미 혼인 신고까지 해 버린 사이라면…… 게임 끝 아니야?"

미연은 이해가 되지 않는다는 표정으로 중얼거렸다. 이 모임의 리더격이나 다름없는 지혜의 호출이 있었던지라 어쩔 수 없이 나오기는 했지만, 제가 생각해도 이런 유치한 연극에 어울린 것이 조금 부끄러웠던 모양이다.

미연이 고운 미간을 일그러뜨리며 말했다.

"이미 승기는 저쪽으로 넘어가 버린 상황 같은데. 난 자기가 왜 이렇게까지 하는 건지 모르겠어."

그러자 약속이나 한 듯 일제히 입을 다물었다. 지혜는 제 눈치를 살피고 있는 여자들을 향해 빙긋, 미소를 그려 보이며 대답해 주었다.

"물론 그렇긴 하지. 하지만 미연 씨. 생각해 봐. 단순한 혼인 신고 정도야 어떻게든 무효화할 수 있지만, 사람들까지 초대해서 결혼식까지 치러버리면…… 그 여자는 빼도 박도 못하게 정말 우리 유단의 사람이 되는 거라고."

"뭐…… 그렇게 생각할 수도 있긴 하겠네."

"그런데 요즘 혼인 무효화, 어려워진 거 아니야?"

"유단이잖아. 지혜 씨 말대로 어떻게든 되겠지."

"그런데 예인 씨. 자긴 아까부터 왜 그런 표정이야?"

냉랭하게 답하는 지혜의 말을 듣고 여자들이 저마다의 의견을 표출했다. 지혜는 차갑게 그녀들의 반응을 지켜보다, 새벽이 나간 직후로 줄곧 얼굴을 굳히고 있는 여자에게로 시선을 꽂았다.

진성 의류의 둘째 딸 예인이 뭔가 찜찜하다는 표정을 지으며 닫힌 문만 응시하고 있었다. 예인은 저를 부르는 지혜의 말에 낮게 탄성을 터뜨리더니 중얼거렸다.

"아니. 별건 아니고…… 조금 전 그 여자 말이야."

"응?"

"이상하게…… 어디서 본 것 같아서."

예인은 흐음, 콧소리를 흘리며 인상을 찌푸렸다. 지혜는 픽 웃으며 대답했다.

"일반인도 아니고, 우화 외동딸이니 예인 씨도 파티에서 한두 번은 봤겠지."

"아니아니. 파티보다…… 소개를 받아서 인사를 나누었던 것 같은데."

"인사?"

지혜는 눈을 가늘게 떴다. 예인은 기억을 더듬으려는 듯 얼굴을 일그러뜨리며 계속해서 입술을 달싹였다.

"어디서 봤더라. 분명 누구한테 소개를 받았는데…… 그래서 인사를, 아, 그렇지! 화인!"

끙끙거리던 예인의 고개가 들렸다.

지혜는 밝아진 예인의 얼굴에 눈에 힘을 주며 그녀의 다음 말을 기다렸다. 예인이 체증이 내려갔다는 듯 밝게 미소 지으며 말했다.

"지혜 씨, 왜, 화인의 강은비 씨 기억하지?"

"화인?"

"화인 코스메틱스 말이야. 요즘 한창 잘나가는 화장품 회사. 그 집 외손녀 이름이 강은비거든. 기억 안 나? 그 여자, 가끔 내 갤러리에도 오곤 했는데!"

지혜는 설명하려 애쓰는 예인을 보고 미묘한 표정을 지었다. 예인은 손뼉을 탁 내리치며 외쳤다.

"그 강은비 씨 친구가, 아까 그 여자인 것 같아!"

❖

「크윽.」

「아파요?」

「……아파.」

「그러길래 왜 그런 무모한 짓을 했어요. 그렇게…… 하지 않아도 됐는데.」

화상 치료를 하기 위해 통원을 해야만 했던 지난 열흘 동안, 병원을 가지 못하는 날이나 연고를 발라야 하는 시간에 진건의 등을 관리한 사람은 다름 아닌 새벽이었다.

그의 커다란 등에 흉터가 남지 않도록, 조심스레 그의 등을 어루만졌던 새벽은 보면 볼수록 속상하기 그지없는 그 상처에 한숨을 내쉬며 중얼거렸다. 커다란 침대 위에 누워 있던 진건은 우울해하는 새벽을 바라보지도 않고 대답했다.

「내가 그러지 않았으면, 우새벽 씨가 다쳤어.」

「그래도 돼요. 제가 덤벙거려서 생긴 일이잖아요.」

「내가 안 돼.」

「……네?」

무슨 소리를 들었나 싶어 눈을 동그랗게 뜨자, 슬며시 고개를 뒤로 돌린 진건이 놀란 새벽에게 말했다.

「얼굴로 쏟아질지도 모르는 일이었어. 안 그래도 못난 우새벽 씨의 얼굴에 화상 흉터라도 생겼어 봐. 어떻게 됐을지, 상상도 하기 싫군.」

「뭐, 뭐라는 거예요! 제가 왜 못생겼어요! 저, 이래 봬도 예쁘다는 소리 꽤 듣거든요?」

「그런가.」

「그렇다니까요?」

「흐응.」

「장진건 씨!」

「윽.」

「헉, 미, 미안해요. 아파요?」

「……어.」

「미안해요. 너무 꽉 눌렀나. 호오. 호오오.」

「…….」

비록 계약 관계이기는 하나, 그래도 지난 열흘 동안 새벽은 정말로 진건의 '보호자'였다.

그가 불편해 보이면 쪼르르 달려가 도와주고, 침대에 몸을 제대로 뉘지 못하는 그를 부축하고, 귀찮다며 병원을 가지 않으려는 그를 끌고 병원에 가서 치료를 받게 하고, 통증으로 미간을 좁히는 그의 환부 위에 부드럽게 연고를 발라 주기도 하는.

세심한 새벽이 조금은 귀찮았던 건지 진건은 제 등 위에 호오오, 입김을 불고 있는 새벽을 내려다보며 중얼거렸다.

「누가 보면 우새벽 씨가 정말 내 가족인 줄 알겠어.」

「어머, 무슨 섭섭한 소리를 하고 그러세요? 저 장진건 씨 아내잖아요.」

「…….」

「이리 와요. 옷 입는 거 도와줄게요.」

다른 이들에게 내색하지 않아야 했기에, 출근한 동안은 언제나 검은 슈트로 그 상처를 숨기는 그가 걱정스러웠다. 하루에도 몇 번씩 한 비서님과 같이 병원은 다녀왔냐부터 시작하여, 등을 의자에 너무 대고 있으면 안 된다, 냉찜질이 좋긴 하나 얼음 팩을 환부에 바로 대서는 안 된다 등등의 전화를 걸어 댔다.

그쯤 되면 바쁘다며 새벽의 전화를 끊을 만도 했다. 그러나 진건은 그녀의 말을 가만히 들어 주기만 했고 그런 생활이 이어지다 보니, 새벽 역시 익숙해졌다.

적응이 됐던…… 모양이다. 그와의 이러한 관계가.

결혼식은 올리지 않았지만, 혼인 신고를 하게 된 지 한 달을 향해 달려가고 있는 이 시점에서 새벽은 진건과의 관계가 편해져 버렸다.

처음에는 말도 안 된다며 거부감이 일었지만, 그것도 잠시. 한 지붕 아래 그와 매일 아침을 얼굴을 맞대다 보니 스스로도 눈치채지 못하는 사이 익숙해져 버린 걸까.

"뭐……."

제게 딱딱한 태도를 유지하던 진건의 얼굴에 날이 갈수록 아주 미세하지만 옅은 미소가 서린다고 생각했다. 경계선을 그어 둔 채 다가오지 말라고 눈빛을 쏘아 대던 그가 조금씩 마음을 여는 것 같아 속으로 웃기까지 했던 자신이 아니었던가.

계약으로 인해 함께하는 사이지만, 지난 열흘은 정말로 그의 가족이었다. 그리고 친구였으며, 아내였다. 하여 이전엔 보내지 않던 문자도 먼저 보내어 살갑게 파티까지 제안했던 새벽이었건만.

"뭐 이런 남자가 다 있어!"

왠지는 모르겠지만, 화가 치밀어 오른다. 고고한 표정을 지으며 지혜와의 약속 장소에서 나온 새벽은 성큼성큼 앞으로 발을 뻗으며 씩씩거렸다. 진건을 향한 분노가 슬금슬금 머리를 장악하기 시작한다.

「우리의 계약 기간 동안, 나 아닌 다른 남자에게 끌리거나 혹은 만나고 싶어지더라도 자제를 해야 한다는 말이지. 적어도 회장님께서 살아계실 때까지는.」

입술을 잘근 깨물던 새벽의 귓가로 진건의 서늘한 목소리가 스쳤다. 새벽은 얼굴을 일그러뜨렸다. 지혜가 소개하기 위해 모아 놓은 여자들은 무려 여섯 명이나 됐다.

그들은 알지 못하겠지만 새벽이 사교 파티에서 몇 번 목격했던 여자들도 있었으며, 유명한 재벌가의 여식들이었다. 하나같이 글래머에 긴 다리를 소유하고 있는, 웬만한 모델 못잖은 여자들.

"나보고는 한눈 따윈 팔지 말라고 해 놓고서는!"

자신은 그런 여자들을 하나도 아니고, 무려 한 트럭이나 만나고 다녔던 것이다. 물론 저와의 결혼은 엄연히 '계약'의 일부로, 저와 계약을 한 후 진건이 그 여자들을 만나지 않았다는 것은 아마도 명백한 사실이겠지만.

'이상하게 기분 나쁘잖아!'

지혜의 유치한 도발에 어울려 주고 싶지 않아, 차갑게 응수하며 홱 몸을 돌리고 나오기는 했다. 그러나 무언가 제대로 씻지 않은 이 기분을 떨칠 수는 없다.

새벽은 쿵쾅거리는 발을 앞으로 쭉쭉 뻗으며 미간을 좁혔다.

"……!"

꽈악 움켜쥐고 있던 핸드폰이 지이잉 울린 것은 그 순간이다. 성난 걸음을 이어 가던 새벽이 뚝 행동을 멈추었다. 지금 이 핸드폰의 액정을 내려다본다면 어쩐지 화가 날 것 같았지만, 결국 호기심을 참지 못하고 눈을 아래로 내렸다.

그러자 지혜가 보내온 문자가 시야로 들어왔다.

[그렇게 가 버리시면 어떡해요, 새언니. 언니를 위해 겨우 마련한 자리였는데 말이죠.]

이 여자가 진짜! 그렇게 싸늘한 일갈을 듣고도 알아듣지 못한 건지.

만약 새벽의 앞에 있었다면 호호 웃고 있을 지혜가 문자를 하나 더 보내왔다.

[어쨌든 아까 언니에게 해 주려던 말이 있었는데, 그리 가 버렸으니 하는 수 없이 문자로 해 드릴 수밖에 없겠네요. 고깝게 받아들이지 말아요, 언니. 조금 전의 일은 없었던 것으로 쳐도, 큰오빠의 아내가 된 이상 언니는 이것 하나만큼은 기억하는 게 좋을 거예요.]

이것…… 하나?

새벽은 강압적인 어투에 얼굴을 구겼다. 문자가 다시금 도착했다.

[언니는 평생 오빠의 유리 구두가 될 수 없어요.]

새벽의 답장을 기대하지 않았던 건지, 지혜가 마지막 문자를 보내왔다.

[언니가 아무리 노력해도, 오빠에게서 유리 구두를 지워 낼 수 없을 거니까.]

유리…… 구두?

'그게 뭔데?'

지혜가 보내온 문자에 대해 답장을 할까 하다, 새벽은 종료 버튼을 눌렀다. 만일 자신이 답변을 보내어 그녀를 상대한다면, 오히려 지혜에게 말려 버릴 위험이 있었다.

내가 그렇게 바보는 아니지.

새벽은 흥 코웃음 치며 핸드폰을 주머니에 집어넣으려 했다. 그런데.

'왜 이렇게 기분이 나쁘지?'

쿵쿵.

불유쾌한 심장의 박동 소리가 괜히 얼굴을 찌푸리게 만든다.

대체 무슨 이유일까. 아마도 저를 이곳까지 불러내어, 낯익은 얼굴들의 앞에서 창피를 주려 했던 지혜 때문인 것은 틀림없는 사실인데.

'어째서…….'

어째서 자꾸만 무표정한 진건의 얼굴이 눈앞을 아른거리는 건지.

'정신 차려!'

새벽은 구겨지려는 얼굴을 겨우 펴고선 고개를 돌렸다. 이를 악물며 생각을 떨치려던 새벽은 이번엔 지이잉 울려 대는 핸드폰의 진동에 멈칫했다. 또다시 장지혜인가 싶어 욕설을 흘리려던 새벽이 눈을 동그랗게 떴다.

문자가 아닌 전화라는 것을 인지한 것이다. 그리고 그녀에게 전화를 걸어 온 발신인은…….

"네."

— 우새벽 씨?

진건이었다. 본능적으로 환하게 웃으려던 새벽은 제 행동을 자각하고선 얼굴을 휘휘 저었다. 그녀는 흥 콧방귀를 뀌며 퉁명스레 대답했다.

"네. 저 우새벽인데요."

내뱉는 음성에 가시가 돋쳐 있다. 티를 내지 않으려 했지만, 저도 모르게 딱딱한 음성이 흘러나온다. 근래 상냥하게 대했던 목소리와는 달리 차갑게 응수하고 있는 새벽의 반응에 핸드폰 너머의 상대는 꽤 당황하는 듯했다.

새벽은 대꾸하지 않는 그에게 말했다.

"전화를 걸었으면 본론을 말씀하시죠, 장진건 씨."

— …….

"장진건 씨."

— 어디야?

새벽은 주변을 두리번거렸다. 높게 솟은 건물들이 보인다.

"어디긴요. 그냥 근처예요."

— 근처?

"집으로 돌아가고 있어요. 왜요!"

저도 모르게 버럭 소리를 질렀다.

'아차.'

자신의 반응이 지나쳤다는 것을 깨달았을 땐, 진건이 '우새벽 씨?' 하고 되물음을 흘리고 있던 시점이었다.

'진정해. 진정해라, 우새벽.'

가슴이 왜 이렇게 벌렁거리는 건지 모르겠다. 새벽은 후우후우 크게 심호흡을 했다. 상기된 얼굴의 열기를 가라앉히기 위해서다. 가까스로 흥분을 진정시킨 새벽은 날이 선 목소리를 겨우겨우 가라앉혔다.

아무 일도 없다는 듯이.

그 유리 구둔지, 뭔지 모르는 사람처럼, 태연하게!

"장……진건 씨는 어디예요?"

— 집.

어?

"벌써요? 왜 이렇게 빨리…… 아."

화들짝 놀라던 새벽이 탄성을 흘렸다. 어느새 시간은 오후 7시를 가리키고 있었다.

시간이 이렇게 흘렀나.

새벽은 눈을 질끈 감고선 숨을 골랐다. 그러고는 닫혀 있던 입술을 움직였다.

"기다려요. 곧 갈 테니. 아무 데도 가지 말고, 거기 꼼짝 말고 있어요.

알았어요?"

새벽의 으르렁거리는 음성이 핸드폰을 타고 진건에게 전해졌다.

❖

"뭐? 지혜……가?"

진건은 잔뜩 달아오른 얼굴로 지금까지의 일을 모조리 늘어놓고 있는 새벽에게 놀란 표정을 지었다.

"네! 그렇다니까요?"

새벽은 도저히 분이 풀리지 않는다는 듯 온몸을 부르르 떨어 댔다.

"엄청 중요한 일인 줄 알고 달려갔더니 글쎄…… 웬 여자들을 저한테 소개해 주려 하더라고요!"

"……."

진건이 말을 잇지 못하자, 새벽은 이를 갈았다.

"그것도 장진건 씨가 만났던 여자들이라며, 한 명 한 명 인사를 시켜 주려고 하지 뭐예요? 참나. 제가 어이가 없어서 정말!"

조막만 한 새벽의 얼굴에 불쾌감이 가득 들어찼다. 아무리 이해하려 해도, 도통 분노가 씻기지 않는다는 듯 씩씩거리는 새벽의 모습은 잔뜩 화가 나 있었다. 진건은 새벽을 말없이 응시하다 냉정하게 생각을 정리했다.

'새벽일 먼저 건드리겠다는 거군.'

자신이 지혜를 비롯한 장 부회장 일가에 대한 정보를 모으고 있는 사이, 그들 역시 저와 새벽을 떼어 내기 위한 방도를 마련한 것으로 보인다. 개중 가장 행동력 있는 지혜가 나선 거겠지.

물론 오늘 새벽이 겪었다는 일이 어이가 없기는 했지만, 눈앞의 새벽이 단단히 화를 내는 것을 보니…… 지혜의 행동이 아예 수확이 없었던 건 아닌 모양이다.

진건은 쓰게 웃었다.

'하지만…… 소용없어.'

그러나 지혜의 수법은 잘못돼도 한참은 잘못됐다. 지혜의 행동으로 인해 화가 나기는 했겠지만, 그것은 지혜의 오만하고도 유치한 행동에 대한 분노일 뿐. 그 이상 그 이하도 아닐 테니까.

지혜가 미처 생각하지 못한 것. 그녀는 미처 알지 못하는 새벽과 진건의 계약 관계가, 지혜의 의도대로 흘러가지 않도록 만든다.

'불화라…….'

있을 리 없는 일이다. 진건은 쓴웃음을 삼켰다.

진건과 새벽의 관계는 철저히 계약으로 이루어진 관계. 자신이 어떤 눈으로 새벽을 보든 간에, 새벽은 그와 똑같은 눈으로 저를 쳐다보지 않는다. 그랬기에 이번의 일이 큰 불화의 씨앗이 될 리는 없다. 물론 불같은 성격을 지닌 그녀의 화를 잔뜩 돋울진 몰라도.

"장지혜 씨가 그렇게 나올 줄은 몰랐어요! 제가 그 여자들을 마주하고 얼마나 불쾌했는지 아세요?"

아니나 다를까. 새벽은 소리쳤다.

"하지만 장진건 씨 말이 생각나서 우아하게 대응은 해야겠지, 성질은 나지. 으으!"

"……."

"그리고 장진건 씨!"

부담스러울 정도로 큰 눈을 부라리는 새벽에게 어떻게 말을 해 줘야 할까, 생각하던 진건은 저를 부르는 그녀를 마주 봤다. 새벽은 갈색 눈을 그에게 꽂으며 소리쳤다.

"당신, 대체 지금까지 몇 명의 여자를 만났던 거예요?"

진건은 예상치 못한 새벽의 발언에 움찔했다. 새벽은 그의 행동에 눈을 가늘게 뜨더니 한 걸음, 그에게 다가왔다. 진건이 살짝 뒷걸음질 치자 더욱 의심스러워하던 그녀가 입을 쭉 내밀었다.

"솔직히 말해 봐요! 대체 몇 명이었어요? 총 몇 명이냐고요!"

"우, 우새벽 씨."

"이런 건 말이에요, 정직하게 말해야 한다고요! 장진건 씨가 거짓 없이 저한테 말해 주셔야, 다음에 이런 일을 겪어도 더 냉정해지죠!"

"……."

"몇 명이에요? 정말 한 트럭이 되는 건 아니죠?"

새벽은 감히 생각하기도 싫다는 표정을 지으며 이를 갈았다. 진건은 말없이 그녀를 내려다봤다.

'……'

화를 내는 그녀를 보고 있자니 기분이 이상해졌다. 무엇이 그리 그녀를 짜증스럽게 만든 건지. 몇 시간 전, 제게 문자를 보냈던 새벽은 요리를 만들 생각에 들떠 있었던 것 같은데.

괜히 설레는 마음으로 현관문을 연 진건을 반긴 것은, 환하게 웃으며 제게 손을 흔드는 새벽이 아닌 컴컴한 빈집이었다. 진건은 등의 상처가 욱신거리는 것을 느끼며 말없이 새벽을 내려다봤다. 제 물음에도 답하지 않는 진건이 답답했던 건지 새벽이 소리쳤다.

"뭘 잘했다고 그렇게 빤히 쳐다봐요!"

"……."

"하여간 진짜 마음에 안 들어!"

새벽의 기분은 롤러코스터 위에 앉은 사람처럼 요동치고 있었다. 말없이 새벽을 주시하던 진건은 후우 숨을 흘리며 입을 열었다.

"우새벽 씨."

"네!"

"혹시, 질투해?"

"……예?"

금방이라도 불을 뿜어낼 기세로 성난 마음을 숨기지 않던 여자의 눈이 큼직해졌다. 진건은 제 말에 입을 뻐끔거리는 새벽을 응시하더니 빙긋, 입꼬리를 올리며 한 번 더 물었다.

"내가 다른 여자랑 만났다는 얘기 듣고, 질투하는 거냐고."

두근.

말을 뱉어 내는 와중에 고요한 가슴 표면 위로 파문이 일었다. 그럴 리 없다는 것을 잘 알고 있으면서도, 질문을 던지는 진건의 눈동자가 요동친다. 예기치 못한 질문을 받게 된 새벽이 그의 말에 어리둥절한 표정을 짓는 것이 보였다.

"질투……라고요?"

진건은 쓰게 웃었다.

'역시나.'

아무래도 그녀는 무언가 착각하고 있는 게 틀림없다.

그래. 분명 그런 거겠지.

'요즘 계속 아내처럼 굴었으니.'

화상 치료를 이유로 들며 그의 뒤를 쫓아다니며 아내 행세를 했던 여자는 그 롤플레잉에 익숙해진 건지도 모른다. 너무도 과한 감정 이입으로 인해, 지혜의 말에 이렇게 신경을 쓰는 건지도.

진건은 얼떨떨해하다 이내 사색이 되는 새벽을 내려다보며 픽 웃었다. 새벽이 미세하게 걸리는 진건의 미소에 움찔하더니 멍한 눈으로 그를 바라보았다. 진건은 낮게 깔린 목소리를 흘렸다.

"안 만났어."

새벽이 눈을 깜빡였다. 진건은 흐린 눈웃음을 지으며 말을 덧붙였다.

"그 여자들이 누군지는 모르겠지만, 내게 애인이 있었다는 거 전부 지혜의 거짓말이야. 난 여태껏 아무도 만난 적 없어."

진건은 놀라는 새벽에게 고개를 끄덕였다.

'피곤하군.'

지혜의 수작으로 인해 두통이 일었다.

"한 명……도요?"

지끈거리는 머리의 통증을 느끼고 있을 때, 새벽이 조심스레 물었다. 진건은 검은 눈으로 그녀를 내려다보며 답했다.

"그래. 한 명도."

"저, 저도 알고 있었어요!"

"뭐?"

"흥. 다, 당연하죠. 저도 그 여자들이랑 장진건 씨가 만나지 않았다는 건 진작 알아차렸지만…… 아니, 잠깐."

"……."

"장진건 씨."

"응."

"저 이런 거 물어봐도 될지 모르겠는데……."

"물어봐."

새벽은 흔쾌히 대꾸하는 그를 물끄러미 바라보다 입술을 열었다.

"그, 그럼 지금까지 연애를 한 번도…… 안 했어요?"

새벽이 믿어지지 않는다는 표정을 지으며 한 번 더 묻는다. 진건은 주저하지 않았다.

"안 했어."

"왜요?"

글쎄. 왜일까.

진건은 대답하지 않았다. 그의 침묵에 새벽의 갈색 눈동자가 요란하게 흔들렸다. 새벽은 이미 접한 사실을 반복하기 시작한다.

"장진건 씨 같은 사람이…… 지금까지 연애를 한 번도 안 했다고요? 왜? 어째서?"

정말이지 이해가 되지 않는다는 얼굴이었다. 고개를 휘휘 젓다가도 다시 그를 응시하고, 그러고 다시 고개를 휘휘 젓고, 또다시 진건을 슬그머니 올려다보는 새벽의 행동은 반복됐다.

진건은 기이한 행동을 이어 가는 새벽에게 말했다.

"그게 그리도 중요한 건가?"

"네? 아, 아뇨. 그건 아니지만…… 그래도 이상……하잖아요."

조금 전까지만 하더라도 진건을 몰아붙이던 여자는 대체 어딜 간 건지.

진건은 말끝을 흐리는 새벽을 묵묵히 내려다보더니 입술을 움직였다.

"시간을 함께 보낼 만큼 원하는 사람이 없었으니, 만나지 않은 것뿐이야."

"……!"

"다른 이유는 없어."

아니. 정확히 말하자면, 다른 이유는 있었다.

그의 눈앞에.

코앞에.

진건이 연애를 하지 못한 이유가 떡하니 서 있었지만…….

말하지 않는다.

한 번 말을 하고, 두 번 말을 하고, 그러다 제 모든 마음을 털어놓게 된다면……

'자꾸만 바라게 될 테니까.'

진건은 매정하게 고개를 돌리려 했다.

"그럼 유리 구두는…… 뭐예요?"

"뭐?"

저도 모르게 반응해 버렸다. 진건은 그녀의 가녀린 두 팔을 붙잡고 눈에 힘을 줬다.

"윽!"

"우새벽 씨가 그걸 어떻게 알지?"

갑작스레 제 팔을 움켜잡은 진건으로 인해 신음을 터뜨린 새벽의 미간이 좁아졌다. 진건이 알아차렸을 때는, '으윽.' 하고 새벽이 얕은 숨을 흘리고 있었다.

'빌어먹을…….'

진건은 무심코 행한 자신의 행동에 흠칫하며 얼른 손바닥으로 쏠렸던 힘을 풀었다. 새벽이 떨리는 눈으로 저를 올려다보는 게 보였다.

"장진……!"

"우새벽 씨는 몰라도 되는 이야기야. 그리고 그것에 대해선, 다시 거론하지 않는 게 좋겠군."

진건은 그 말을 내뱉은 후, 새벽에게서 몸을 돌렸다. 그는 멀리 보이는 침실로 멈추지 않고 걸어갔다.

쾅, 문이 닫힐 때까지 새벽은 그를 불러 세우지 않았다.

"아야……."

어찌나 강한 힘이었는지 차마 놓아 달라고 말하지도 못했다. 그저 그의 손에 붙들려 있기만 했다.

"아팠……어."

새벽은 그토록 흥분하는 그를 처음 봤다. 그는 마치 이성을 잃은 것 같았다. 냉정한 그 남자가, 바늘로 쑤셔도 꿈쩍 않을 것 같던 그 남자가 그렇게 동요하는 모습이라니.

본가에서도 흔들리지 않던 진건의 눈동자는 급격하게 흔들리고 있었다.

쿵쾅쿵쾅. 미친 듯이 들썩이는 그의 두근거리는 심장 소리가 자신에게도 들릴 정도였으니, 말은 다 했다. 새벽은 가쁘게 뛰는 그의 박동 소리에 저도 모르게 움찔거렸었다.

"하아."

어떻게 된 영문인지 모르겠다. 폭풍이 한 번 몰아친 것 같다.

그래서 잠이 오지 않는 걸까? 오늘 아침만 하더라도 새벽은 진건의 상처 치료가 끝이 난 것을 축하하기 위해 산뜩 들떠 있었는데 말이다.

장지혜와의 불유쾌한 만남으로 인해 모든 것이 일그러져 버렸다.

"으윽."

새벽은 길게 한숨을 내쉬며 침대에서 몸을 일으켰다. 욱신거리는 팔의 통증이 가시질 않았다. 진건이 붙잡았던 곳의 흔적이다.

「우새벽 씨가 그걸 어떻게 알지?」

그의 검은 눈동자가 와르르 무너질 듯 일렁였다. 강렬한 그 시선에 다리의 힘이 주르륵 풀려 버렸다. 진건이 사라지기가 무섭게 새벽은 자리에 털썩 주저앉아야 했다.

음산하기 그지없는 목소리. 새벽은 그렇게 무서운 진건의 모습은 본 적이 없었다. 그리도 차가운 음성을 흘리는 그도, 제게 그렇게 냉랭한 눈빛을 보내는 것도 보지 못했다.

"유리…… 구두."

대체 그 빌어먹을 유리 구두가 무엇이 길래 장지혜가 그렇게 말했고, 진건이 그런 반응을 보인 걸까. 새벽은 인상을 쓰며 윗니로 아랫입술을 짓눌렀다.

"에이. 됐어. 나랑 무슨 상관이라고."

심란해졌다. 진건의 그 반응을 보자니 더더욱.

결국 모든 생각을 떨치기로 하고 새벽은 다시 침대 위로 몸을 뉘었다. 그러고는 억지로 눈을 내리감았다.

잠을 자야 했다. 그래야 내일 하루도 활기차게 시작할 수 있을 테니까.

"으으!"

하지만 어찌 된 셈인지, 오라는 잠은 1분, 2분, 10분, 1시간, 그리고 2시간이 되도록 오지 않는다. 새벽은 퀭해진 눈을 번쩍 뜨며 허리에 힘을 주었다.

"왜 이렇게 신경을 쓰고 그래, 우새벽! 그게 너랑 무슨 상관이라고!"

인정하자. 지혜의 일이 신경을 거슬릴 만큼 불쾌하기는 했다. 진건의 말대로, 그리고 자신의 짐작대로 지혜는 저를 자극하기 위해 그런 일을 벌인 거겠지.

알고 있다. 그녀는 진건과 자신이 서로 좋아하는 사이라고 여기고 있을 테니까. 그래서 제가 그녀의 발언에 동요할 거라 여긴 것이 틀림없다. 그러나 애석하게도, 새벽은 진건을 좋아하지 않는다. 그리고 그 사실은 진건 역시…… 마찬가지고.

하여 진건과 새벽의 계약은 더욱 단단해질 수 있었다. 서로 목적에 의해 만난 사이였으니까.

목적이 이루어질 때까지 다른 사람들을 속이는 연극을 하고 있는 입장이었으니까.

그러니 지혜의 말은 한 귀로 듣고 다른 한 귀로 넘길 수 있는 발언이다. 그 목석같은 남자에게 여자들이 있었다는 사실은 애초부터 믿지 않았고, 그의 말로도 충분히 증명이 됐다.

돌이켜 보면, 진건은 제게 거짓말을 할 사람은 아니었다. 지난 한 달가량 그를 지켜보았을 때 새벽이 느꼈던 것은 결코 거짓일 리 없다. 물론 그녀가 사람 보는 눈이 없기는 했지만.

"그럴 수도 있는 일이야."

만약 진건이 제게 거짓을 고했다고 해도, 크게 문제될 일은 없었다. 진건은 새벽보다 나이가 많았다. 그는 새벽보다 여섯 살이 많은 서른셋의 신체 건강한 남성이었고, 게다가 잘생기고 키도 컸으며, 돈이 많기까지 했다.

그런 남자에게 여자들이 들러붙지 않을 리 없었다. 새벽에게도 연인이 있었으니, 진건에게도 연인이 있었던 것은 당연한 일일 터.

어차피 계약 관계로 인해 부부가 된 사이였고, 계약이 끝나면 타인으로 돌아갈 사이였기에 그런 것들은 사소한 일화 정도로 취급하며 넘어갈 수도 있었다.

"뭐 그리 대수……."

「우새벽 씨는 몰라도 되는 이야기야.」

……으으!

새벽을 내려다보던 진건의 눈이 순간적으로 멈칫해 버릴 만큼 차갑게 식은 것은 그때가 처음이었다. 새벽은 꺼내선 안 될 '금기'를 자신이 입 밖으로 냈다는 것을 본능적으로 알아차렸다.

'유리 구두.'

그 말을 꺼내자, 진건의 눈동자는 더 이상 부드러워지지 않았다. 근래 들어 유해졌던 그의 철벽이 평소 이상으로 두껍게 올라갔다는 것을 인지했다. 멀어지는 그의 뒷모습에 쿵쿵 뛰던 제 심장 소리가 꽤 오랜 시간이 지난 지금까지 이어지고 있다.

'대체 그놈의 유리 구두가 뭐길래 그 남자를 그렇게까지 동요하게 만든 거지?'

어떻게 생겨 먹은 여자이길래 그렇게 그의 얼굴을 변화시킨 걸까.

궁금하다. 궁금해서 미쳐 버릴 것 같다.

새벽은 이를 악물며 얼굴을 찌푸렸다.

유리 구두.

유리 구두.

"유리…… 구두!"

한번 시작된 유리 구두에 대한 생각은 멈출 생각을 않는다.

어떻게 생겼을까. 어떤 여자일까. 어떤 사람이길래 그 남자의 눈빛이 변한 걸까.

그런데 나한테는 아무도 만난 적이 없었다고 했잖아.

"그럼 짝사랑인가?"

아냐. 설마 그 남자가 짝사랑 따위를 할 리가 있겠어?

새벽은 휘휘 고개를 저었다.

「나는 우새벽 씨에게 사랑 따윈 줄 수 없으니까, 내게 애정을 요구하지는 말았으면 좋겠군.」

스스로도 제어 불가능할 정도로 뭉게뭉게 피어나기 시작한 생각의 구름은 새벽의 머리를 가득 채워 버렸다. 그러다 문득 저와 계약을 맺기 직전 말했던 그의 말이 떠올랐다. 새벽은 인상을 쓰며 중얼거렸다.

"그럼 그 말을 한 건…… 그 여자 때문인 거야?"

어쩌면 그 여자에게 데어서 사랑이 무서워진 건지도 모르지.

결국 그녀를 잊기 위해 아무나와 결혼을 하기로 마음을 먹었고, 마침 사정이 맞았던 나와 계약을 맺은 거야. 그래서…….

"칫."

기분이 나쁘다.

마치 그 여자의 '대신'이 되어 버린 것 같아서.

소중한 그 여자를 대신하여 자신이 그 자리를 차지해 버린 것 같아서.

자신이 원한 것도 아니건만, 그 여자의 자리를 빼앗아 버린 것 같아서.

틈이라곤 보이지 않던 그의 냉정한 마음을 훔친 그 여자가, 미워서.

「우새벽 씨. 질투해?」

"질투는 무슨."

이런 건 질투가 아니다. 아주 작게, 정말 간혹 지어 주는 그의 미소가, 사실은 제 것이 아니라는 것이 조금 불쾌할 뿐이다. 냉정한 얼굴로 말을 던지지만, 사실은 꽤 다정하게 들려오던 그 말이 제 것이 아니라는 것이 조금 짜증날 뿐인 거다.

툴툴거리면서도 제게 해 줄 것은 다 해 주는 그의 배려가, 사실은 제 것이 아니라 그 여자의 것이라는 것이…… 화가 날 뿐.

그냥 그 모든 것이 어쩌면 제 것이 아닌 그녀의 것인지도 모른다는 생각에 화가 날…….

'어?'

두근두근두근!

입술을 씰룩거리던 새벽의 눈동자가 파도처럼 일렁였다.

칠흑으로 물든 밤. 침대에 앉아 씩씩거리고 있던 새벽의 눈꺼풀이 떨렸다.

그녀는 미친 듯이 쿵쾅거리는 심장의 박동을 인지하며 입을 쩍 벌렸다.

맙소사.

❖

가슴이 두근거린다. 은비는 타는 목마름으로 인해 눈앞의 물만 벌컥벌컥 들이켰다. 태연해야 하는데. 자꾸만 물 컵으로 향하는 손을 주체하지 못하겠다.

「강은비 씬가요? 만났으면 합니다. 지금 당장.」

강압적인 말투. 평소라면 화를 내며 전화를 끊었을 은비였지만, 이어지는 상대의 소개에 저도 모르게 고개를 끄덕여야 했다.

'장지혜!'

다른 이도 아닌, 무려 유단 그룹의 오너 일가 중 한 사람이 자신의 개인 전화로 연락을 넣었다는 것은 은비에게 있어 커다란 의미로 다가왔다. 제 번호를 어떻게 알게 된 건지는 모르겠지만, 크게 중요한 것은 아니다.

은비는 가빠 오는 숨을 연신 고르며 바짝 말라 가는 목을 축여 댔다.

달칵. 문이 열리는 소리가 들린 것은 은비가 룸에 도착한 지 30분가량이 흐른 뒤였다. 그녀는 반사적으로 자리에서 일어났다.

"강은비 씨?"

"네!"

"제가 좀 늦었죠?"

"아, 아닙니다!"

"좋아요. 앉으세요."

"네!"

긴 머리를 찰랑거리며 자신 있게 룸 안으로 들어오는 여자의 몸에서는 은비가 그토록 원하는 '타고난' 기품이 느껴졌다.

온몸에서 뿜어져 나오는 기품. 아무리 노력해도 자신은 얻기 힘든, 그래서 죽어라 얻기를 원했던 바로 그 분위기.

은비는 입술을 꽉 악물었다. 아버지의 세컨드였던 여자의 딸로 태어나, 친어머니의 손이 아닌 아버지의 본처에게서 길러졌다.

아버지에게 세컨드가 있다는 사실을 드러내고 싶지 않았던 본처로 인해, 심지어 본처의 가족들조차도 모르게 화인의 외손녀로 자랐다. 그러나 본처, 그러니까 호적상의 어머니는 자신을 지독하게 미워했다.

중학교 입학을 했던 날, 입학식을 치르고 돌아오는 길에 제게 출생의 비밀을 알려 주었던 호적상의 어머니는 언제나 미래를 두려워하라며 비릿하게 속삭였었다. 그 후로도 외할아버지와 외할머니의 사랑을 받기는 했지만, 엄연히 따지고 보면 그들은 피 하나 섞이지 않은 남남.

만약 그들이 자신의 출생과 관련된 사실을 알게 되는 날이 온다면, 자신은 철저하게 버림받을 것이라 믿어 의심치 않았다.

그랬기에 어떻게든 이 세계에서 살아남으려 발버둥 쳤고, 저와는 달리 행복한 가정 속에서 태어난 친구, 새벽이 싫었다.

하여 새벽이 가진 모든 것을 빼앗고 싶었고, 성공했다.

저보다 훨씬 잘난 것도 없으면서 많은 이들의 사랑을 받는 그녀가 좌절하길 원했건만, 운명은 새벽을 다시 자신이 서려 했던 곳으로 올려 두었다.

'이건 기회야.'

그리고 오늘.

새벽이 현재 올라가 있는 바로 그곳에서 그녀를 무너트릴 수 있는 기회를, 은비는 조우했다. 화인보다 훨씬 더 높은 자리에서 많은 이들을 내려다보는 유단 오너 일가의 일원을 만나게 된 것이다. 저를 경멸하듯 바라보던 유난의 진락본부장과는 다른 길을 걷고 있다고 알려진, 바로 그 여자를.

제게 직접 연락을 넣어 만나자고 한 것을 보면 아마도 저와 같은 생각을 하고 있는 거겠지.

"만나게 돼서 반갑습니다, 강은비 씨. 장지혜라고 합니다."

우아하게 호흡을 고른 긴 생머리의 여자가 제게 빙긋 미소 지었다. 은비는 옅게 입꼬리를 올리며 고개를 까딱였다. 지혜는 저를 빤히 쳐다보고 있는 은비를 향해 짙은 눈웃음을 그리며 말했다.

"제가 왜 만나자고 했는지, 갑작스러운 연락에 당황했을 거라 생각해요. 본론만 말하자면……."

"아뇨."

은비는 천천히 말을 꺼내는 지혜를 향해 얼굴을 내저으며 붉은 입술을 달싹였다.

"장지혜 씨가 왜 저를 만나자고 했는지, 짐작하고 있습니다."

그녀의 말을 들은 지혜의 눈동자가 크게 일렁였다. 은비는 묘한 코웃음을 흘리는 지혜에게 입꼬리를 올리며 말을 이었다.

"우새벽 때문이죠?"

제5장

당신이 좋아요(上)

⚜

"하아."

그놈의…… 유리 구두.

새벽은 도통 풀리지 않는 뫼비우스의 띠 위를 걷고 있는 기분이었다. 휘휘, 고개를 저으며 생각을 떨치려 해도 자꾸만 머릿속을 헤집는다. 그로 인해 호흡이 가빠지고, 화가 났다.

자신은 알 필요가 없다고 하던 바로 그 말 때문에 기분이 나빠졌고, 싸늘하게 저를 내려다보던 그 눈빛이 신경에 거슬렸다.

두근두근. 심장이 제멋대로 뛰어 입술이 파르르 떨렸다. 이 기분 나쁜 감각, 그리고 찝찝한 이 감각은 대체 무얼까.

"보호자분!"

결국 수업을 마치자마자 도착한 곳은 잠실의 집이 아닌 삼성동에 위치한 한국대학병원이다. 새벽은 저를 부르는 외침에 고개를 돌렸다.

'아.'

그러자 흰 가운을 펄럭이며 제게 손을 흔들고 있는 한 남자가 보였다. 진건의 친구답게 훤칠한 키와 잘난 외모를 자랑하고 있는 남자는 근래 들어 새벽과 자주 연락을 주고받는 한국대학병원의 의사였다. 새벽은 공손하게 그를 향해 고개를 까딱였다.

"안녕하세요, 주 선생님."

"갑자기 웬일이야? 대뜸 찾아온다고 해서 얼마나 놀랐는지 알아?"

단정하게 정리된 머리카락을 휘날리며 새벽의 코앞까지 다가온 승원이 고개를 갸웃거렸다. '보호자분이 온다고 해서, 퇴근도 못하고 있었다고!' 하고 외치는 그는, 처음 새벽에게 진건을 부탁했을 때와는 달리 훨씬 부드러워진 상태다.

자연스럽게 반말까지 구사하며 새벽에게 반가운 티를 내는 그가 이렇게 달라진 것은, 아마도 지난 열흘 동안 새벽이 진건을 보살피는 것을 보며 마음을 열었기 때문이겠지.

새벽은 빙그레 웃었다.

"별건 아니고요. 주 선생님께 여쭤볼 것들이 있어서요."

"나한테? 뭐야? 그 녀석, 설마 보호자분 말 안 들어? 내가 알기로는 통원 치료는 다 끝났다고 하던데."

의아해하며 고개를 갸웃거리는 승원에게 새벽은 옅게 웃었다.

"아뇨. 상처 때문에 온 게 아니라……."

어떻게 시작해야 하지?

새벽은 잠시 호흡을 고르더니 이내 다시 입을 열었다.

"장진건 씨에 대해서 개인적으로 묻고 싶은 게 있어요."

"내게?"

"네."

"왜…… 나야?"

새벽은 의아하게 저를 내려다보는 승원을 보며 붉은 입술을 움직였다.

"주 선생님이 그나마 진건 씨의 몇 안 되는 친구시잖아요."

"어?"

"아닌가요?"

승원은 저를 빤히 응시하는 새벽의 말에 어깨를 으쓱였다.

"그, 그건 맞지만."

그럼 번지수를 잘 찾은 거네.

새벽은 피식 웃더니 제게 앉으라며 근처의 벤치를 가리키는 승원에게 인사했다. 승원은 의미심장한 눈빛으로 새벽을 주시하다 짧게 한숨을 내쉬며 물었다.

"그래서. 우리 보호자분이 내게 녀석에 대해 묻고 싶은 게 뭐지?"

그녀가 착석을 하자마자 승원이 날카로운 눈을 빛냈다. 사람의 안을 들여다보는 외과 의사답게 속을 꿰뚫어 보는 듯한 시선이다.

며칠 전 같았으면 그 시선을 마주하고 사정없이 흔들렸겠지만, 지금의 새벽은 태연했다. 그녀는 지난 며칠 동안 제 머릿속을 떠나지 않는 말을 떠올리며 입 밖으로 꺼냈다.

"선생님은 장진건 씨랑 오랫동안 알고 지내셨죠?"

승원이 머쓱한 표정을 지으며 구레나룻 쪽을 긁었다. 긍정의 표현이다. 새벽의 눈꼬리가 둥글게 접혔다.

"그럼 장진건 씨에 대해서 잘 알고 계시는 거, 맞죠?"

"뭐…… 그렇지. 대학 때부터 줄곧 알고 지냈으니. 10년은 넘었나?"

"그럼 유리 구두에 대해서도 알고 계시겠네요?"

"아아, 유리 구두. 당연히 알…… 뭐?"

새벽은 무심코 대꾸하던 승원이 멈칫하며 저를 쳐다보는 것을 발견했다.

역시, 알고 있네.

자신이 무슨 말을 뱉어 냈는지 뒤늦게 자각한 얼굴. 새벽은 크게 당황하는 승원에게 짙은 미소를 그렸다.

"유리 구두가 뭐예요?"

새벽의 말 한 마디, 한 마디에 승원의 눈동자는 폭풍 속의 파도처럼 요란하게 일렁였다. 새벽은 멈추지 않았다.

"아니. 정확히, 유리 구두가 누구죠?"

"보, 보호자분."

"그 유리 구두, 장진건 씨의 뭔가요? 첫사랑이라도 되는 거예요?"

"아…… 저기…… 하하."

"어떤 여자죠? 뭐 하는 사람이에요? 대체 어떤 여자길래, 모두가 그 여자 얘기를 하는 거죠?"

"그, 그게……."

새벽은 큰 눈을 부라리며 승원에게 한 번 더 물었다.

"주 선생님은 알고 계시죠?"

"하하."

"그 유리 구두가 누군지? 알고 계시잖아요."

잘생긴 남자를 괴롭히는 취미는 없지만, 지금 이 순간만큼은 이렇게 행동할 수밖에 없다.

'그러지 않고는…….'

내가 미칠 것 같으니까.

“보, 보호자분, 잠깐 진정 좀 해. 진정하라고.”

싫어. 진정 못하겠어.

새벽은 어떻게 해서든 저를 안정시키기 위해 손을 아래위로 흔드는 승원을 노려보며 인상을 썼다. 이 남자는 아마 알지 못할 거다.

「언니가 아무리 노력해도, 오빠에게서 유리 구두를 지워 낼 수 없을 거니까.」

지혜의 말은 물론이거니와,

「우새벽 씨가 그걸 어떻게 알지?」

차갑게 물들던 진건의 눈빛까지.

‘기분 나빠.’

그놈의 ‘유리 구두’ 라는 여자 때문에 새벽은 지난 몇 날 며칠을 뜬눈으로 밤을 지새웠다. 눈꺼풀을 올리기만 하면 그 여자에 대한 상상의 나래를 펼치느라, 곧 다가올 졸업 시험도 제대로 준비하지 못할 정도였다면 말은 다 했지.

요리를 하다가도 그 여자 생각이 났고, 샤워를 하다가도 그 여자가 떠올랐다. 유리 구두의 정체를 생각하지 않는 날이 없었다.

왜 그녀를 생각하느냐고?

새벽은 호흡을 가다듬으라며 씩씩거리는 제게 호흡법을 가르쳐 주던 승원을 냉랭하게 응시했다. 그 여자에 대해 생각하는 이유는 간단했다.

'내가 그 여자의 자리를 빼앗은 것 같단 말이야…….'

진건의 변화는 눈에 보일 정도였다. 그렇게 냉랭한 태도를 일관하던 남자가, 저를 향해 다정한 미소를 지어 주는 것은 흔치 않은 일이니까.

시간이 지나면 지날수록 점점 부드러워지는 눈빛이 나쁘지는 않게 느껴졌다. 아니, 솔직히 말하면 좋았다. 그랬기에 '유리 구두' 의 존재를 알고, 그녀에 대해 생각할수록 찜찜했다.

그가 보내는 시선의 대상이 마치 내가 아닌 것 같아서. 제 것이 아닌 것을 받는 것 같아서.

이해관계가 얽힌 계약이라고는 하나, 엄연히 자신이 '아내' 임에도 불구하고 마치 다른 사람이 그와의 공간에 있는 것처럼 느껴져서.

그래서 기분이 나빴다.

그리고…….

「혹시, 질투해?」

부정하진 못해.

새벽은 입술을 꽉 악물었다.

"그렇게…… 궁금해?"

질투.

저조차도 쉽게 아니라고 말할 수 없던 감정이 치밀어 올라 얼굴을 구기려던 새벽은 앞에서 들려오는 낮은 음성에 고개를 들었다. 그러자 승원이 새벽의 대답을 기다리고 있었다. 새벽은 조금도 망설이지 않았다.

"네. 궁금해요."

궁금해. 궁금해서 미쳐 버릴 것 같아. 알아내지 않는다면 화가 날 것 같고, 그 화가 그 남자에게 향할 것 같아.

참을 수 없는 감정이 가슴 밑바닥에서부터 치솟았다. 새벽은 눈가에 힘을 줬다. 그녀를 지켜보던 승원의 눈꼬리에 살짝 경련이 일었다.

무언가를 알고 있는 것이 틀림없는 표정. 새벽이 원하는 답을 알고 있는 사람이 승원임은 확실한 것 같다. 그녀는 잠자코 기다리기로 했다.

"후우."

재촉하던 몇 분 전과는 달리, 침착하게 그의 답변을 기다리는 새벽을 보며 승원이 숨을 흘렸다. 그러고는 어쩔 수 없다는 듯 고개를 절레절레 흔들던 그가 겨우겨우 입을 열었다.

새벽은 붉은 입술 사이로 흘러나오는 그의 말을 한 글자도 놓치지 않기 위해 귀를 기울였다.

"유리 구두는…… 녀석의 보물이지."

"보……물?"

그의 말을 도돌이표처럼 따라 하는 새벽에게 승원은 대꾸했다.

"언제 만났다고 했더라……. 음. 내가 대학생 때 그 '유리 구두'에 대해 이야기를 들었으니, 그때가 지금으로부터 10년 전이군. 당시 녀석이 10년 전에 처음 '유리 구두'를 만났다고 했었거든. 그럼 모두 합치면 20년이 되려나?"

"20년이요?"

새벽의 얼굴이 어두워졌다.

'20년.'

20년……이라.

'이건 예상하지 못했던 대답인데.'

첫사랑일 거라고는 어렴풋이 짐작하기는 했다. 그러나 이리도 오래됐을 줄은 몰랐다. 하긴. 진건의 나이가 결코 적은 편이 아니니…… 납득이 가지 않는 건 아니지만.

새벽이 잠시 대답하지 않는 사이 승원이 말을 이었다.

"아주 어린 시절에 만나서, 힘들던 녀석에게 위로가 되어 주었다고 했어. 그런 까닭인지 잊지 못한다고도 했고…… 꽤, 아니 정말 많이 좋아했다고도 했지."

"정말…… 많이 좋아했다고요?"

그 돌 같은 남자가 누군가에게 감정을 품는다는 것이 쉽게는 믿어지지 않는다. 새벽은 입술을 삐죽였다. 꾹꾹, 가슴 한구석에 미묘한 통증이 일었다.

"하, 하지만!"

순식간에 어두워진 새벽의 낯빛을 알아차린 승원이 얼른 입을 열었다.

"그래 봤자 겨우 첫사랑일 뿐이야. 내가 말했잖아. '좋아했다' 고."

새벽은 난데없는 그의 발언에 눈을 동그랗게 떴다. 승원은 흠흠 헛기침을 흘리며 놀란 새벽을 내려다봤다. 씩 웃는 승원은 외쳤다.

"지금 현재의 진건이 녀석에게는 우리 '보호자분' 이 있는데, 뭘 그렇게 걱정하는 거야?"

길게 찢어진 승원의 눈웃음에 새벽은 쓴물을 머금었다.

그렇지.

'선생님은…… 모르시겠지.'

새벽과 진건이 혼인 신고는 하기는 한 부부 관계이긴 하나, 그것이 엄연한 '계약'에 의해 맺어졌다는 것은 아마도 승원은 모를 거다. 걱정······ 이라는 표현을 감히 써도 되는 건지 모르겠다.

새벽이 말없이 웃기만 하자, 승원이 얼른 말을 덧붙였다.

"내가 그 유리 구두에 대해 해 줄 이야기는 이것뿐이지만······ 만약 보호자분이 그녀를 걱정하는 거라면, 그러지 않아도 된다고 말해 주고 싶네."

쉽게 입을 열지 않는 새벽을 달래려는 듯 승원은 말했다. 새벽은 가만히 그를 직시했다. 승원은 짓궂은 미소까지 흘렸다.

"진건이 그 녀석, 지금은 유리 구두보다 눈앞의 보호자분한테 집중하고 있을 테니까. 그러니 보호자분이 그렇게 불안해할 필요는 없어."

"······."

"보호자분?"

"말씀······ 고맙습니다, 선생님."

"어? 어어?"

새벽은 승원에게 꾸벅거렸다. 승원에게서 바로 그 유리 구두에 대해 자세히 알아낼 계획이었는데, 이리 두루뭉술하게 말을 돌리는 것을 보니 그 여자가 누구인지에 대해서는 완벽하게 알려 줄 생각이 없어 보였다.

이렇게 된 이상, 어쩔 수 없지.

"가게?"

승원이 묵례를 하고 돌아서려는 새벽을 불렀다. 새벽은 '네.' 하고 짧게 말한 뒤 한 번 더 승원에게 인사를 했다.

"어디 가려고?"

분명 궁금한 것이 있어 그를 찾아왔던 새벽이지만, 지금 질문을 던지고 있는 사람은 새벽이 아니라 승원이다. 새벽은 의아해하며 제 대답을 기다리는 승원에게 말했다.

"답답한 건 싫어서요. 그러니까……."

새벽은 씩 웃었다.

"해결하러 가야겠어요."

❖

[곧 폭탄이 도착할 거다.]

폭탄?

진건은 난데없는 문자에 미간을 좁혔다. 발신인을 보니, 승원이었다. 수술하기에도 바빠 핸드폰을 볼 시간도 없다던 사람이 대뜸 이게 무슨 소린지.

"왜 그러십니까, 본부장님?"

지하 주차장으로 내려가기 위해 엘리베이터 앞에 서 있던 진건이 갑자기 인상을 쓰자, 영우가 고개를 갸웃거렸다. 진건은 문자에 대한 답을 하려다 말고서 핸드폰을 재킷 안으로 집어넣으며 대답했다.

"아무것도 아냐."

"본부장님?"

"얼른 가지. 길이 많이 막히……."

"어머. 큰오빠잖아?"

마침 영우에게 대답하던 차, 드르륵 열리는 엘리베이터 문 사이로 낯익은 얼굴이 나타났다. 진건은 눈에 띌 정도로 저를 반갑게 응시하는 지혜의 모습에 입을 다물었다.

호호, 웃으며 엘리베이터 밖으로 나오던 지혜를 발견한 영우의 얼굴 또한 어두워졌다. 지혜는 서늘한 표정을 짓고 있는 진건에게 물었다.

"퇴근하는 거야?"

무시할까 하다가 진건은 입을 열었다.

"그래. 너는?"

"나는 할 일이 좀 남아서."

"……그렇군."

왠지 신경 쓰이는 미소. 진건은 제게 고정된 지혜의 눈웃음에 심드렁하게 대꾸했다.

"한 비서도 고생이 많네요."

"아닙니다."

"그럼."

영우에게도 눈빛을 보내던 지혜는 우뚝 서 있던 진건과 영우 일행을 지나치려 했다.

"참!"

하지만 돌연 우뚝 멈추어 선 지혜는 일부러 탄성을 터뜨리며 입술을 열었다.

"새언니는 잘 지내시지?"

지혜의 말에 진건의 눈동자가 가라앉았다. 그가 차갑게 일렁이는 동공을 제게 꽂자 무섭다며 손을 저어 보이던 지혜는 말했다.

"별건 아니고. 큰오빠도 들었는지는 모르겠지만, 얼마 전에 내가 새언니를 좀 놀라게 해 드렸거든."

"……."

"그 때문에 새언니의 마음이 많이 상했을지 걱정이 되네. 하아. 기분 나쁘게 할 의도는 아니었는데 말이야."

"장지혜."

"어머! 곡해하지 마. 그건 우리 집의 일원이 되어서 반갑다는 의미로 연 이벤트였어. 그러니 새언니에게 전해 줘. 그런 유치한 짓은, 더는 없을 거라고."

진건은 대답하지 않았다. 말 없는 그를 주시하던 지혜가 미묘한 눈웃음을 흘리며 물었다.

"그런데 큰오빠. 오빠, 행복하니?"

뭐?

입꼬리를 올리는 지혜의 눈동자가 요동쳤다. 진건은 굳게 입술을 다물고 있던 제게 피식 실소를 흘리며 사라지는 지혜의 뒷모습을 지켜봤다.

그녀가 완벽하게 복도에서 사라지는 모습을 지켜보던 진건은 입안을 맴돌던 단어를 내뱉었다.

"영우야."

"예."

"지혜가 무슨 짓을 할 것 같다."

"그런 것…… 같네요."

영우도 그의 의견에 동의하는 모양이었다. 진건은 미간을 좁히며 낮게 으르렁거렸다.

"새벽이, 혼자 두지 마."

"알겠습니다."

젠장.

머리가 지끈거렸다.

저 혼자일 때는 수도 없이 자신을 도발하는 지혜를 보고, 크게 개의치 않았다. 그러나 곁에 달린 식구가 생기니 사소한 행동도 가만히 내버려 두질 못하겠다.

진건의 배다른 동생들 중에서도 방관자적 성격이 강한 이건에 비해, 지혜는 일단 행동이 먼저였다. 조금 더 위협적인 것은 이건 쪽이겠지만, 저돌적인 지혜도 무시하지는 못한다.

그는 길게 숨을 내쉬며 영우가 잡은 엘리베이터 위에 올라탔다.

'빌어먹을…….'

집으로 돌아오는 내내 지혜가 대체 무슨 짓을 저지를 것인지에 대한 생각에서 벗어날 수 없었다.

'내가…… 잘못 생각한 건가?'

어쩌면. 아주 어쩌면, 제 일에 새벽을 끌어들인 것이 커다란 실수였는지도 모르겠다.

진건은 얼굴을 굳혔다. 그녀를 끌어들이는 게 아니었다.

이제 지혜의 목표가 진건 하나에서, 새벽까지 더해졌다. 자신이 새벽에게 손을 내밀었을 때, 이런 경우를 맞닥뜨릴 것이라 짐작하기는 했었다. 그래서 다가가지 못했던 것이고, 할 수 없었던 것이었는데.

'하지만 그때는…….'

그때는 새벽의 일가를 돕지 않고는 견딜 수 없었다. 도와야 했다. 그녀의 얼굴에서 미소가 사라지는 것을 원치 않았으니까. 밝았던 그녀의 얼굴이 어둠에 잠기는 것을 보고 싶지 않았으니까.

호의가 악수가 될 거라고 인지했음에도, 그는 손을 뻗을 수밖에 없었다. 더는 망치지 않아야 한다.

일이 이렇게 된 이상, 어떻게든 회장님의 마음을 돌려 하루라도 빨리 남은 일들을 마무리 지어야 했다. 진건은 그런 생각들을 수도 없이 되뇌며 도어락에 손을 댔다.

"……!"

그러나 그런 그가 비밀번호를 누르기도 전에 현관문이 열렸다.

"이제 와요, 장진건 씨?"

놀란 진건의 눈앞에 서 있는 사람은, 다름 아닌 새벽이었다. 진건의 눈이 큼지막해졌다. 그러고 보면 지혜와 만나고 돌아 온 그날 이후, 새벽은 조금 이상했다. 계속해서 저를 흘긋거렸고, 무언가 씩씩거렸다. 갑자기 얼굴을 붉히기도 했으며 고개를 절레절레 저으며 '아니야!' 라고 외치기도 했다.

'조금 정도가 아닌데?'

곰곰이 되짚어 보던 진건의 얼굴에 그늘이 드리워졌다.

혹 말 못하는 무언가가 있는 걸까? 저에게 쉽게는 털어놓을 수 없는 무언가가?

의문이 차올랐지만 자세하게 묻지는 못했다. 근래 그도 적잖이 바빴으니.

"대화를 했으면 해요."

"대화?"

그런 새벽이 오랜만에 대화를 제안했다. 요즘 들어 아침 식사 시간에도 입술 한 번 벙긋하지 않던 그녀가 꺼낸 말이 진건의 눈썹을 꿈틀거리게 만든다.

새벽은 의아해하는 진건을 보며 고개를 몇 번 주억였다.

"네. 대화요. 일단 여기 앉아 보세요."

진건은 제 팔목을 덥석 잡더니 그를 끝내 소파에 앉히는 새벽을 올려다보며 미간을 좁혔다. 그의 냉랭한 눈빛에도 불구하고 눈에 힘을 주고서 있는 여자는 도통 흔들릴 기미 따윈 없다.

진건은 짧게 숨을 내쉬며 소파에 앉아 고개를 들었다.

“무슨 말이 하고 싶은데?”

“장진건 씨.”

새벽은 일부러 귀찮은 기색을 표하는 진건의 옆자리에 착석했다. 그러고는 차분하게 그를 바라보며 눈에 힘을 줬다.

“저는 장진건 씨에 대해 좀 더 알아야겠어요.”

“……뭐?”

“당신에 대한 사소한 것부터 중요한 것까지, 전부 알고 싶어요. 저는 당신이 궁금해졌어요.”

“……!”

새벽의 붉은 입술 사이로 흘러나온 말이 쉽게는 믿어지지 않는다.

「폭탄이 도착할 거다.」

이제야 승원이 보냈던 문자가 이해가 됐다.

‘대체 무슨 말을 한 거야.’

완벽하게 치유되었을 등이 욱신거렸다. 진건은 지혜에 이어 그의 머릿속을 헤집어 버린 여자를 바라봤다.

“무엇이 궁금해?”

만약 대답해 주지 않는다면 풀어 주지 않을 기세였다. 체념한 듯 묻는 진건에게 새벽의 입술이 달싹였다.

"장지혜 씨가 언급했던 그 '유리 구두' 란 사람."

"……."

"그 사람은 대체 누구죠?"

쿡쿡, 다시 한 번 머리에 통증이 일었다. 진건은 깊은 숨을 내쉬며 소리를 흘렸다.

"우새벽 씨. 우리 그것에 대해서는 다시 말하지 않기로……."

"아뇨. 장진건 씨는 그렇게 말하면 안 돼요. 제가 알 필요 없다고, 언급하고 싶지 않다고 말해선 안 된다고요."

진건은 단호하게 고개를 가로젓는 새벽을 놀란 눈으로 응시했다. 살짝 달아올라 있던 새벽이 후우 숨을 고르며 감정을 진정시키는 행동을 취했다. 그녀는 다시 진건을 응시하며 말했다.

"저도 이젠 알아야겠어요. 그 유리 구두가 대체 누구인지. 뭐 하는 사람인지. 어디서 뭘 하고 있는 건지. 왜 이렇게 자꾸 거론되는 건지!"

"……."

"그래야 바보처럼 당하고 있지만은 않을 거 아녜요."

새벽은 말하지 않는 진건을 보고 쓰게 웃더니 중얼거렸다.

"장진건 씨는 제가 장지혜 씨한테 어떤 문자를 받았는지 아세요?"

"문자?"

"네. 문자. 아주 예의 없는 문자였어요. 정중하지도 못했고, 교양도 없는 문자였죠. 장지혜 씨가 보낸 내용인즉 이러해요. 저는 평생 당신의 유리 구두가 될 수 없을 테니, 내게 백기를 들어라!"

다시 떠올려도 불쾌한지, 새벽이 흥 코웃음 쳤다. 진건은 흘러나오려는 웃음을 삼켰다.

지혜는 모르고 있다.

'알 리가 없지.'

그 유리 구두가 눈앞의 여자라는 사실을 전혀 알지 못한다. 유리 구두에 대해 알게 된 것도 우연임이 틀림없다.

진건의 '유리 구두'는 진건의 학창 시절을 함께 보내 온 이들이라면 누구나 알 만한 사람이었으니, 지혜도 한 번쯤은 들어 봤던 거겠지. 그래서 새벽에게 그런 말을 했던 거고.

"그 유리 구두라는 사람이 누군지는 모르겠지만, 그 사람의 존재로 인해 신뢰로 구축된 우리의 계약이 위험할 지경이에요. 저는 이 계약을 깨뜨릴 생각이 없고, 그것은 당신 역시 마찬가지라고 생각해요. 그러니 돌리지 않고 당신한테 묻는 거예요, 장진건 씨."

"……."

"장지혜 씨가 언급한 그 '유리 구두'라는 사람. 대체 누구죠?"

진건은 해답을 요구하는 것이 분명해 보이는 새벽에게 답하기를 머뭇거렸다.

말……해야 하는 걸까.

잠깐 고뇌하던 그는 곧 한숨 섞인 대답을 꺼냈다.

"첫사랑."

"……!"

"이제 답이 됐나?"

이 이상 말을 했다가는 '네가 그 여자야.'라고 말을 해 버릴 것 같았다. 진건은 자꾸만 치솟는 충동을 가라앉히기 위해 소파에서 몸을 일으켰다. 그러고는 대화는 끝났다는 듯, 그녀를 싸늘하게 흘긋거린 뒤 침실로 들어가려 했다.

"처음!"

새벽이 제게서 등을 돌린 진건에게 외쳤다. 진건의 걸음이 멈추었다.

"처음…… 우리가 계약을 맺을 때."

새벽의 떨리는 목소리가 귓가로 내려앉는다. 진건이 고개를 돌려 그녀를 응시하자, 새벽이 주먹을 꽉 움켜쥔 채 말하는 게 보였다. 새벽은 말없이 저를 내려다보는 진건에게 눈을 고정시켰다.

"그때 장진건 씨는 제게 사랑을 요구하지 말라고 했었죠."

진건이 굳은 얼굴로 그녀를 응시했다.

"그간 이유가 궁금해도 묻지 않았어요. 하지만 지금은 꼭 알아야겠어요."

"……"

"당신은 왜 사랑을 줄 수 없는데요?"

그녀가 물었다. 이해가 가지 않는다는 표정으로.

계약의 조건을 잊은 건가?

그녀가 어째서 이러한 이야기를 꺼내는 건지 모르겠다. 조금 혼란스러워진 진건은 넋 놓은 얼굴로 그녀를 바라보았다.

"유리 구두라는 그 여자가, 당신을 그렇게 힘들게 한 거예요?"

"우새벽 씨."

"다시는 사랑을 하고 싶지 않을 만큼?"

"우새벽."

"말해 줘요. 왜 내게 그런 말을 한 거죠?"

진건은 얼굴을 찌푸리며 소리치는 새벽을 쳐다봤다. 무엇 때문인지는 모르겠지만, 혼란이 가득해 보이는 동공이다. 진건은 무언가에 홀린 사람처럼 입을 열었다.

"안 되니까."

"안 돼요?"

"나는…… 누군가를 사랑해선 안 돼."

"왜요?"

무서우니까.

진건은 의문을 가득 담은 그녀에게 솔직하게 말하지 못했다.

두렵다고.

무섭다고.

겁이, 난다고.

그는 씁쓸한 표정으로 중얼거렸다.

"내게는…… 그 남자의 피가 흘러. 죽을 만큼 싫어도, 자식은 아비를 닮기 마련이니까."

진건은 씁쓸하게 중얼거렸다.

"분명 내가 누군가를 사랑하게 된다면, 그 사람을 비롯한 이들은 상처를 입을 거야."

"……."

"이미 그런 적도 있고."

저를 사랑해 주던 어머니가 그렇게 상처를 입었고, 집안에서 유일하게 그를 아끼던 할아버지에게도 큰 병이 찾아왔다.

어딜 가든 누군가를 불행하게 만드는 자.

그러니 그는 결코 사랑을 해선 안 됐고, 티를 내서도 안 됐다.

"그런데 우새벽 씨가 왜 그걸 궁금해하는 거지? 갑자기 망각했던 계약 조건이 떠오르기라도 한 건가?"

잠시 흔들리려던 마음이 제자리를 잡는다. 진건은 다시금 냉정해졌다.

티를 내선 안 된다.

나를 위해서라도. 그리고…… 너를 위해서라도.

“왜 자꾸 그 유리 구두에 대해 언급하는 건지 모르겠지만, 다시는 그에 대해 언급하지 말도록 해. 어차피 계약이 끝나면 우새벽 씨는 알 필요가 없는 일이고, 오늘 이후로는 말하고 싶지 않으니까.”

그는 아무 말도 하지 않는 새벽에게서 눈을 돌리려 했다.

“그러게요. 지난 며칠 동안 저도 참 궁금했어요.”

진건이 침실까지 고작 한 걸음을 남겨 두었을 때, 새벽이 고요한 음성을 흘렸다. 진건은 발목을 잡은 그녀의 목소리에 행동을 멈추었다.

“제가 왜 당신에 대해 궁금해하고, 잠도 못 자게 됐는지. 왜 당신이 무슨 생각을 하는 건지 알고 싶고, 자꾸만 연락하고 싶은지.”

새벽은 소파에서 일어나 그를 향해 다가왔다. 진건은 멈추지 않는 새벽에게서 눈을 떼지 못했다.

“하지만 이제야 명확해지네요.”

“…….”

“제가 왜 그랬는지. 어째서 그렇게 이상한 반응을 보였던 건지. 왜 그 유리 구두에 대해 생각하고, 당신이 유리 구두와 무슨 사이였는지 상상하고, 당신과 그 이름 모를 여자가 함께 서 있는 것을 떠올리며 질투를 했던 건지. 전부.”

무슨 소리를…… 하는 거야.

진건은 저를 똑바로 올려다보는 새벽의 눈동자가 더 이상 흔들리지 않음을 인지했다. 저와는 달리, 지독하게 차분한 눈동자다.

쿵쿵.

심장이 요동쳤다.

터져 버릴 만큼.

빠르게, 가쁘게, 거칠게.

새벽은 당황해서 비틀거리는 진건에게 말했다.

한 자, 한 자.

또박또박.

뇌리에서 사라지지 않게.

"나 당신을 사랑해 버릴 것 같아요."

강렬하게.

솔직하게.

❖

언제부터였을까.

새벽은 성인이 되자마자 시작된 긴 연애로 인해 익숙함에 물들어 버렸다. 두근두근, 처음 사랑을 시작했던 설렘은 어느새 무뎌졌다. 함께 있는 것이 당연시됐고, 익숙해졌으며 자연스러운 수순이라고 생각했다. 그랬기에 재혁의 배신은 충격적이었고, 도무지 이해할 수가 없었다.

다시는…… 정말 다시는 누군가를 믿는, 그리고 그 사람을 사랑하는 일은 없을 것이라고만 여겼다. '그' 아닌 다른 사람을 보며 두근거리는 것도, 떨리는 것도, 생각하는 것도, 그리는 것도 전부.

가슴이 뜀박질하는 것은 아무것도 모르고 '그'의 뒤만 졸래졸래 쫓아다니던 그때 이후로는 일어나지 않을 것이라 확신했다. 그렇게 감정의 골이 메말라 가는 줄로만 알았다.

'……사랑이라니.'

자신이 뱉어 낸 말이지만 헛웃음이 새어 나온다. 우새벽이 이렇게 용감했던 적이 있었던가.

새벽은 요동치는 진건의 검은 두 눈을 똑바로 직시하며 속으로 웃어 버렸다. 누군가를 끊임없이 생각하고, 떠올리고 또 떠올리는 것은 오랜만이다. 심장이 덜컹거려 온몸이 떨려 오는 것도 역시.

「나 당신을 사랑해 버릴 것 같아요.」

새벽의 붉은 입술 사이로 흘러나온 말은 그녀 자신뿐 아니라, 냉랭한 태도를 유지해 온 남자의 얼굴을 와르르 무너지게 만들었다. 벼랑 끝에 선 사람처럼 입술을 악물고 있는 그의 모습은 놀라웠다.

더 이상 누군가를 사랑하지 못할 것이라 생각했으나, 놀랍게도 새벽의 마음은 완전히 메마르지 않았다.

그녀는 다시 사랑에 빠졌다.

스스로도 인지하지 못했던 사랑이었다. 그것도 그럴 것이, 이리도 금방 사랑을 시작하게 될 줄은 몰랐으니까.

지난 사랑은 무려 강산이 바뀔 만큼의 시간이었다. 게다가 한없이 가까워 제 가족처럼 생각할 만큼 좋아한 사람이었다. 그런 사람을 잊기까지는 많은 시간이 걸릴 줄 알았다.

그러나, 아니었다. 새벽은 지독하게 파였던 사랑의 상처를 예상보다 일찍 극복해 냈다. 상대는 진건이었다.

제게 사랑을, 애정을 바라지 말라고 했던 남자.

그녀의 계약 남편이자, 구세주.

온몸에 냉기를 두른 채 저를 마주하던 그에게 새벽은 점차 물들어 버린 것이다. 무심한 척 굴지만 사실은 다정하기 그지없는 그의 행동이 눈에 들어왔다. 저도 모르는 사이 그와 함께 있는 시간을 기다렸고, 즐거워했다.

제 요리를 맛보고 툴툴거리는 그의 모습이 귀여웠으며, 까칠한 척하면서도 은근히 저를 배려하는 그에게 끊임없는 관심을 받기를 바랐다.

'착각일 거야.'

진건의 '유리 구두'에 대해 불쾌한 감정이 이는 것을 느끼며, 새벽은 생각했다. 진건은 새벽에게 있어 구원자였다. 가장 힘겹고, 일어나기 힘든 순간 제게 손을 내밀어 준 사람이었으니까.

그런 그에게 끌리는 것은 최악의 상황에 치달았기 때문이라고 부정하기도 했다. 부정하고, 부정하고, 또 부정했다. 그럼에도 불구하고 진건을 마주하면 두근거리는 가슴의 통증은 부정하지 못했다.

몸이 먼저 반응했다. 시선이 그를 좇았고, 심장이 뛰었다.

그것이 시작이었다.

"후우."

새벽은 딱딱하게 굳어 버린 석고상처럼 아무 말도 하지 못하는 진건을 향해 짧게 숨을 내쉬었다. 그녀를 바라보고 있음에도 도통 입을 열지 못하는 그를 보자니, 콩콩 심장이 박동했다.

새벽은 빙긋 웃으며 말했다.

"아니. 사랑해 버릴 것 같은 게 아니라…… 이미 사랑하는 것 같아요."

그렇게 말하던 새벽은 솔직했다.

'마음을 숨기는 건 비겁한 행동이야.'

새벽은 정직해지기로 했다.

그에게.

제 마음을.

자신의 심정을.

지금 제가 느끼고 있는…… 멈출 기미가 보이지 않는 이 두근거림을.

모두.

"사……랑?"

두려워하지 않는 새벽의 곧은 동공을 응시하며 내내 입을 다물고 있던 남자가 그제야 소리를 흘렸다. 언제나 차분하게 가라앉아, 미묘할 정도로 가슴을 평온하게 만들던 그의 검은 눈동자가 쉴 새 없이 아래로 흔들리고 있었다.

입술 밖으로 터져 나온 음성이 미친 듯이 떨리고 있음을 새벽은 직감했다. 새벽은 어이없는 숨을 터뜨리는 그를 올려다봤다. 예상했던 대로 그의 얼굴은 창백해진 상태다.

"사랑……. 사랑……이라."

쓰게 웃는 남자의 얼굴이 밝아지지 않는다. 자조 섞인 웃음만 흘려 대는 그에게는 어둠이 선명하게 내려앉아 있었다. 새벽은 인지했다. 나지막하게 사랑이란 단어를 읊조리는 그에게는 깊은 불신이 뿌리박혀 있음을.

그는 사랑을 믿지 않았다.

"착각이야."

한참을 홀로 큭큭거리던 그가 툭 말을 꺼냈다. 새벽은 싱글거리던 입꼬리를 꿈틀거리며 그를 불렀다.

"장진건 씨."

"근래 많은 일을 겪었지, 우새벽 씨는."

"……네?"

"그래서 느끼는 착각이야."

그것은 마치 새벽에게 하는 말이 아니라, 그 자신에게 하는 말 같았다. 새벽은 인상을 썼다.

'착각이라니.'

말이 되는 소리를……!

당황하여 얼른 외치려는 그녀를 향해, 진건이 차가운 목소리를 뱉어 냈다.

"그런 헛소리는 다시 하지 않았으면 좋겠어. 이만 자도록 해. 피곤할 테니."

"잠……!"

제 말만 끝낸 그는 도망치듯 새벽에게서 몸을 돌렸다. 새벽은 쾅 닫히는 문을 멍하니 바라보고 있어야 했다.

❖

한번 시작된 가슴의 박동이 도무지 멈추지 않는다. 새벽은 고작 생각만으로도 이렇게 쉴 새 없이 흔들리는 가슴 소리를 느끼며 손을 들어 올렸다.

콩닥콩닥 뛰는 심장의 움직임이 손바닥 아래에서 느껴졌다.

"너 진짜……."

새벽은 웃음을 삼켰다.

'이렇게 금방 시작해도 되는 거야?'

스스로 돌이켜 봐도 어이가 없는 상황이지만, 일이 진행되어 버린 것을 어쩌겠나. 이미 일어난 일, 그저 받아들이는 수밖에.

"그래도 그렇지."

여자의 마음은 갈대라는 말이 완전한 거짓은 아닌 모양이다. 새벽은 작은 손바닥 아래서 거침없이 들썩이는 가슴의 울림이 느끼며 피식 웃어 버렸다.

자신의 감정을 드러내는 것은 많은 용기가 필요했다. 새벽은 어떨 땐 감정을 드러냈고, 어떨 땐 드러내지 못했다. 그 때문에 고백이 받아들여진 경우도 있었지만 반대의 경우도 존재했다.

그만큼 용기라는 것은 쉽게 다가오지 않았다. 멀리 떨어져 잡을 수 없게만 느껴졌다. 하지만 그날의 새벽은 그 어느 때보다 용감했다. 진건에게 감정을 솔직하게 드러냈고, 그것이 틀렸다고 생각하지는 않는다.

「그런 헛소리는 다시 하지 않았으면 좋겠어.」

그렇지만 용기 있게 고백을 했던 상대들 중 진건처럼 제 고백을 '헛소리'로 취급했던 사람은 없었다.

'참나.'

진건은 제게서 등을 돌렸다. 싸늘한 말만 남긴 채, 돌아보지 않고 가버렸다. 새벽이 느끼고 있는 현재의 감정이 자신을 '동정'하는 것이라 치부하며 '착각'이라는 결론을 멋대로 내렸다.

그녀가 그것을 똑똑히 부정하고 있음에도 불구하고, 저 혼자.

달칵.

"……!"

새벽은 문밖에서 들려오는 달칵거리는 소리에 반사적으로 몸을 일으켰다. 급히 움직이느라 바닥으로 쿵 떨어지지 않은 것은 천만다행인 일이다.

'이번에야말로!'

평소보다 이른 시간에 일어나 대기한 보람이 있었다. 새벽은 이를 악물며 얼른 문을 향해 달려갔다.

"기다려요, 장……."

우당탕, 요란한 소리를 내며 밖으로 나갔던 새벽은 제 눈앞에 펼쳐진 광경이 얼굴을 찌푸렸다. 소리를 듣자마자 밖으로 나왔건만, 그녀를 반긴 것은 황량하기 그지없는 펜트하우스뿐이다.

'제길!'

또다시 놓쳐 버렸다. 새벽은 이미 닫혀 버린 현관의 문을 멍하니 응시하며 속으로 욕설을 흘렸다.

「어? 장진건 씨. 아침 드시고 가셔야…….」

「생각 없어.」

「네?」

「참. 그리고 앞으로 굳이 식사 안 차려도 돼. 귀찮게 하지 않을게.」

「그게 무슨…….」

「그럼.」

새벽의 고백을 들었던 다음 날이었다. 새벽은 그의 면전에 대고, 전날 있었던 일에 대해 다시 언급하려 했었다.

좋아한다고.

사랑한다고.

당신이 좋다고.

하지만 새벽의 그런 결심과는 달리 진건은 평소보다 훨씬 더 이른 시각, 막 아침 식사 준비를 하러 부엌으로 걸어가던 새벽을 두고 출근을 해 버렸다. 새벽은 다시 고백할 기회를 놓치는 건 물론이거니와, 그에게 식사 한 끼도 대접하지 못했다.

'어쩔 수 없지. 밤에 다시 얼굴을 볼 테니까.'

다행스럽게도 새벽은 포기하지 않는 여자였다. 시간이 흐를수록 제 마음에 대한 확신이 생겼다. 그랬기에 저를 피하는 진건을 기다렸다. 수업을 마치고 집으로 돌아와 현관 앞에 쭈그리고 앉아 진건이 돌아오기만을 한없이 기다렸다.

기다리고, 또 기다렸다.

그러나…….

[오늘은 기다리지 않아도 돼.]

진건은 자정을 넘겨서 달랑 문자 한 통을 보냈다. 그리고 그 말대로, 새벽 3시가 될 때까지 그는 돌아오지 않았다.

새벽이 눈을 뜬 것은 아침 6시를 막 넘길 무렵이었다.

「……!」

새벽은 제 몸을 덮고 있는 따뜻한 담요를 발견했다. 그것은 어느새 들어온 진건이 출근하기 직전 덮어 주고 간 것이 틀림없는 담요였다. 화들짝 놀란 새벽이 이미 출근하고 없는 그에게 얼른 전화를 걸었지만, 그는 회사 일로 바쁘다는 답을 영우에게 전해 달라 말하며 그녀와의 연락을 차단했다.

「피하겠다는…… 건가?」

누가 봐도 진건이 그녀를 피한다는 것은 부정할 수 없었다. 살짝 자존심이 상하기는 했지만 새벽은 인내하기로 했다. 그리고 다시 그날 밤, 진건을 기다렸다.

「늦어.」

하지만 진건은 자정을 넘길 때까지 들어오지 않았다.

그날도.

그다음 날도.

그 다다음 날도.

그리고…… 지금까지.

“하아.”

현재 시각, 아침 5시 30분. 잠시 정신을 놓으면 어느새 들어왔고, 다시 정신을 차리면 나가 버린다. 손에 들어왔다가 순식간에 빠져나가는 물거품처럼, 도통 제게 틈이라고는 주지 않는 그로 인해 밤을 꼬박 새웠건만…….

“두껍게도 쳤어.”

그가 세워 놓은 단단한 벽은 생각 이상으로 높다. 문을 여닫는 소리를 듣자마자 행동했지만, 또다시 진건과의 만남은 불발되었다. 새벽은 굳게 닫힌 대문을 멍하니 바라보다 입술을 삐죽였다.

"겁쟁이."

새벽의 고백이 있었던 그날 밤 이후, 일주일이 지났다.

❖

일주일이 되기 전에도 느꼈지만 새벽은 진건이 자신을 피하고 있음을 확신했다. 그러지 않고서야 그녀보다 늦게 일어나던 그가 이렇게 이른 시간 집을 나설 리 없을 테니까.

분명 같은 집에 살고 있기는 하나, 얼굴 한 번을 마주치기 힘든 진건과의 기묘한 생활이 무려 일주일째 지속되었다.

슬슬 화가 나기 시작한다.

'사랑한다는 그 말이 그렇게 싫었던 거야?'

틀림없이 계약 조건을 어긴 것은 새벽이었다.

그래, 그랬다. 분명 진건은 그녀에게 사랑을 바라지 말라고 했었고, 새벽 역시 동의했다. 그로 인해 계약은 성립되었고, 벌써 한 달을 맞이했다.

'어쩌면 내가 부담스러운 건지도 몰라.'

지난 일주일 동안 진건이 자신을 피하는 것을 보며, 새벽은 곰곰이 생각했다. 사랑이라는 것은 한 사람만 일방적으로 표출한다 해서 성사되는 것이 아니었다. 만약 상대가 받아들이지 않는다면 그것은 상대에게 엄연한 피해였다.

그러한 경우라면 새벽은 진건에게 피해를 주고 있는 건지도.

'정말…… 그럴지도.'

좋아한다고, 사랑한다고 말해 버린 지 일주일이 지났는데 상대는 아무런 반응이 없었다. 포기하지 않는 새벽이라지만 조금 두려워졌다. 이렇듯 철벽을 치는 상대는 만난 적이 없거니와 그가 사랑을 믿지 않았기에 더더욱 겁이 났다.

그가 제 마음을 '헛소리'라고 치부하지 않을 때까지 밀어붙이려던 생각이 흔들렸다.

좋은 사람이었다. 그랬기에 그에게 피해를 주고 싶지는 않았다.

제 마음이 부담스럽다면, 안 그래도 좋지 않은 상황에 처해 있는 그를 힘들게 하고 있다면, 더는 다가가지 않아야 했다. 그것이 새벽이 진건을 위해 할 수 있는 행동이었고, 저를 구원해 준 진건에게 보답할 수 있는 작은 행동이다.

하지만…….

오늘도 저를 만나 주지 않는 진건을 생각하니 왠지 기분이 처참해졌다. 재혁과 은비의 배신을 알았을 때도 이 정도는 아니었는데.

"새벽 씨!"

절로 한숨이 흘러나와 터덜터덜 발을 앞으로 내딛던 새벽은 저를 부르는 소리에 시선을 돌렸다. 동기들과 함께 점심을 먹고 돌아오던 태진이 그녀를 향해 손을 흔들고 있었다. 새벽은 올라가지 않는 입꼬리를 억지로 올리며 태진에게 꾸벅 인사했다.

"반장님."

"점심 먹고 오는 길이야?"

아니. 먹지 않았다. 왠지 입맛이 없었다. 새벽은 흐리게 웃으며 대답하지 않았다. 그녀의 대답을 기대하지 않았던 건지, 태진은 제 말을 이어 갔다.

"나는 저 친구들이랑 뒷문에 새로 생긴 제육볶음집에 다녀왔어! 다음에 새벽 씨도 같이 가자.”

“그래요.”

“참. 그런데…….”

태진의 제안에 머리를 주억거리던 새벽이 의아한 표정을 지었다. 태진이 주위를 두리번거리며 눈치를 살피더니 그녀에게 가까이 다가왔던 까닭이다. 태진은 왜 그러냐는 표정의 새벽에게 속삭였다.

“진건 씨, 잘 지내지?”

태진의 입술 사이로 흘러나온 귀 익은 이름에 순간적으로 가슴이 콩닥거렸다. 이젠 그의 이름만 들어도 심장이 뛰는구나. 새벽은 속으로 웃음을 삼켰다.

“네. 뭐…….”

“새벽 씨, 남편 정말 잘 뒀더라.”

“예?”

“겉으로 보기엔 왜, 인상이 조금 차갑잖아. 그런데 생각 이상으로 다정다감하던데? 새벽 씨를 정말 진심으로 생각하기도 하고.”

무슨 소리를 하는 건지 모르겠다. 새벽은 미간을 좁혔다. ‘어? 모르고 있었구나!’ 하고 탄성을 터뜨린 태진이 눈웃음을 그리며 말했다.

“그때 ‘경영인의 밤’ 있고 난 후에 우리끼리 2차 갔던 거, 기억하지?”

“아, 네.”

아마도 포장마차에서 필름이 끊어지기 직전의 일일 것이다. 동기들과 헤어지기 직전, 인사를 하는 새벽에게 태진은 동기들과 함께 2차를 갈 것을 제안했다.

당시 진건과 함께 있었던 상태였고, 은비와의 일이 막 밝혀진 상황이었던지라 새벽은 죄송하다며 그의 제안을 거절했다. 태진 역시 아쉽지만 이해한다는 표정을 지어 보였으므로 그냥 그렇게 넘어가는 줄로만 알았는데.

'무슨 일이 있었나?'

새벽은 뜬금없이 말을 꺼내는 태진을 물끄러미 바라봤다. 태진은 웃으며 말을 이었다.

"사실 새벽 씨 남편이 말하지 말래서 가만히 있긴 했는데…… 우리가 2차를 즐기고 있을 때, 새벽 씨 남편 되는 분의 비서라는 사람이 찾아왔었어."

"한영우 비서님이요?"

"어어, 그래그래! 그런 이름이었어."

태진은 붉은 입술을 달싹였다.

"그 비서가 말하기를, '제가 모시고 계시는 분께서 여러분들께 감사를 표하고 싶다고 하십니다. 그 자리에서, 사모님께서 마음 상하지 않도록 사모님의 편을 들어 주셔서 고맙습니다. 후일 시간이 되신다면 한 끼 대접하고 싶습니다.' 라고 하지 뭐야?"

"……!"

"그러고 우리가 먹은 2차까지 전부 계산하고 갔더라고."

태진은 그때를 떠올리면 웃음이 난다는 듯 고개를 절레절레 저어 댔다.

"그 후에 새벽 씨 몰래 진건 씨를 만난 적이 있었는데. 하하, 얼마나 새벽 씨에 대한 사랑이 넘치던지. 내가 팔불출이라 불리지만, 나보다 더 심한 남자는 처음 봤다고. 우리 모두한테 새벽 씨 잘 부탁한다고, 졸업할 때까지 새벽 씨랑 친하게 지내 달라고, 또, 자신이 도울 게 있으면 돕겠다고도 하더라?"

새벽은 대답하지 않았다. 아니, 말이 입 밖으로 흘러나오지 않았다.

태진은 그 자리에 그대로 굳어 버린 새벽에게 말을 덧붙여 주었다.

"한편으론 부러웠어. 멋지기도 했고, 닮고 싶기도 했지. 오랜 시간 동안 새벽 씨를 바라보며, 지금도 그 마음을 유지하고 있는 진건 씨가. 같은 남자인 내가 보기에도, 진건 씨가 새벽 씨를 아끼는 마음은 거짓은 아닌 것 같더라고."

"……."

"나중에 진건 씨가 유단의 그 전략본부장이라는 걸 알고 어찌나 놀랐는지. 다들 진건 씨나 새벽 씨 사정 생각해서 쉬쉬하고 있는데, 남녀 가릴 것 없이 우리 동기들 모두 새벽 씨 부러워하는 거 알아? 남편 하나는 정말 잘 뒀다니까? 회사도 잘 이끌 뿐 아니라, 아내 내조도 잘해! 나도 그런 경영인이 되고 싶……."

"……."

"새벽 씨?"

태진은 술술 흘러나오는 제 말을 듣고 입술을 꽉 물고 있는 새벽이 당황스러웠는지 말을 하다 말고 그녀를 불렀다. 새벽은 길게 한숨을 내쉬더니 그를 주시했다.

"헷갈리던 참이었는데."

"응?"

"말씀해 주셔서 감사해요, 반장님."

"어?"

태진은 새벽이 무슨 말을 하는 건지 이해하지 못했다.

상관없다. 새벽은 어리둥절해하는 태진에게 그저 묘한 눈웃음을 그려 주었다.

❖

"헉."

영우는 줄줄 흘러내리는 식은땀을 주체하지 못했다. 우연히 받게 된 전화가 그를 이렇게 곤란하게 만들 줄은 몰랐다.

"아……."

어떻게 해야 하지?

눈앞이 캄캄해졌다. 하지만 핸드폰 너머의 말을 무시할 수는 없는 노릇이다. 영우는 '아, 알겠습니다.' 하고 겨우겨우 대답한 뒤 고개를 숙였다.

'망했군.'

지금부터는 모두 영우의 몫이었다. 그가 어떻게 하느냐에 따라 상사의 미래와 행복이 달려 있었다. 영우는 현재 자신이 들고 있던 검정 파일 속의 서류를 물끄러미 내려다보다, 긴 한숨을 내쉬었다.

"한 비서."

"으억!"

"왜 그리 놀라?"

"하, 하하. 보…… 본부장님."

눈에 띄게 당황한 영우를 진건은 서늘하게 내려다보고 있었다. 본부장실 앞에서 전화를 받게 되었던 영우였기에, 제 뒤편에서 갑자기 나타난 진건을 발견하고 당황한 것은 당연했다.

"들어가지."

진건은 어색하게 웃고 있는 영우를 무심한 눈으로 흘긋거리더니 본부장실 안으로 들어갔다. 영우는 '옙!' 하고 차렷 자세로 외친 후 진건을 따라 다리를 움직였다.

'흐음.'

주르륵. 구레나룻을 타고 흘러내리는 땀방울이 영우의 심장을 벌렁거리게 만들고 있다. 영우는 태연하게 제 자리로 가 앉는 진건을 쳐다봤다. 들고 있던 서류를 언제 전해 주어야 할지, 그리고 그 말을 어떻게 꺼내야 할지 머릿속이 터져 버릴 것만 같다.

"한 비서."

'돌아 버리겠네.'

"한영우."

"네, 넵!"

첫 번째 호출은 듣지 못했던 영우는 두 번째 부름에서야 진건을 마주할 수 있었다. 요 근래 심기가 매우 불편해 보이던 진건은 안 그래도 서늘한 눈동자를 더욱 매섭게 빛내며 그를 노려봤다.

"왜 그리 나사가 풀렸어."

"예?"

"집중해야 할 시기야. 흔들리기 쉬우니 조심하도록 해."

"아……."

"정록인 만나고 왔나?"

영우는 이른 아침부터 진건의 일들을 담당하고 있는 변호사를 만나기 위해 서초동에 위치한 로펌 올웨이즈를 찾았다. 힘차게 얼굴을 끄덕인 영우는 진건에게 손에 들린 파일을 내밀었다.

"권 변호사님께서 말씀하셨습니다. 서명하게 되면, 이전의 계약은 모두 무효화할 수 있을 거라고. 법적으로도 문제없을 거라고 말이죠. 다만 혼인 무효에 대해서는…… 상대가 받아들이지 않는다면 꽤 지저분한 소송을 진행해야 할지도 모르니, 가급적이면 잘 타이르라고도 전하셨습니다."

"괜한 걱정이군. 어련히 알아서 할까."

"저기……."

진건은 조심스레 저를 부르는 영우를 응시했다. 영우는 흠흠 헛기침을 흘리더니 입술을 움직였다.

"정말 진행하실 겁니까?"

영우의 물음에 진건의 검은 눈동자가 살짝 흔들렸지만, 곧 냉정을 되찾았다.

"그래. 합병은 그대로 진행해. 이미 공식 발표까지 나 버린 상황이니 돌릴 수도 없고. 어차피 건설 쪽으로 세력을 확장하던 차였으니 괜찮아. 우화는 평판도 좋고, 구설수도 없었으니 우리 쪽으로 들어오면 플러스면 플러스지, 마이너스는 아닐 테니까. 발표가 난 이후로 우리도, 우화도 주가가 상승했다고 하지 않았나?"

"하지만 회장님께서 화를 내실지도 모릅니다."

"……."

"본부장님께서 자신을 속였다고……."

"괜찮아."

진건은 고개를 내저었다.

"차라리 지금 끝내는 게 나아."

"본부장님."

"더 시간을 끌면…… 내가 못 견뎌."

쓴웃음을 흘리며 진건이 중얼거렸다. 영우는 안타까운 표정을 지으며 진건을 응시했다. 진건은 말을 이었다.

"애초부터 실수였어. 아무리 급해도 접근하는 게 아니었지. 결과적으로 나와 새벽이, 둘 다를 망치고 있는 셈이잖아."

영우는 진건의 입가에 걸리는 흐린 미소를 발견했다. 이 답답한 남자를 대체 어찌해야 할까. 태연한 척하나, 사실은 수없이 흔들리는 이 불쌍한 남자를.

영우는 무심하게 서류에 서명을 한 뒤, '이후의 일정이 있었나?' 하고 묻는 진건을 내려다보며 빙긋 웃었다.

"예. 오늘의 마지막 일정으로, 오후 7시 남산 크리스탈 호텔에서 우화의 M&A 총괄 팀장과 미팅이 있으십니다."

"우화? 나와?"

"네. 우화 쪽에서 윤 팀장님께 특별히 부탁했던 모양입니다. 본부장님을 직접 뵙고 앞으로 우화가 어떻게 성장해 나갈 건지에 대해 간략하게나마 브리핑을 하고 싶다고."

"……회사로 찾아오면 될 것을."

"뭐 어떻습니까? 간단하게 식사를 하는 것도 괜찮지요. 요즘 통 제대로 드시지 못하고 있잖습니까."

씩 웃는 영우에게 진건은 흥 코웃음 쳤다.

"일단, 알겠어."

영우는 떨떠름해하지만, 결국 고개를 끄덕이는 진건을 향해 싱긋 웃었다.

❖

"빌어먹을."

새벽은 저를 보자마자 잇새로 욕설을 흘리는 진건을 올려다봤다. 그러고는 씩 웃으며 말했다.

"사람의 얼굴 앞에서 그렇게 상스러운 표현을 사용하는 건 실례예요, 장진건 씨."

새벽은 웃으며 비어 있는 자신의 앞자리를 가리켰다.

"뭐 해요, 안 앉고?"

"……한영우."

으드득, 이를 가는 소리가 들렸다. 새벽은 미소를 단 채 손에 쥐고 있던 나이프로 눈앞의 고기를 썰었다. 그녀는 먹기 좋게 썰린 스테이크 조각을 입속으로 쏙 밀어 넣고는 오물거리며 진건에게 말했다.

"한 비서님은, 음음, 잘못 없어요. 다 제가 꾸민, 음음, 헉! 장진건 씨. 이거 진짜 맛있어요."

"뭐?"

"우와. 여기 스테이크 맛있다는 이야기는 듣긴 했지만, 이 정도일 줄이야! 한번 드셔 보실래요?"

우아하지 못하게, 스테이크를 씹던 새벽이 눈을 크게 뜨며 활짝 웃었다. 진건은 제게 작은 조각 하나를 콕 찍어서 포크를 들이미는 새벽을 내려다보더니 몸을 돌렸다.

'망할!'

새벽은 저를 내버려 두고 가 버리는 진건을 발견하고선 자리에서 벌떡 일어났다. 그녀는 자신과 안면이 있는 호텔 레스토랑의 지배인에게 나중에 계산하겠다는 말을 한 뒤 진건을 쫓아 나갔다.

"거기 서요!"

걸음이 어찌나 빠른지. 저보다 훨씬 긴 다리로 터벅터벅 앞으로 나가는 진건을 잡기가 쉽지 않다. 그럼에도 불구하고 새벽은 멈추지 않았다. 헉헉, 가쁘게 숨을 내쉬며 그를 잡으려 노력했다.

"거기 서라고요!"

진건은 그녀의 말을 들은 척 만 척했다.

화가 났다.

내가 이 자리를 만들려고 얼마나 노력했는데!

새벽은 씩씩거리며 계속해서 앞으로 나갔다.

"기다리라고요! 기다려요, 장진…… 악!"

쿵!

높은 하이힐을 신고 있었기에, 움직이기 쉽지 않았다. 그래도 어떻게든 그에게 손을 뻗으려고 달려가던 새벽은 그만 몸이 휘청거리는 것을 느꼈다.

"우새벽!"

그녀의 외침에도 들은 척 만 척하던 진건이, 다리가 접질린 채 털썩 주저앉아 버린 자신을 발견하고 달려오는 것이 보였다. 새벽은 창백하게 질린 진건을 빤히 응시했다.

"대체 뭐 하는 거야!"

진건은 굽이 나간 구두를 만지작거리는 새벽을 내려다보며 소리쳤다.

'응?'

무릎을 겨우 덮는 치마를 입은 채 바닥에 앉아 있던 그녀는 왼쪽 발목이 돌아간 상태였다. 그런 그녀의 모습을 발견한 진건이 제길, 하고 입술을 잘근 문 뒤 그녀에게 다가와 있었다.

"잘 걷지도 못하면서 그런 높은 굽은 왜 신어!"

진건이 노기 서린 음성을 흘렸다. 새벽은 제게 화를 내는 진건을 그저 말없이 올려다봤다.

"부었군. 그것도 잔뜩."

"……."

"당장 병원에 가야겠어. 내버려 뒀다간 관절염까지 번질지 몰라."

"……."

진건은 대답하지 않는 새벽을 바라보다 신경질적으로 핸드폰을 꺼내 들었다.

"나야, 형."

누구에게 전화를 하는가 했더니, 핸드폰 너머의 상대가 짐작 간다. 새벽은 쓰게 웃었다. 진건은 웃는 새벽을 아직 보지 못했는지 한숨 섞인 목소리를 이어 갔다.

"바쁜 거 아는데 부탁할 게 있어. 미안. 급한 서라서 그…… 우새벽!"

신경질적인 음성이 핸드폰 너머로 들려왔지만, 새벽은 모르는 척 손을 뻗었다. 그러고는 귀에 핸드폰을 댄 채 계속해서 말하고 있던 그에게서 핸드폰을 빼앗아 들었다. 놀란 진건이 버럭 외쳤지만 새벽은 아무렇지 않게 핸드폰을 귀에 대고 입술을 달싹였다.

"주 선생님?"

— 보호자분이야?

"네. 갑자기 전화를 걸어서 놀라셨죠?"

— 급한 일이라니 대체 뭐야? 무슨 일이 생겼어?

"호호, 아니에요. 무슨 일은요. 별거 아니니 신경 쓰지 마세요."

— 뭐?

"그럼 일 보세요! 끊을게요."

새벽은 황당한 표정을 짓고 있는 진건의 눈초리를 깔끔하게 무시하며, 얼른 종료 버튼을 눌렀다. 핸드폰 너머에서 '어? 어?' 하고 탄성을 흘리던 승원의 목소리가 더 이상 들려오지 않는다. 새벽은 통화를 완벽하게 끝낸 뒤, 저를 죽일 듯 노려보는 진건을 직시했다.

"뭐…… 하는 거야."

뭐 하기는.

"우새벽."

"……."

"너 다쳤잖아. 발목이 퉁퉁 부었어. 얼른 병원에 가야……."

"괜찮아요. 난 당신이 있으면 돼요."

"……뭐?"

"뭐 하고 있어요, 장진건 씨? 얼른 나 업어 줘요."

새벽은 양팔을 벌렸다. 진건은 갑자기 그에게 팔을 뻗는 새벽을 보고 황당한 숨을 터뜨렸다.

"장난……하자는 건가?"

"어머? 장진건 씨 눈에는 지금 제가 장난하는 것으로 보여요?"

진건은 되묻는 새벽에게 답하지 못하고 입술을 짓눌렀다. 새벽은 싱긋 웃었다.

"나 아파요. 당신 말대로 발목이 아주 퉁퉁 부었어요. 못 걷겠어. 그러니까 업어 줘요."

"……."

"어서."

진건은 짙은 미소를 그리는 새벽을 향해 미간을 좁혔다. 그는 말했다.

"……멀쩡한가 보군. 스스로 일어나도록 해."

"그럴까요?"

새벽은 그 말을 듣고 알겠다는 듯 고개를 끄덕였다. 그러고는 일어나기 위해 땅에 손을 짚고 일어나다, '윽!' 하고 숨을 흘리며 비틀거렸다. 입술을 잘근 깨물던 진건이 그런 그녀를 부축하기 위해 어깨를 붙잡아 주지 않았다면, 그대로 앞으로 고꾸라져 버렸을 거다.

"하아."

"……."

"하마터면 넘어질 뻔했네."

새벽은 그의 품에 안긴 채 중얼거렸다. 그녀는 고개를 들어 진건을 쳐다봤다.

"어때요? 장진건 씨가 보기에 저 이래도 멀쩡해 보여요?"

그는 복잡한 표정을 짓기만 했다. 새벽은 말했다.

"등 대요. 나 업힐 거니까."

"……."

"치료도 다 끝났잖아. 그러니 나 업을 수도 있는 거 안다고요."

진건은 인상을 쓰더니 그녀를 직시했다. 새벽은 방글방글 웃었다.

"너 지금…… 뭐 하는 거야."

"글쎄요. 내가 뭐 하는 걸까."

"우새벽."

"당신은 참 솔직하지 못해."

새벽의 어깨를 잡고 있던 진건의 손끝이 파르르 떨렸다. 그녀는 흔들리는 진건의 눈을 응시하더니 아래로 내렸던 손을 들어 올렸다. 그녀의 작은 손이 진건의 왼쪽 가슴 위에 닿자, 그의 눈동자가 더욱 급격하게 요동친다. 새벽은 중얼거렸다.

"당신 심장은 이렇게 가쁘게 뛰고 있는데, 계속 나를 밀어내려 하잖아."

"우새벽!"

"응. 그거 내 이름이에요. 당신이 그렇게 불러 대던 내 이름. 당신이 자꾸만 눈을 주는 여자의 이름. 장진건 씨가 흔들리는 여자의 이름."

"……!"

"당신, 나 좋아하죠?"

새벽은 눈꼬리를 휘었다.

쿵쿵!

그녀의 말에 진건의 심장이 터질 듯 뛰는 것이 느껴진다.

'정답.'

사랑까지는 모르겠다. 확신이 서지 않으니까.

하지만 저를 의식하고, 배려하고, 그래서 제 고백을 밀어내려는 그 행동은 결코 거짓이 아니다. 사람 보는 눈은 없지만, 감정을 알아차리는 건 잘할 수 있다.

이 남자는, 나를 좋아하는 거야.

새벽은 들썩이는 그의 가슴에 계속해서 손을 댄 채 말했다.

"좋아하는 게 분명해. 가슴은 거짓말을 하지 않으니까."

"차…… 착각이야."

예상했던 대로 진건은 부정했다. 새벽은 얼굴을 가로저었다.

"아니. 착각은 아닌 것 같아."

"……."

"나만의 착각이라기엔 당신은 너무 친절해. 나 몰래 내 동기들의 밥을 사고, 나 몰래 동기들에게 나를 부탁하고. 나 몰래 자기가 믿는 사람들에게 내 얘기를 하고, 내 시선을 모른 척하려 들잖아. 내가 신경 쓰이니까. 자꾸만 의식하게 되니까 그러는 거지?"

"……너!"

"나 좋아하지? 그렇죠? 당신 나 좋아하죠?"

그의 호흡이 거칠어졌다. 그 숨결이 느껴져 코끝이 간지럽다. 새벽은 제 어깨를 잡고 있던 그가 손을 떼려는 것을 인지하고선, 얼른 그의 팔목을 잡았다.

"……!"

진건이 이를 악물며 저를 내려다보는 게 보였다.

"나 가만히 못 두겠죠?"

"우새벽 씨!"

"무서워요?"

거짓말처럼 진건의 움직임이 멎었다. 새벽은 저돌적으로 밀어붙였다.

"사랑이 무서워서 나를 밀어내려는 거야? 그래서 내가 신경 쓰이는데도 모르는 척하려는 거야? 내가 좋아지려고 하는데도, 그런데도 계속 나를 못 본 척하려는 거죠? 내가 언젠간 당신의 어머니처럼, 당신을 홀로 두고 가 버릴까 봐? 그걸 견디지 못할 것 같아서 나를 밀어내는 거냐고요."

하아, 하아. 코끝에서 맴도는 그의 숨결이 빨라졌다. 맥박 역시 마찬가지.

그 때문인지 그의 눈앞에 있던 그녀의 심장 역시 속도를 높이는 중이다. 새벽은 떨리는 진건의 입술을 직시했다.

"……멈춰."

한참 동안 새벽을 내려다보던 진건이 말했다. 명령이라기보다는 부탁에 가까운 그 목소리에 새벽은 실소를 흘렸다.

"싫어요."

"멈추라고."

"싫어."

있는 힘껏 저를 붙잡고 있는 새벽을, 진건은 복잡한 눈으로 응시했다. 그는 악물었던 입술을 열었다.

"계약은 끝났어."

……계약?

뜬금없는 그의 말에 새벽이 눈을 동그랗게 떴다. 진건은 어리둥절해하는 그녀에게 말했다. 마치 방어막이라도 치듯.

"너와 나의 계약. 내가 경고했는데도, 네가 깨뜨렸어. 그러니까 끝낼 거야."

새벽은 쿡쿡 웃었다. 진건의 미간이 좁아졌지만 그는 다음 말을 덧붙이는 것을 잊지 않았다.

"그러니 그만 와."

다가오지 말라는 경고.

새벽은 차가운 말과는 다르게 요동치고 있는 진건의 검은 두 눈을 응시했다.

"글쎄. 대체 뭘 끝낸다는 건지 모르겠네요. 아직 당신이 원하는 건 이루지도 못했잖아?"

"필요…… 없어. 필요 없게 됐어. 그러니까 멈춰. 거기서. 더는 오지 말고 멈추라고."

"싫어요."

"다가오지 마!"

"두려워요?"

"……!"

"대체 뭐가 두려운데요?"

진건의 검은 눈이 일렁였다. 새벽은 그 눈이 '너' 라고 말하는 것 같았다.

"내가 두려운 거야?"

웃음이 났다.

무엇이 그리 두려운 걸까.

"어째서?"

새벽의 되물음에 진건은 쉽게 숨을 토해 내지 못했다. 그녀는 말을 이었다.

"내가 왜 두려워? 난 당신보다 연약하고, 힘없는 여잔데. 따지고 보면 나는 가진 것도 없어. 그런데 대체 내가 왜 두려운데?"

이해가 가지 않는다.

왜 부정하려 드는 걸까.

이렇게 심장이 뛰는데. 이렇게 마음이 느껴지는데.

내게 끌리는 것이 분명한 당신의 마음이, 이렇게 들리는데.

"나는……."

그의 혼란스러운 눈빛이 시야로 들어왔다. 어떻게 해서든 저를 떼어 내기 위해 작정을 했는지, 진건이 뭔가 말하기 위해 입을 열었다. 그러나 먼저 행동한 것은 새벽이었다.

짝.

새벽은 그의 가슴과 손목을 잡았던 두 손을 들어 올려 진건의 뺨 위에 얹었다. 손바닥과 양 볼이 만나 소리가 났다. 정신이 번쩍 들었는지, 진건의 두 눈이 동그래졌다.

'아프네.'

그의 뺨에 올라간 손바닥이 얼얼하다. 접질린 발목이 아프다.

쓰리다.

시리다.

통증은 점점 더 커져 가고 있었지만, 그보다 더 중요한 것이 있었다. 눈앞의 남자에게 말해야 하는 것이 있었다.

새벽은 소리를 흘렸다.

"지난 일주일. 무려 일주일이었어."

그녀의 음성이 복도를 울렸다. 새벽은 그에게서 눈을 떼지 않았다.

"그 일주일 동안 난, 당신을 만나지 못해서 미칠 것 같았어요."

"……!"

"분명 같은 집을 쓰는데, 같이 있지 않는 것 같아서 미칠 것 같았다고. 당신이 보고 싶어서, 죽을 뻔했다고. 당신이랑 대화하고 싶어서 견딜 수 없을 것 같았어."

새벽은 그의 얼굴을 붙잡은 손바닥에 온 힘을 주었다. 진건이 흔들리자, 그녀는 말했다.

"그래서 지금 이 순간이 좋아."

당신이랑 같이 있어서. 드디어 당신의 눈을 마주 봐서.

온전히 내게 집중된 당신의 눈동자가 내 앞에 있어서.

새벽은 진건의 눈에서 시선을 떼지 않았다. 바람 앞의 등불처럼, 그가 좌우로 흔들리는 게 훤히 들어온다.

멈춰선 안 된다.

멈추지 않는다.

"당신이 좋아요."

속삭였다.

"당신이, 정말 좋아요."

"……."

"그러니 부탁이야."

"……."

"날 외면하지 마요."

"……."

"날 거부하지 마. 밀어내지 마요. 부정하지 마요. 계약 따윈 신경 쓰지 말고, 그날 당신이 내게 했던 말대로."

"……."

"나만 봐요."

당신이 처한 상황 따윈 생각하지 말고. 우리의 계약 따윈 생각하지 말고.

내가 누구인지, 당신이 누구인지만 생각하면서.

한 여자와 한 남자로서.

"나를 봐 줘요."

그의 얼굴을 붙잡고 있던 손끝이 떨렸다. 새벽은 저를 떼어 내려고 노력하던 그가 스륵, 팔을 아래로 내리는 것을 발견하고선 빙긋 미소 지었다. 그러고는 그를 향해 말했다.

"진건 씨."

진건의 쿵쿵거리는 심장 소리가 귓가에 닿는다. 새벽은 자신이 호텔 레스토랑 앞 복도에 주저앉아 있다는 것도 개의치 않으며 속삭였다.

"난 지금, 당신한테 키스할 거야."

그러니까…….

"거부는 접수 안 해."

새벽은 짓궂게 웃었다.

2권에서 계속…